4

적선여경

積 善 餘 慶

붉은 지게 4

펴낸날 2021년 7월 9일

지은이 강기현
펴낸이 주계수 | **편집책임** 이슬기 | **꾸민이** 이슬기

펴낸곳 밥북 | **출판등록** 제 2014-000085 호
주소 서울시 마포구 양화로 59 화승리버스텔 303호
전화 02-6925-0370 | **팩스** 02-6925-0380
홈페이지 www.bobbook.co.kr | **이메일** bobbook@hanmail.net

© 강기현, 2021.
ISBN 979-11-5858-798-7 (04810)
       979-11-5858-775-8 (세트)

역사장편소설

강기현

4

적선여경

積 善 餘 慶

평범하게 열심히 살았던
비범한 사람들의 역사

밥북

사람들은 지레의 원리를 활용하여 편리한 도구를 만들어 사용하는데 이때 지레에 작용하는 힘을 한 지점에 집중시키거나 분산하여 사용한다.

지레의 힘을 한 점 위에 집중시켜 사용하는 기구에는 스카이콩콩이 있다.

스카이콩콩은 힘점과 작용점이 지면의 받침점 위에서 수직 방향으로 한 점 위에서 작용하므로 숫자 '1'에 대응시킬 수 있다.

숫자 '1'은 부분을 의미하기도 하고, 전체를 의미하기도 한다. 어떤 집합을 분수로 나타내는 경우의 '1'은 집합 전체를 의미하는 분모와 같다. 분모는 그 크기가 무한히 클 수도 무한히 작을 수도 있다. 그런데 분모는 아무리 크거나 작아도 자체의 공통적 속성에 의해 그 집합에 포함되는 원소의 범위를 한정한다.

'1'의 세계관을 가진 사람은 원만한 사회생활을 위해 몸과 마음을 닦아 수신修身하고 다른 사람을 배려하는 심성과 다양한 세계관에 대한 개방적인 자세를 가져야 한다.

지레의 세 점을 분산하여 사용하는 기구에 시소가 있다. 시소는 받침점이 가운데에 고정되어 있고, 양쪽 지렛대 위에 힘점과 작용점이 교차하며 상하 왕복운동을 하는 놀이기구다.

시소를 타는 사람은 항상 상반된 위치에서 힘이 상호 반대 방향으로 작용하도록 하고 힘의 세기를 조절해야 한다. 만약 몸무게가 같은 사람이 같은 거리에서 같은 크기의 힘을 같은 방향으로 가하면 시소가 고정되어 놀이가 불가능해진다. 따라서 시소 놀이에서는 위치적 평등보다는 상대적 기회균등의 가치가 더 중요시된다.

시소는 서로 다른 위치에서 반대 방향으로 힘이 작용하므로 숫자 '2'에 대응시킬 수 있다. 이때의 숫자 '2'는 수열을 나타내는 '2'가 아니라 서로 상대적인 의미를 가진 별개의 개체를 지칭하는 것이다.

상대적 세계관에는 빛이 있으면 그림자가 있고, 하늘이 있으면 땅이 있고, 물이 있으면 불이 있어야 하고 수數에 있어서도 양수가 있으면 음수가 있고, 실수가 있으면 허수가 있고, 유리수가 있으면 무리수가 있어야 한다.

이러한 상대적 세계관은 제가齊家 사상과 그 의미가 상통한다.

화목한 가정이 되려면 가족 모두의 인격이 평등해야 하지만 가족들 간에는 시차를 둔 기회균등도 중요시해야 하고 역지사지의 입장에서 서로를 배려해야 가화만사성家和萬事成을 이룰 수 있다.

지게는 사람들이 물건을 등에 지고 운반하기 위해 만든 농기구다. 지게는 두 다리와 지겟작대기로 받쳐 세우고 그 위에 짐을 얹어서 지고 운반하는 도구다.

지게는 힘이 항상 두 다리와 지겟작대기 끝의 세 점 위에 분산되어 작용하므로 숫자 '3'에 대응시킬 수 있다.

지게가 서 있는 삼각대의 한 다리에 힘을 가하면 나머지 두 다리는 받침점과 작용점의 역할을 한다. 그런데 지겟작대기를 지게의 꼭대기에 걸쳤을 때 지게의 두 다리와 지겟작대기의 끝이 정확하게 정삼각형의 꼭짓점에 위치하고, 무게 중심이 정삼각형의 중심점 위에 있을 때 가장 안정된 상태를 유지하게 된다.

이때에 힘이 한 끝점에서 나머지 두 끝점을 이은 선분에 수직 방향으로 작용하면 두 끝점에 미치는 힘의 받침점과 작용점 역할을 구분하기가 어려워진다. 즉 애매모호한 현상이 나타난다.

숫자 '3'의 세계관은 상대적인 관계에 애매모호한 세계관이 더해진 것이다. 이로써 우주 만물이나 삼라만상의 모든 현상에 대한 세계관의 영역이 확장되고 사고 활동 내용이 풍부해진다.

지게를 지고 갈 때는 짐의 무게 중심을 자기가 원하는 방향으로 적당한 기울기를 조절하며 가야 한다. 과유불급의 정신이 필요한 것이다. 그리고 자기가 짐을 지고 가야 할 방향을 결정해야 하고 원하는 쪽으로 작용하는 힘의 효용 가치가 반대쪽의 효용 가치보다 더 큰지를 스스로 판단해야 한다.

지게의 끝점이 정삼각형을 이루고 지레의 세 힘이 고르게 분산되어 무게 중심이 안정된 상태를 삼위일체라 할 수 있을 것이다. 이것을 나라에 비유하면 정치 권력자와 신하와 국민 간에 조화로운 정치가 이상적으로 실현된 상태이다.

　이를 위해서는 삼자가 각자 도생하면서 상생하고 서로가 역지사지의 입장에서 타협할 줄 알아야 한다. 삼자가 중용과 상생의 가치를 실현하려고 노력해야 나라가 태평성대를 이룰 수 있다.

※ 참고로 이 소설의 액자 안 이야기는 대부분 역사적 사실을 토대로 엮은 것이며, 액자 밖의 '나'는 이 소설의 화자이자 극의 리얼리티를 위해 어느 정도 장치한 인물임을 감안하고 이 소설을 읽어주기 바란다.

2021년 7월
강기현

무자년戊子年 대수大水

　해방된 지도 3년째 되던 해 6월 중순경, 몽환의 집 마당에서는 머슴들과 온 식구들이 나와 보리 타작을 하고 있었다. 마당 한가운데에는 방앗간 주인이 농촌에서는 처음 보는 원동기와 타맥기를 차려 놓고 보리를 통째로 타맥기의 아가리 속으로 밀어 넣고 있었다. 다른 일꾼들은 보릿단을 타맥기 옆으로 나르거나 타작된 보리 알곡을 가마니에 담느라 바빴다.

　점심때가 되어갈 무렵 고숙재 너머 서남쪽에서 시커먼 먹구름이 몰려오면서 하늘이 갑자기 어두워지기 시작했다. 몽환은 날씨가 예사롭지 않다는 것을 육감적으로 느꼈다. 장독대 옆에 있는 감나무 위에서는 청개구리가 요란한 소리를 내며 울어댔고, 갑자기 서늘한 바람이 불어와 버드나무 잎이 파르르 떨리면서 가지가 흔들리기 시작했다. 그리고 마당 한구석에서는 개미 떼가 줄지어 이동하는 모습이 보였다.

몽환은 일꾼들과 식구들을 재촉하기 시작했다.

"퍼뜩퍼뜩 서둘러라이. 큰 쏘내기가 올 꺼 겉다. 비에 보리가 젖으모 다 썩는다이."

몽환은 머슴들과 서둘러서 먼저 타작을 마친 보리를 가마니에 담아 고방으로 옮기고, 미처 타맥기 옆으로 옮기지 못한 보릿단을 처마 밑으로 옮겨 쌓거나 마당의 높은 곳에 둥그렇게 가리를 만들어 쌓아 올렸다. 보리쌀은 가족들이 여름철에 먹을 귀중한 식량이어서 비에 맞지 않고 잘 보관하는 것은 급하고도 급한 일이라는 것을 누구보다도 잘 아는 몽환은 식구들을 더욱 다그쳤다.

"고숙재서 시커먼 먹구름에 쏘나기가 묻어 온다이. 퍼뜩퍼뜩 꿈지라.[1]"

몽환은 일꾼들과 보리가마니를 겨우 고방에 옮기고, 타작하지 못한 보릿단을 반쯤 쌓아 올렸을 때 소나기가 쏟아지기 시작했다. 빗줄기는 점점 거세지더니 급기야 동네 앞에 있는 산이 안 보일 정도로 장대 같은 빗줄기가 하얀 물보라가 되어서 쏟아져 내렸다. 몽환은 비를 맞으면서도 보릿단 쌓기를 마무리하자마자 다급하게 머슴들을 들판의 논으로 보내서 물꼬를 손보게 했다.

일꾼들이 비설거지와 물꼬 손질을 마치고 집에 와서 점심을 먹는 동안 빗줄기는 더욱 거세졌다. 여러 사람들이 밥을 먹으면서 걱정스러운 얼굴로 이야기했다.

---

[1] 빨리빨리 움직이라.

"내 평생에 이런 비는 처음이데이."

"하늘에 구멍이 뚫린 거 아이가? 비가 동우째[2] 들이붓네."

점심을 먹고 난 뒤에도 비는 그치지 않고 더욱 거세게 내렸다. 비라고 하기보다는 차라리 물을 하늘에서 동이 채로 쏟아붓는다는 표현이 옳을 정도였다. 몽환은 걱정이 태산이었다. 이 정도 비라면 홍수가 나서 이미 냇가의 방죽은 거의 다 터졌을 것이다. 논에는 물이 넘쳐흐르다가 논두렁이 터지고 논둑도 무너져 내렸을 것이다.

몽환은 논 걱정이 되어서 소낙비를 무릅쓰고 우장을 입고 집 옆으로 흐르는 지수깨 도랑 근처로 가 보았다. 사립문을 나서니 우장은 입으나 마나였다. 금방 우장이 비에 흠뻑 젖어 입은 옷이 몸에 찰싹 달라붙어 버렸다.

몽환이 예상한 대로 또랑 주위의 현장은 처참할 정도로 무너져 내리고 있었다. 또랑 양쪽에 돌로 쌓은 논두렁의 높이가 사람 키를 넘는 정도인데도 벌써 흙탕물이 넘쳐서 도랑과 논이 구분되지 않을 정도로 범람하여 흐르고 있었다. 몽환은 잘못하다가는 자신이 홍수의 위험에 빠질 것 같아 들판으로 가는 것을 포기하고 집으로 돌아왔다. 그는 집 앞에 이르러 먼발치로 들판을 살펴보니 들판 가운데가 온통 큰 강이나 한바다처럼 되어 홍수가 흐르는 모습이 빗줄기 사이로 희미하게 보였다.

냇물이 저 정도로 넘쳤다면 냇가의 방죽이란 방죽은 이미 다 무너졌

---

2) 동이째

을 것이고, 논두렁도 무너져 피해가 어마어마할 것이 뻔했다. 몽환은 앞일을 생각하니 걱정이 태산이었다. 보리는 그런대로 수확해서 식구들이 먹을 식량이나 팔아서 농비로 쓸 정도는 건졌다. 하지만 홍수로 무너진 방천과 논두렁을 고치는 데는 적어도 한 달은 더 걸릴 것 같이 예상되었다. 몽환은 집에 돌아와서도 수해복구 일로 걱정이 되어서 입맛이 떨어졌다.

비는 밤새 그치지 않고 계속 내렸다. 번갯불이 어두운 방문을 대낮처럼 번쩍번쩍 환하게 번쩍인 뒤에는 산이 무너지듯이 요란한 벼락 치는 소리가 천지를 진동했다. 다음 날에도 장대 같은 소나기는 계속 내렸다. 아침이 되어 온 식구들이 비 때문에 걱정되어 근심스런 표정으로 묵묵히 아침밥을 먹고 있는데 집 뒤 사립문 쪽에서 다급한 사람 소리가 들려왔다.

"아이고, 정동 성님! 정동 성님!"

뒤쪽 사립문 가까이에 있는 마루에서 밥을 먹고 있던 몽환의 손자인 현식이 깜짝 놀란 얼굴로 말했다.

"아부지! 저 뒤에서 사람 소리가 나는디요?"

그 말에 진송이 자리에서 일어나며 말했다.

"아매도 누가 내를 부르는 거 겉은디…"

진송이 죽담에 놓인 신발을 신으려는데 뒤 사립문 쪽에서 또 다급한 외마디 소리가 들려왔다.

"정동 성님! 정동 성님! 내 좀 살려 주이소"

"비가 이리 오는디 누가 집으로 안 들어오고 사람만 부르는 기요?"

"성님! 그럴 사정이 있어서 그러닝깨로 요리 좀 와 보이소."

진송은 뭔가 분위기가 이상하다는 느낌이 들어 급히 우장을 입고 삿갓 쓰고 뒤 사립문으로 뛰어갔다. 그런데 진송은 사립문을 열다가 깜짝 놀라고 말았다.

사립문 밖에는 뒷산 고개 너머 절에 사는 인척 동생뻘인 김천세가 온몸에 피투성이가 되어서 고통스러운 표정으로 벌거벗고 서 있었던 것이다.

"어이, 동숭, 이게 어찌 된 일인가? 이 사람아!"

"성님, 우시내 몸에 걸칠 옷부터 좀 갖다 주이소."

"그래, 알았네. 퍼뜩 갔다 올 낀깨로 쪼깸만 기다리게."

진송은 서둘러 집안으로 가서 자기가 입던 옷가지를 챙겨와 천세에게 건네주었다. 진송은 천세가 비를 맞으며 옷을 갈아입은 뒤에 사랑방으로 데리고 가서 치료해 주었다.

"아이! 동숭, 어쩌다 이리 된 긴가?"

"성님! 말도 마이소. 인제 내는 다 망했십니더."

천세는 눈물을 흘리며 자기가 이번 홍수로 겪은 일에 대해 자초지종을 이야기했다.

그는 원래 지소부락 변두리인 가장골에 살았는데, 평소에 불가에 뜻을 두고 있었다. 그러다가 그는 동네 뒷산 속등의 산등성이 아래에 있는 공터에 조그만 절을 짓고 출가하여 살았다.

그런데 이번에 내린 폭우로 자기가 살던 절 뒤에서 산사태가 나 집

채가 송두리째 떠내려갔다고 했다. 그로 인해 온 식구가 집과 같이 휩쓸려 내려갔는데 자기만 절 아래쪽에 있는 약 십여 미터가 넘는 절벽에 떨어지고 나서 또 떠내려가다가 간신히 나무뿌리를 잡고 살아났다고 하였다. 이야기를 마친 천세는 울면서 진송에게 부탁했다.

"성님! 제발 사람들헌티 물어보고 우리 식구들이 살았는지, 죽었는지, 아이모 시체라도 찾았는지? 좀 알아봐 주이소."

"그래, 그리 험세. 그런디 우시내 자네 몸부터 좀 추스르게. 산 사람은 살아야 안 허겄는가?"

"예, 성님, 알겠십니더. 제발 좀 부탁헙니더."

비가 내리기 시작한 지 사흘째 되는 날에야 억수같이 쏟아지던 소나기가 겨우 그쳤다. 비가 그치자마자 동네 사람들은 너나 할 것 없이 모두 자기 논밭으로 나가서 피해 상황을 살폈다. 그들은 홍수로 처참하게 무너져 내린 자기의 전답을 보고는 다들 망연자실하여 한숨만 내쉬었다.

몇백 년 만에 내린 폭우로 씨기 들판에서 당산 밑으로 흐르는 큰 냇물 양쪽에 있던 논은 벌 건 펄밭으로 변해버렸다. 그리고 냇가에 쌓았던 방죽 역시 흔적도 없이 사라지고, 겨우 떠내려가지 않고 냇물 바닥에 박혀 있는 큰 바위 몇 개가 홍수가 나기 전의 방죽 자리를 표시해 주고 있을 뿐이었다.

지소동네에서 큰 홍수피해를 보지 않은 사람은 아무도 없었다. 그들에게 가장 먼저 해야 할 일은 냇물 바닥에 떠내려가지 않고 흩어져 있는 돌이나 바위를 냇물 양쪽의 방천 주인끼리 같이 살펴보고 돌 주인을 가리는 일이었다.

몽환은 먼저 가장 피해가 심한 당산 밑의 방천부터 손보기로 하고 냇물 건너편 주인들과 같이 냇물에 가서 돌을 건졌다. 그들은 먼저 확실히 자기 방천 가까이 있는 돌부터 가려내어 자기 방천 쪽으로 모았다. 그런 뒤에 냇물 가운데에 흩어져 있는 돌은 서로가 의논하여 주인을 가리거나 아니면 돌을 냇물 가운데에 대충 모아놓고 반반씩 나누어 가졌다.

냇물 양쪽의 논 주인들은 방천의 위치를 잡으면서 대개는 서로 자기 방천을 냇물 바깥쪽으로 내어 쌓아서 자기의 농토를 넓히려고 했다. 그러면 냇물이 좁아져서 홍수피해가 커지기 때문에 냇물 맞은편 논 주인끼리 시비가 붙는 경우도 있었다. 동네 사람들은 이런 문제를 서로 의논하여 해결하고 난 후에 방천을 쌓기 시작하였다.

몽환의 당산 밑에 있는 일곱 마지기 논은 잔내에서 흘러오는 고전천의 거센 살여울이 거의 직각으로 꺾이는 곳에 위치하고 있었다. 그래서 이곳에 있는 논에서 가장 많은 피해를 입었다. 이곳은 거센 살여울을 견딜 수 있는 큰 돌로 방천을 튼튼히 쌓아야 했기 때문에 노역이 배로 들었다.

몽환은 아직 이곳 논바닥으로 거세게 흐르고 있는 물길을 막기 위해 먼저 냇가의 방천부터 쌓기로 했다. 그는 동네에 가서 많은 놉을 구해 와서 머슴들과 힘을 합쳐 방천 쌓는 힘든 일을 시작했다. 온 동네 사람들도 일단 모내기를 제쳐놓고 방천이나 논두렁을 보수하는 일에 매달리는 바람에 동네 일손이 태부족이었다.

그런데 지소부락 사람들 대부분이 냇가의 방천 쌓는 일을 시작한 지 사오일쯤 지난 뒤에 물아래 사람들이 하나둘씩 지게를 지고 와서 품삯도 받지 않고 방죽 쌓는 일을 거들어 주기 시작했다.

물아래 동네인 백석, 범사, 조진, 합진, 대덕부락 사람들의 논은 이번 비로 주교천과 고전천이 범람하여 거의 대부분이 침수되고 말았다. 이들 부락에는 홍수에 침수되지 않는 논은 거의 없었으므로 빨리 논을 복구하여 다시 모내기해야 했다. 모내기하는 시기를 놓치면 벼 수확량이 줄어들어 일 년 동안 식량이 모자라 큰 곤란을 겪게 되어 있었다.

비가 그친 뒤에도 물아래의 온 들판은 며칠째 물이 빠지지 않고 있었다. 사흘쯤 지나서 들판에 물이 거의 다 빠지면서 냇가의 방죽의 흔적이 드러나기 시작했다. 물아래 사람들은 모두 냇가로 나와서 힘을 모아 터진 둑을 응급조치로 대충 복구하고 나서 둑 안의 물이 다 빠지기를 기다렸다.

그런데 이들에게 가장 큰 문제는 이번 홍수로 이미 논에 심은 모와 못자리판의 모가 물에 잠겨 전부 녹아 없어진 것이다. 그 때문에 모내기할 모를 구하는 일이 가장 시급한 일이었다. 이미 유월 하순이라 볍씨를 새로 뿌려서 모를 기르기에는 이미 시기가 너무 늦어버렸다.

물아래 사람들은 하는 수 없이 들판에 물이 빠지는 동안 이번 홍수에도 물에 잠기지 않은 논이나 천수답이 많은 지소나 잔내 등지로 가서 홍수 복구 작업을 도와주거나 모내기를 그냥 해주고 논 주인에게 모내기하고 남는 모를 얻어 오려고 몰려왔던 것이다.

　한양출도 아내와 같이 모를 구하기 위해 아침 일찍 바지게를 지고 지소로 올라갔다. 두 사람은 먼저 모래들에 사는 의아버지인 박영모의 집을 찾아갔다.

　"아부지, 진지 자이십니꺼? 아들 양출이 왔십니더."

　"허이, 우리 아들이 왔는가? 오랜만이내, 네도 모침 구허로[3] 왔는가배? 그래 밥은 먹었나?"

　"예, 그런디 어디 모침 좀 마이 구헐 디가 있겠십니꺼? 우리 집사람 모 숭굴 디도[4] 좀 알아봐 주이소."

　"다린 사람은 몰라도 우리 아들인디 구해 줘야 안 허겠나?"

　박영모가 양아들인 한양출 부부를 반갑게 맞이하며 모를 구할 수 있는 집을 말해 주었다.

　"우리 집은 논이 별로 없은깨로 안 될 끼고, 웃몰 강 부자 집에 가서 내 이야기허고 네 안허고 같이 가모 될 끼다. 그리허모 강 부자가 모를 마이 챙겨 줄 걸세. 너 에미도 오늘 그 집에 모숭구러 갈 낀깨로 같이 가고로 허거라."

　"아부지는 같이 안 갑니꺼?"

　"내는 이번 비에 잔내 구장집 소 마구가 뿌사졌다 캐서 그거 고치로

----

3)　모춤 구하러
4)　심을 데도

가야헌다. 그러모 내가 같이 웃몰 댕기서 가까?"

"예, 그리해 주모 고맙지예."

"그래, 고마 같이 올라가 보세."

몽환은 냇가의 방천과 논두렁을 보수하는 일을 물아래 사람들이 올라와서 도와주는 덕에 일손에 여유가 생겼다. 그래서 이번 비로 물이 많아진 밭들의 천수답에 모내기할 수 있게 되었다. 진송은 박영모의 집 가까이에 있는 밭들 논에서 모내기할 준비를 하고 있을 때 영모가 먼발치서 큰 소리로 말했다.

"진송이 조카! 일꾼 둘이 올라간데이. 잔너리 내 아들인깨로 모침 좀 마이 챙겨 주게이."

"예, 알았십니더. 아재는 오늘 어디 다른 디 갑니꺼?"

"허모, 내는 오늘 잔내 가네."

지소동네 사람들이 시내의 방천 일이나 모내기를 하고 있을 때 물아래 사람들이 계속 올라와 아무 집에나 가서 농사일을 거들었다. 그들은 들판에 일하는 사람들이 모인 곳이면 아무 데나 가서 일손이 필요한지 물었다.

"방천 쌓는 거 좀 거들어 드릴까예? 그러모 모침 좀 줄랍니꺼?"

"예, 모침이 남는 대로 다 줄 낀께로 마, 퍼뜩 오이소."

방천 일을 하는 논 주인이 일손을 구하면 그들은 하루 종일 논 주인의 일을 해주고 일이 끝나면 논두렁에서 모내기하고 남은 모를 거두어 집으로 돌아갔다. 이처럼 이웃 마을 사람들끼리 상부상조하는 것은 오래전부터 자연재해를 극복하는 일에 서로 도움을 주고받으며 지역 공동생활을 해오는 과정에서 자연스레 형성된 전통이었다.

이들이 이번 대홍수로 인한 재해복구를 위해 상부상조하면서 빨갱이니 검둥이니 해서 물 위아래 마을 간에 나빠졌던 감정은 연기처럼 사라졌고, 예전처럼 이웃 마을 간에 고통과 정을 함께 나누던 공동체 생활로 되돌아가게 되었다.

한양출은 강 부자 집에서 방천 쌓는 일을 하고 있는 냇가로 갔고, 그의 아내도 강 부자의 밭들 논에 모내기하러 갔다. 양출의 아내가 논에 들어가서 모를 막 심으려고 하는데 자기 이웃에 사는 성평띠가 강 부자 논두렁에 와서 물었다.

"본동띠야, 내도 이 논에 모 숭구로 들어가모 되겠나?"

양출의 아내는 몽환의 눈치를 살피며 말했다.

"어르신, 모꾼 한 사람 더 와도 되지예."

몽환이 아무 말이 없자

"마, 퍼뜩 논에 들어 오이라. 주인이 암말 안 허는 거 봉깨로 손이 모지래는 갑다. 고마 같이 숭구자."

이리하여 본동띠가 몽환의 논에 들어온 뒤에도 잔너리에 사는 사람이 몇 사람 더 와서 모내기를 같이했다. 모내기하면서 줄잡이는 모를 심는 물아래 사람들의 손놀림을 살피며 주의를 시켰다.

"모 피[5]를 좀 넉넉허이 잡으소이."

그러면 잔너리 여자들이 눈치껏 대답했다.

"예, 잘 알겄십니더. 시는 대로 잘 허고 있십니더."

하면서 한바탕 웃었다. 주인은 모 포기를 네댓 개씩 많이 잡아서 심기를 원하고, 모꾼은 조금이라도 포기 낱개를 적게 잡아 심어야 모가 많이 남기 때문에 서로 눈치를 보는 것이었다.

새참 시간이 되자 진송의 아내가 영모의 아내와 같이 함지에 음식을 담아 이고 들판으로 나왔다. 모두들 뙤약볕 아래의 보리를 베어낸 논바닥에 둘러앉아 남자 일꾼들은 농주를 마시고 여자들은 삶아 온 감자를 먹었다.

영모의 아내가 삶은 감자를 양출의 아내에게 더 챙겨주며 말했다.

"메느리야, 마이 무라이."

그러자 성평댁이 말을 받았다.

"아따. 본동띠는 좋겄다. 시어머이가 둘이나 된깨, 지수 사는 시어머이는 감자도 더 마이 챙겨다 주고…."

"그런 것도 다 복을 타고나야지 아무나 되는 긴 줄 아나?"

"그래, 본동띠 말이 맞다. 그런디 내는 감자는 안 줘도 된깨로 난중에 모나 좀 마이 돌라 캐라."

그러자 영모의 아내가 말했다.

"마, 부지러이 숭구소. 그러모 주인이 베미[6] 알아서 줄 끼가?"

양출은 방천을 쌓아 본 적이 없어서 돌을 다루는 일이 서툴렀다. 그래서 그는 산에 가서 방천에 쌓을 돌을 지고 오는 일을 하였다. 산에 가서 지게에 지고 오기에 적당한 돌을 찾기도 어렵고 산 중턱까지 갔다 오느라 시간이 오래 걸려서 서너 번 갔다 오자 새참 시간이 되었다.

몽환이 새참을 먹으면서 양출에게 말을 걸었다.

"자네가 잔너리 한 가인가?"

"예, 한양줄라고 헙니더."

"자네 이야기는 구영골 박센헌티 마이 들었는디. 잔너리서 그리 효자람시로?"

"아입니더. 제가 무신 효자라고예. 다 헛소문입니더."

"어디 제 입으로 효자라고 말허는 효자 있던가? 마이 드시게."

"예, 어르신 고맙십니더. 우리 어머이헌티 어르신 말씀 마이 들었는디요. 오늘 이러코롬 일을 시 조서 고맙십니더."

"그래, 자네 어머이나 잘 모시게. 내도 우리 어머이를 모시던 사람이라 그 심정을 잘 안다네. 나중에 집에 갈 때 나 좀 보고 가게."

"예, 어르신."

점심때가 되자 밭들에서는 동네에 사는 모내기꾼과 그의 식솔들도 같이 와서 보리논에 둘러앉아 점심을 먹고 있었다. 잔너리 사람들은 자기 동네 사람끼리 모여서 점심을 먹었다.

---

6) 어련히

그때 또 영모의 아내가 고깃국을 한 그릇 더 떠서 들고 양출이 아내 곁으로 왔다.

"며누라, 국이 따실 때 마이 무라이."

"예, 어머이, 그런디 지소 사람들도 메물⁷⁾ 밥을 해 묵십니꺼?"

"와, 메물 밥이 맛이 읎나?"

"아입니더. 메물 밥은 가물 때 묵는 기지 올해맨키로 대수진 해 먹는 기 아이다 아입니꺼?"

"올해는 안 그래도 작년에는 가물었다 아이가? 작년에 잔녀리 사람들은 가물어서 풍년 들 적에 지소 사람들은 냇물이 말라서 메물 심은 데가 많았다 아이가?"

"아! 그런깨로 한쪽이 풍년 들모 다린 쪽에 숭년 들고, 물아래가 숭년 들모 골짝 논에 풍년 드는 기내요. 그래서 지소는 작년에 묵던 메물이 마이 남아있던가 배요?"

"그래야 세상 고른 거 아이겠나?"

그러자 성평댁이 한마디 했다.

"그렇재? 그래서 우리 동네는 천수답⁸⁾이 금값이다 아이가? 천수답 갖고 있는 사람들은 물난리 걱정헐 거 없인깨로…."

양출이 방천 일을 마치고 나서 얻은 모를 지고 집으로 가려는데 몽

7) 메밀
8) 저수지나 지하수 펌프 등의 관개 시설이 없어, 물을 오로지 빗물에만 의존하는 형태의 논

환이 양출에게 영모 집에 들러서 가라고 일렀다. 양출이 의아버지 집에 가 보니 자기 아내가 이미 와서 기다리고 있었다.

"퍼뜩 오이소. 날이 곧 저물어 지겠십니더."

"그래, 모 좀 마이 얻었나?"

"웃몰 강 부자가 아부지허고 친허담시로 남보다 더 마이 챙겨 줍디더."

양출의 아내가 마당가에 수북이 모아 놓은 모를 가리키며 말했다. 양출도 시퍼런 모를 보고 마음이 흡족해서 싱긋이 웃으며 아내에게 맞장구를 쳤다.

"고맙고로 모를 마이 주던가 배. 낼 또 와서 그분 신세 좀 져야겠네. 이 담에 은혜를 갚아 주모 안 되겠나?"

"그런디 우리 옆집 이 부자는 모를 좀 구했는지 모르겠네요."

"그래, 내도 그기 걱정이네. 그래도 이 부자 집은 삼내 꼴착에[9] 못자리판이 있다 아이가?"

"그래도 저녁에 한번 알아보이소. 혹시 모가 모지래모 우리 꺼라도 좀 나나 조야 안 허겠십니꺼?"

"그래, 난중에 내가 한번 알아 보깨. 모가 모지랜다 쿠모 우리가 구해 봐야재. 우리가 그동안 신세 진 기 얼맨디."

양출 부부는 지소에서 일을 해주고 모춤을 얻어서 지고 가는 짐이 무거웠지만 모를 많이 구해서 다행이라는 마음에 발걸음은 가벼웠다.

---

9) 골짜기에

양출은 아내와 같이 며칠 동안 지소에 가서 일을 해주고 얻어 온 모가 자기 논에 심을 만큼 충분해지자 동네 앞 들판에 물이 다 빠지기를 기다렸다. 다행히 비가 더는 내리지 않아서 들판에 물이 거의 다 빠졌다.

잔너리 사람들은 서로 품앗이를 하여 논두렁을 대충 보수하고 나서 모내기를 시작하였다. 다행히도 지소나 잔내 마을에 가서 구해온 모로 잔너리 들판의 모내기를 거의 다 마칠 수 있었다. 양출이 오늘따라 모내기를 일찍 마치고 돌아오려는데 들판 아래쪽에 물이 빠진 얕은 늪지대에서 물결이 일렁거리는 것이 보였다.

"저기에 틀림없이 물고기가 있일 끼다. 집에 가서 가리를 갖고 와서 고기를 잡아다가 어머이 보신 좀 해 드려야겠다."

양출은 집에 가서 가리를 가지고 왔다. 그는 늪으로 가서 물결이 일렁거리는 곳에 고기가 있을 곳을 어림잡아 가리로 덮어씌웠다. 그랬더니 팔뚝만 한 잉어가 잡혔다. 양출은 다시 가리로 잉어 몇 마리를 더 잡아서 바구니에 담아 집으로 돌아왔다. 그때 그것을 본 이 부자가 양출에게 말을 건넸다.

"그거 잉어 아이가? 또 어머이 보신해 드릴라꼬 잡았는가 배? 자네 효심은 알만허이. 그런디 아까 우리 논 밑에 본깨로 거기도 가물치가 몇 마리 있는 갑던디."

"어르신, 말씀은 고맙십니더마는. 제 가리 안에 든 기라야 어머이 보신탕 허는디 쓰지요. 가리 밖에 있는 고기야 무신 소용이겠십니꺼?"

"허허, 그 말도 맞네."

진석은 오늘도 학교 앞을 흐르는 냇가에 아이들을 데리고 나가 수해복구를 위한 봉사활동 지도를 했다. 고전국민학교 학구 내에 대홍수가 나자 학교에서는 즉시 가정실습을 시행하여 학생들이 집에서 일손을 돕게 하였다. 가정실습 기간이 끝나고 나서도 학교에서는 오전 수업을 마치고 수해복구 봉사활동을 하고 있었다.

남학생들은 냇가에서 방죽 쌓는 일을 도와주고 여학생들은 모내기하는 논에 가서 일손을 도왔다. 진석은 방과 후에 혼자 교실에 앉아서 물끄러미 창밖의 정원수를 바라보다가 사색에 잠겼다. 지난 일들이 주마등처럼 그의 머리를 스쳐 갔다.

진석은 어린 시절 아버지가 작두 일로 재판에 지고 나서 법원에서 부과한 상상을 초월하는 벌금 때문에 크게 상심하여 앓아누웠던 일, 자신은 아버지의 한을 풀어 드리겠다고 젊은 나이에 현해탄을 건너 일본으로 공부하러 가서 고생했던 일, 그리고 고향으로 돌아와서는 아버지의 한을 풀어 드리려다 도리어 일본 식민통치를 돕는 공무원이 되어버린 자신의 얄궂은 운명, 그리고 하동군청에 근무할 때 이항녕 군수와 하동군민들의 공출을 줄이기 위해 노력했지만, 한계에 부딪히고 결국에는 자신이 공출실적을 올리기 위해 철저한 친일파가 되어버렸던 악몽이 자신의 가슴을 짓눌러 오는 것 같은 느낌이 들었다.

며칠 전에 마산중학교에 근무하는 이항녕 선생님으로부터 전화가 왔다. 그는 하동에 커다란 홍수가 나서 피해가 막심하다는 신문보도를 보고 걱정이 되어 전화를 걸었다고 했다. 진석은 해방 직후에 자신의 진로를 의논하기 위해 부산에 가서 이항녕 전 군수를 만났을 때 그가 한 말이 생각났다.

"선배님! 우리나라가 해방된 마당에 일제강점기에 우리가 저지른 죄를 어찌 용서받을 수 있겠습니까? 저는 자다가도 저의 보신과 출세를 위해 공출실적을 올리려고 하동군민들을 죽창으로 위협하는 제 모습이 자꾸 꿈에 보입니다. 저는 과거 행적이 부끄러워 세상에 얼굴을 들고 다닐 수가 없습니다. 그래서 우리의 글인 한글을 배워서 후진 양성이나 해 보려고 합니다."

"저도 군수님의 말씀을 잘 생각해보고 앞으로의 일을 결정허도록 허겠십니더."

이리하여 진석은 이항녕 군수의 말에 동감한 바가 있어서 지금까지 고전국민학교에서 촉탁교사로 근무해 왔다. 그런데 진석은 학교에 근무해 보니 교직이 자기의 적성에 맞지 않는다는 사실을 깨닫고 고민에 빠졌다. 무엇보다 힘든 과목이 음악과 체육이었다.

그는 오르간 건반 한번 만져 본 적이 없었고, 계명도 음표도 제대로 읽지 못했다. 미 군정에서 급히 모집한 촉탁교사로 채용된 뒤에도 음악에 대한 연수를 제대로 받지 못했다. 그런 자신이 제자들에게 음악을 가르친다는 것은 죄를 짓는 것 같은 느낌이 들어 음악 시간이 고통스러웠다. 그리고 또한 체육 과목은 체질에 맞지 않았다.

진석은 이 일로 고민하다가 차라리 원래 자기가 근무하던 군청에 들어가 학무과 업무를 맡아보는 것이 적성에 맞겠다는 생각이 들었다. 그래서 그는 군청의 학무과에서 근무할 길을 알아보고 전직하기로 결심했다. 진석은 이번 학년도의 사학년 담임을 마치고 나서 자기가 군청 학무과로 전직하기로 한 것을 교장에게 알린 뒤에 그에 필요한 준비를 했다.

　그해 학년 말이 되어갈 무렵 꼿꼿이 정 선생이 진석에게 의논할 게 있다고 했다. 무슨 일이냐고 물었더니 지소에 사는 조병수라는 아이가 두뇌가 명석하여 공부는 잘하는데 가난 때문에 중학교 진학을 못 하여 안타깝다고 했다.

　자기가 몇 번이고 가정방문을 하여 병수의 아버지한테 중학교 입학금을 자기가 부담하겠다고 하며 병수를 진학시키라고 통사정을 해도 고집을 꺾지 않는다고 하면서 도움을 청해온 것이다. 진석이 생각해 봐도 같은 동네에 사는 병수의 집은 너무 가난했다. 진석은 병수의 집안 사정이 중학교에 갈 형편이 아니라는 것을 알면서도 한 번 더 병수 아버지를 찾아가서 진학을 권해 보았지만 역시 마찬가지였다. 진석은 이 아이의 장래를 위해 공부를 시킬 방법을 찾아봐야겠다고 생각했다.

　이듬해 학년 말인 삼월에 진석은 자기가 희망했던 대로 진양 군청 학무과로 발령이 났다. 그는 발령이 나고 나서 진양 군청에서 급사를 구하고 있다는 사실을 알게 되었다. 그는 진주로 부임하기 전에 병수 아버지를 찾아가서 병수가 군청 급사로 들어가면 월급도 받으면서 야간학교도 다닐 수 있으니 진학을 시키라고 권했다. 병수의 아버지는 자기가 돈을 들이지 않고도 공부를 시킬 수 있다는 진석의 말을 듣고는 그의 권유를 받아들였다.

진석은 병수를 진주로 데리고 가서 군청의 급사로 근무하게 했다. 그리고 병수를 자기 집에서 숙식하도록 하면서 야간 중학교에도 다니게 했다.

뒤바뀐 운명運命

몽환은 아침 일찍 아들 진송과 같이 예년처럼 구례 지주에게 소작료를 계산하기 위해 길가의 잔디 위에 서리가 하얗게 내린 고숙재를 넘어 냉천으로 걸어갔다. 진송은 지주에게 선물할 물건과 소작료 장부를 보따리로 꾸려 등에 지고 갔다.

지금의 지주는 김 주사의 아들인 김헌필이라는 젊은이였다. 그는 선친의 유업을 이어받아 가사를 돌보면서 구례지역의 유지로 건국준비 활동을 하다가 지난번에 친일 경찰의 모함을 받아 서울로 피신을 가고 없었다.

"아부지, 이번에는 지주 어른을 만날 수 있을까요?"

"아직꺼정 아무 소식이 읎는 걸 봉께 머 그리 달라진 기 있겄나?"

"그러코롬 어질고 훌륭헌 분이 우쩌다가 빨갱이 누명을 쓰게 된 걸까요?"

"그걸 우리가 우찌 알겠내?"

"이번에는 만날 수 있이모 좀 좋을 낀다…"

두 사람은 신월을 지나 돌미강을 건너 하동읍에 도착하니 신작로 위로 군인들을 태운 군용차가 먼지를 부옇게 일으키며 나가는 것이 보였다. 그리고 경찰서나 관공서 앞에서는 경찰들이 보초를 서서 행인을 감시하다가 수상쩍은 사람이 있으면 불심검문하고 있었다.

"야아야, 군인들허고 경찰들이 보초를 서서 설치는 걸 보모 아직도 여수, 순천서 전쟁허던 빨갱이들이 다 안 잡힌 모양이재?"

"그놈들이 국군헌티 쫓기서 지리산으로 들어가 빨치산이 됐다 쿠는디요. 아직도 지리산에 숨어서 저항을 허고 있다고 헙디더. 그래서 군인과 경찰이 검문허고 있는 거 겉십니더."

"해방만 되모 우리 세상이 되는 줄 알았디만 세상이 더 살벌해진 거 아이가? 구례꺼정 갈라모 위험헐까 걱정된다야"

몽환은 시국이 걱정되어 긴 한숨을 내쉬었다. 진송은 여순사건에 대해 신문에서 읽은 내용을 아버지께 설명하며 악양 쪽으로 신작로를 따라 걸어갔다. 두 사람은 거의 하루 종일 걸어서 저녁 무렵에야 구례 냉천의 지주 집에 도착했다.

몽환이 대문 안으로 들어서니 예상했던 대로 역시 지주는 보이지 않았고, 정 집사가 그들을 반갑게 맞이하였다. 몽환은 아들과 같이 인사를 올렸다.

"정 집사님! 그새 안녕허싰십니꺼?"

"아이고, 고전 사형! 오랜만이네잉. 그동안 안녕허싰지라? 어서 안으로 드시랑께."

"지주님은 아적꺼정 서울 가 계시는가 배요?"

"그렇당께, 언제 돌아오실랑가 하세월이랑께요."

"신문에 봉께로 이본 여순사건 때 구례 사람들도 마이 죽었다 허던디요. 냉천 사람들은 좀 괜찮았습니꺼?"

진송이 신문내용을 말하며 정 집사에게 물었다.

"군인들끼리 전쟁을 혔는디 우찌 괜찮겠당가? 지옥이었당께로, 전쟁지옥…."

"마산면에서도 전쟁을 했습니꺼?"

"그랬지라, 구례 읍내는 반란군이 쳐들어와서 친일파와 우익인사들을 잡아다가 인민재판을 혀서 처형허고 경찰도 처단했지라."

"아이고, 숭칙해라."

몽환은 반란군이 함부로 사람을 죽였다는 말에 놀라움을 금치 못했다.

"그라고 지주 어른이 그러코롬 정성 들여 보살피던 홍제원도 다 불살라 삐맀지라이. 그 난리를 지금 생각혀도 간 떨어진당께로… 시방도 문수골서는 빨찌산인가 허는 빨갱이허고 전쟁 중인깨로 조심혀야 헐끼여."

"지주님이 제 자식겉이 돌보던 불쌍헌 애들이 사는 홍제원은 와 불살랐는디요? 그라고 인명은 재천인디 공산주의자들은 사람을 그리 함부로 직이도 되는 긴가? 참 무작시럽네요이."

진송도 그들의 만행에 치를 떨었다.

"그래도 우리 구례는 순천보다는 좀 설했지라이. 왜정 때에 신문기자도 허신 애국지사 정태준 선생이 좌익임시로 우익인사를 마이 싱카[10] 주고 피신시켜서 목숨을 엄청 구했지라."

"그런 분도 계있네요?"

"그분 인품이 하도 훌륭헌깨로 지리산으로 도망치던 패잔병을 잘 타일러서 그놈들이 구례를 지낼 적에 기왓장 한 장 못 건드리게 했지라이."

"그분이 총을 든 반란군을 잘 타일렀이모 보통 분은 아인 갑십니더."

몽환이 감동하여 말했다.

"그렇지라이."

"그런디 우리나라 독립을 위해 평생 애쓰신 지주 어른이 나라로부터 대접은 못 받을망정 고향에도 못 살고로 박대를 허는 거는 세상에 몹쓸 일 아이겠십니꺼? 저겉은 사람이 더 부아가 납니더."

진송이 울분을 토하며 지주 어른에 대한 심정을 말했다.

"아드님 말씀이 백번 지당허지라. 시방도 가슴이 답답허당께요. 자 그런 이야구는 찬차이 허고, 시장헐 낀디 요구나 싸게 허시랑께요잉."

몽환은 저녁을 먹고 소작료 계산을 마쳤다. 정 집사는 고전면에 홍수피해가 크다는 소식은 들었지만, 지주 어른이 부재중인 관계로 소작료 계산은 예전처럼 할 수밖에 없다고 해서 계산했다. 몽환은 계산을 마친 뒤에 정 집사로부터 그동안 구례에서 김헌필의 근황에 관한 이야기를 나누느라 밤이 깊어 가는 줄도 몰랐다.

---

10) 숨겨

김헌필은 자기를 공산주의자이며 자신의 소유인 구례주조합명회사가 좌익인사들의 회합장소라고 허위 투서를 한 친일경찰 서호석의 모함으로 서울로 피신 간 뒤 고향으로 돌아오지 못하고 있었다.

그는 서울에 가서도 자기 신념에 따라 정치활동을 하였다. 그는 자신의 친구인 홍기문[11]의 권유로 홍명희가 창당한 민주독립당에 가담하여 활동하였다. 그것은 그가 일제강점기 때부터 사상과 이념을 초월한 조국독립을 위해 활동해 온 그에게 민주독립당의 창당목적이 그의 정치적 신조와 부합했기 때문이다.

민주독립당은 미소공동위원회가 결렬될 조짐을 보이자 홍명희의 주도하에 중간세력 중에서 '진정한 우익'을 자임하는 세력들을 규합하여 결성한 단체였다. 민주독립당 강령은 자주적 통일독립의 실현이 목적임을 분명히 했다. 김헌필에게 있어서 자기가 가장 중요하게 여기는 가치는 반일이고, 자주독립이며, 국민 모두가 고루 잘사는 나라가 세워지기를 원하는 것이었다.

그는 볼셰비키 혁명가도 아니었고, 공산주의 사상에만 몰입했던 사람도 아니었다. 오히려 그가 바라는 것은 조국이 자주독립 하여 국민들의 신분적 평등과 재화의 공평한 분배, 인륜의 구현으로 특징되는 대동 사회를 구현하는 것이었다. 그런데 그는 일제강점기에 일제의 탄압에도 불구하고 조국 독립운동을 하면서 필요에 의해 폭넓은 인적교류를 해왔다. 그래서 사회주의자들과 교류하고 접촉한 것은 사실이었

---

11) 임꺽정의 저자 홍명희의 아들

다. 그렇다고 이를 빌미로 친일경찰에게 사상범으로 몰려 고향에서 피신할 수밖에 없는 자신의 현실을 그는 도저히 받아들일 수 없었다. 그래서 그는 정치적으로 중도적 입장에서 진정한 우익의 가치를 지향하는 민주독립당이 자신의 정치적 성향과 부합한다고 여겨서 정당 활동에 참여하였다.

그런데 조국해방과 자주독립을 위한 충성심으로 살아온 그의 인생을 송두리째 불행의 수렁으로 빠뜨려 버릴 어마어마한 사건이 그의 고향에서 일어나고 말았다. 그것은 바로 여순사건이었다.

1948년에 전라남도 여수에 주둔하던 군인들이 제주 4·3사건 진압을 거부하며 반란을 일으켰다. 이들은 친일파 처벌과 남북통일 등을 주장하며 여수와 순천을 장악한 뒤, 주변 지역으로 세력을 확대해 갔다. 정부는 여수와 순천 일대에 계엄령을 선포하고, 미 군사 고문단의 협조 아래 반란군을 진압했다. 이 과정에서 반란군은 물론이고 무고한 민간인 사상자가 발생했다.

여순사건은 진압되었지만, 그 후유증 또한 대단했다. 반란군 중 일부 패잔병들이 지리산에 들어가 빨치산이 되어 저항했는데, 이들을 소탕하는 과정에서 인근 지역에서 활동하고 있던 사회주의 세력의 소탕작전도 동시에 실시했다. 김헌필의 고향인 구례는 순천과 인접해 있고 지리산 아래에 위치하고 있었기 때문에 빨치산 소탕을 위한 군경 합동작전지역이 될 수밖에 없었다.

이러한 상황에서 좌익세력과 협조했다는 투서를 받고 수배 중인 김헌필이 고향에 돌아간다는 것은 꿈도 꿀 수 없는 일이었다. 더군다나 이미 친일경찰이 전라도 경찰 계를 장악하고 있는 상황에서 독립운동을 했던 김헌필은 그들과는 적대적인 관계일 수밖에 없었다. 그래서 그는 그들의 경계대상이었고 좋은 먹잇감이 될 수밖에 없었다. 이리하여 그는 친일경찰 서호석에게 모함을 받아 본의 아니게 고향을 떠난 뒤에는 단 한 번도 고향에 돌아오지 못했다.

그는 조부 때부터 해오던 비밀 조국독립운동을 이어받아 더욱 적극적으로 독립운동에 가담했고, 대를 이어 홍제원을 운영하며 사회사업도 했다. 그리고 해방 후에는 자기의 토지를 소작인들에게 무상으로 배분해 주는 자선사업도 했다.

그런데 결국에는 그가 그렇게도 바라던 해방된 조국에서 환영받지 못하고, 도리어 친일파 경찰에 의해 사상범으로 몰려 불행한 처지에 놓이고 말았다. 그는 6·25전쟁 중에 서울에서 피난을 가지 않고 공산치하에 들어갔다. 그런지 약 석 달 뒤에 국군이 서울을 수복하게 되었다.

그는 이승만 정권이 수도 서울로 돌아오면 친일경찰이 다시 득세하여 좌익세력에 더 큰 위협이 될 것을 염려했다. 만일 그들이 자기가 공산군이 쳐들어왔는데도 피난 가지 않은 사실과 공산치하에서의 그의 행적을 꼬투리 잡아 모함하면 처벌은 피할 수 없을 것으로 예상했다.

그는 이러한 사실을 알고도 도저히 서울에 머물러 있을 수가 없어서 하는 수 없이 자기의 가족과 모든 재산을 포기하고 부득이하게 월북하여 불귀의 객이 되었다.

그는 평생을 조국독립과 혜민 정신을 실천하기 위해 노력하다가 조국의 독립을 맞이했지만 결국에는 좌우갈등의 소용돌이에 휘말려 무고한 희생양이 되고 말았던 것이다.

구례군 토지면을 비롯한 구례군 일대는 지리산이나 백운산 계곡에서 흘러내려 오는 물이 많고 토지가 비옥하여 논농사 짓기에 좋은 조건을 갖추었다. 그래서 이 지역에는 부호들이 꽤 많이 살았다. 그들은 개화기부터 신학문에 관심을 가지고 자녀들을 타지로 유학시키는 집안이 많았다.

이런 전통은 일제강점기에도 이어져서 일본에서 공부한 지식층이 많았고, 서울에서 활동하다가 내려온 언론인도 있었다. 그들 중에는 사회주의적 이상세계를 추구한 사람이 많았다. 그리하여 이 지역은 일제강점기 때부터 좌익운동이 일찍 시작되었고, 해방 후에도 사회주의자들의 활동이 활발했던 곳이었다.

이 지역에서 일제강점기 때부터 해방되기까지 언론인이면서 사회주의 활동을 한 대표적인 인물이 정태준이었다. 그는 조국이 해방되기 1년 전에 귀국하여 순천에서 살았는데 그때까지도 일본 경찰의 감시가 심해서 하는 수 없이 구례 김헌필의 과수원으로 피신해서 살고 있었다.

이때부터 그는 김헌필과 금란회를 통한 독립운동을 같이했다. 그러다가 해방 후에는 구례지역 건국단체 결성의 주도적인 역할을 하였다.

여순사건이 일어나기 전 1947년 3월 1일 파도리 국민학교에서 이 학교 교사 박지례가 주도하여 '사회주의 해방 만세대회'를 개최하려고 했다. 그런데 이 대회가 개최되기도 전에 경찰에 의해 각 부락 별로 원천 봉쇄되었다. 그러자 파도리 주민들은 청년단의 주도하에 경찰에게 대회장으로 가는 길을 터 달라고 요구했다. 경찰이 이들의 요구를 거절하자 경찰과 충돌을 벌이게 되었다. 이때 경찰이 이들을 무력으로 진압하면서 스물세 명의 주민이 죽는 불상사가 일어났다.

이 사건을 목격한 정태준은 의료인으로서의 의무감을 가지고 자신의 의술을 살려 부상자들을 직접 치료하였다. 그리고 지역민들로부터 치료비를 모아서 부상자들을 병원에 입원시키고 치료를 받도록 하는 일에 큰 도움을 주었다.

정태준은 이듬해에는 해주에서 열리는 인민대표자회의에 참석하기 위해 북한으로 갔다. 그러나 경찰의 감시를 피해 우회로를 택해 걸어서 가는 경우가 많아서 기일을 맞추지 못하여 이 대회에는 참석하지 못하고 돌아왔다.

그는 여순사건이 일어났을 때 조선공산당 구례군 당부위원장이 되어 구례지역의 좌익세력 지도자로 활동하고 있었다. 그런데 여순사건이 발발하자 그는 이에 호응하여 공산주의자들과 반란군의 활동을 도와주거나 협조하는 등의 간접적인 지원활동은 했다. 하지만 구례지역의 좌익세력이 무장봉기를 일으킬 것을 요구했을 때, 그는 강력한 의지로 인명을 함부로 살상하는 것을 반대하여 이를 저지시켰다.

그는 좌익세력이 무장봉기를 하면 그들에 의해 먼저 처단될 사람은 지주와 우익세력 인사들과 친일파가 되리라 판단했다. 정태준은 그렇게 되면 자기와 건국준비운동을 같이 해온 지주인 김헌필이 첫 희생자가 될지도 모른다고 생각했다. 다행히도 지금은 김헌필이 서울로 피신하고 없지만, 그의 가족이 위해를 당하거나 그의 가옥과 같은 재산에 피해를 입을 것이 틀림없어 보였다.

정태준은 대지주인 김헌필과의 교분도 있었지만 금란회 활동을 하면서 항일투쟁도 같이해 온 애국 동지였던 그를 외면할 수는 없었다. 그리고 정태준은 해방된 뒤에 김헌필이 자기의 많은 논밭을 소작인들에게 그냥 나누어 주고 하인들에게도 재산을 나누어 주며 나가 살도록 도움을 준 일을 알고 있었다. 그런 일로 인해 구례주민들은 지주에 대한 반감이 그렇게 크지는 않았다.

정태준의 짐작으로 구례 민심의 흐름이 이러한데 좌익세력이 정부군과 맞서서 무장봉기를 일으키면 주민들이 제대로 호응할지에 대한 의구심도 들었다. 그래서 그는 승산 없는 무장봉기로 무고한 구례주민들이 희생당하는 일을 막기 위해 결단을 내렸던 것이다.

구례지역 주민들은 정태준의 의지와 결단으로 레닌이 던져준 여의봉의 무절제한 남용을 막아서 좌우갈등으로 인한 무고한 사람들의 막대한 인명 피해와 손실을 막을 수 있었다. 그러던 중에 여순사건이 국군에 의해 진압되어 갈 무렵 여순사건을 일으킨 반란군 패잔병들이 지리산으로 패주하면서 구례지역을 통과하게 되었다.

그때 그들은 구례에서 막강한 영향력을 행사하고 있던 사회주의 지도자인 정태준에게 인사를 하러 왔다. 정태준은 이 패잔병들에게 엄중히 경고했다.

"옛 성인의 말씀에 기소불욕 물시어인己所不欲 勿施於人이라 혔지라. 그렁께 자기 목숨 버리기를 무서워하면서 어찌 남의 목숨을 함부로 거둘 수 있겠소. 당신들이 주민을 살상허는 것은 상부 지시가 아닌 것을 내가 다 알고 있소. 그러니 절대로 경솔한 행동은 삼가허시요이."

패잔병들은 정태준의 엄중한 경고를 받아들였다. 그들은 정태준이 일제강점기 때부터 언론인으로서 이 지역에서 사회주의운동을 한 선구자이고 독립운동을 한 애국지사였으며 현재는 이 지역 좌익세력의 지도자임을 잘 알고 있었기 때문이다.

그들은 이처럼 구례에서 강력한 영향력을 행사하고 있는 정태준의 권위를 무시할 수가 없었다. 패잔병들은 구례를 통과하여 지리산으로 패퇴하면서 정태준의 지시에 따라 기왓장 한 장 건드리지 않고 한 사람의 인명 살상도 없이 그냥 지나갔다.

그런 후에도 정태준은 구례지역에서 좌익세력의 보복대상이 되어 살해 위협에 처한 대표적인 우익인사였던 이판열의 피신을 도와 목숨을 구해주었다. 그는 자신과 노선을 달리하는 사람들을 무장봉기나 인민재판을 통해 살상하는 것을 당연하게 여기는 골수 공산주의자들과는 달랐다. 그는 사회주의자이면서도 중용의 미덕을 중시하여 언행에 신중했으며 침술가인 의술인으로서의 제민 정신으로 좌우익 진영의 상생을 위해 노력했다.

이렇게 그는 공산주의 지도자이면서 자기와 정치적 성향을 달리하는 우익인사나 민생에 종사하는 무고한 주민들의 희생을 막기 위해 자신의 보신에 연연하지 않았다. 그래서 그는 적대 세력에 대해서도 언제나 아량과 관용을 베풀었다.

이러한 정태준의 일화는 해방 이후에 좌우대결이 치열했던 상황에서 어떤 공산주의자에게서도 볼 수 없었던 유일한 사례였다. 그는 실로 유학의 상생 정신을 몸소 실천한 인본 사회주의자이며 중용과 상생의 도를 실천한 위대한 독립 운동가였다. 그러나 그동안의 그의 좌익 활동경력과 여순사건이라는 특수한 정치 상황으로 인해 경찰의 수배 대상이 되어 서울로 피신할 수밖에 없었다. 그러던 어느 날 아침, 그는 서울에 있는 김헌필의 집에 피신해 있다가 아침 식사를 하는 중에 체포되어 군산교도소에 수감되었다.

그는 광주에서 열린 군사재판 과정에서 '나는 죄가 없다. 내가 한 일이라고는 미 군정에서 조국을 배반한 민족 반역자들인 친일파들이 득세하는 것을 막기 위해 그들과 반대 정치 노선을 지킨 것밖에 없다'고 주장했지만, 조국은 그의 진정한 애국 애민 정신을 받아들이지 않았다.

이때 그는 자기 딸을 통해 자신에게 부당하게 중형 선고를 내린 군사재판소에 감형을 탄원해 주도록 구례와 보성의 국회의원이었던 김종선과 이정래에게 부탁했다. 그들은 실제로 과거에 정태준이 항일 독립운동을 한 애국지사라는 점과 상생의 정신으로 공산주의자들로부터 우익인사들의 생명을 구원해 준 사실을 잘 알고 있었다. 그런데도 이들은 이념 갈등이 극한으로 치닫는 시대적 상황 때문에 자신들의 보신을 위해 정태준의 감형을 위한 탄원에 응하지 않았다.

그는 군사재판에서 무기징역을 선고받고 투옥되었다. 그는 수감되어 있는 중에도 공산주의이념 서적이나 볼셰비키 혁명사상에 관한 서적은 가까이하지 않았다. 그는 〈에스페란토어 독학〉과 〈중용〉, 〈침구鍼灸대성〉 등의 전문서적을 읽으며 수양을 쌓았다. 그리고 그는 침으로 죄수들을 치료해 주는 등의 의술을 펼치기도 하였다.

그러던 중에 6·25전쟁이 발발하고 나서 퇴각하는 군경에 의해 같이 수감되어 있던 사상범들과 함께 군산 앞바다에서 수장되고 말았다. 일생을 의술인으로, 그리고 언론인으로, 애국지사로 활동했던 사회주의자인 정태준은 중용의 미덕을 신조로 상생의 길을 실천하며 살았다. 그런 그에게 조국은 단지 공산주의자였다는 이유 하나만으로 이념의 굴레를 씌워서 역사적 고아로 만들어 버리고 말았다.

그는 일제강점기에 조국독립을 위해 처음으로 접촉한 단체가 사회주의 진영의 서울청년회였다. 이 단체에서 활동하다가 자연적으로 사회주의자의 길을 걷게 되었고, 이후로 이들과 교류하면서 비밀리에 독립운동을 하게 되었던 것이다.

그런데도 그는 꿈에도 그리던 조국해방을 맞이한 뒤에 좌우세력이 벌이는 정치적 혼란기에 자기 소신껏 처신하여 이념을 초월한 상생의 길을 찾으려고 노력했다. 그러나 그는 결국 이 전쟁의 소용돌이에 휘말려 이승만 정권에 과잉 충성하는 추종자들에 의해 무참하게 희생당하고 만 불운의 인본주의자이며 사회주의 애국지사였다.

　우리나라는 드디어 유사 이래 처음으로 남한에서 국민투표를 시행하여 국회의원을 선출하고 국회의원이 제정한 헌법에 따라 대한민국 정부를 수립했다. 이번 설날은 우리 민족이 대한민국을 건국한 이후에 처음으로 맞이하는 최대명절이다. 몽환의 가족들은 차례를 올리고 세배도 하며 즐거운 명절을 보냈다.

　정월 초에 예전처럼 사천 무구동에서 회정 선생이 새해 인사차 몽환이네 집에 들렀다. 몽환은 진송과 손자들을 불러서 회정 선생과 세배를 나눈 뒤에 전날에 청암에서 온 진덕 조카와 다과상을 차려놓고 환담을 나누었다. 먼저 몽환이 회정 선생에게 안부 인사를 했다.

　"회정 선생님, 지낸 가실 농사는 잘 지었는지요?"

　"예, 지난해는 우리나라가 건국된 해라서 그런지 나락 농사도 잘 지어서 우리 집안 살림도 더 불어나는 기분입디더."

"선비님은 학문보담 농사일에 더 힘쓰신 거 아입니꺼?"

몽환의 농담에 같이 앉아 있던 사람들이 한바탕 웃었다.

"말을 허고 봉께 그렇네요. 그런디 사형은 작년 가실에 송림 시사 감시로 머 그리 귀헌 대구허고 노릿노릿허이 잘 말린 하동 김꺼지 갖다주시서 올 삼동은 반찬 걱정 없이 잘 보냈십니더."

그러자 진덕이 농담을 섞어서 말했다.

"하동 김 맛이야 조선 천지서는 최고 아입니꺼? 그런디 회정 선생께서는 김 맛보다 우리나라가 건국됐다고 입맛이 더 좋아진 거 아입니꺼?"

"허, 참, 그랬던가? 역시 청암 선비는 뼈대 있는 집안이라 나랏일에 남다른 관심이 있어 보이네."

잠자코 있던 진송이 생각난 것이 있다는 듯이 말을 꺼냈다.

"청암 성님, 제 생각에는 암만캐도 이건 아인 거 같은디요?"

"뭘 갖고 그러는가?"

"인제 우리나라가 해방되고 또 독립을 했는디도 설을 왜놈들맨키로 양력설을 쇠라고 허는 기 맞는 깁니꺼?"

"내도 그리 생각허고 있었는디 회정 선생님 생각은 어떻십니꺼?"

"이승만 대통령이 독립운동 허시니라 미국서 너무 오래 살아서 그런지 우리 동양문화를 너무 경시허는 거 아인지 모르겠네. 우리 동양에도 양력과 같은 이십사절기가 있다는 거를 잘 모르고 그리 결정헌 거 겉으이."

진덕이 회정 선생의 말을 거들었다.

"제 생각도 같십니더. 명절이 꼭 절기에 맞출 필요는 읎는 거 겉은디요."

진덕이 의문을 제기하자 진송이 자기 의견을 말했다.

"그렇께로 말입니더. 명절에는 우리 민족이 가족끼리 모여서 전통의 소중함을 되새김시로 즐기면 되는 기지, 먼다꼬 우리 동양전통을 꼭 서양 달력에다 맞출라꼬 카는지 모르겠네요."

"동숭 말이 맞네. 음력이 일 년 주기는 좀 틀리더라도 하늘에 달을 보고 맨딘 달력이다 아인가 배? 아무나 하늘만 쳐다보모 날짜를 알 수 있도록 맨딜어서 얼마나 편리헌 달력인가?"

"그렇지, 음력은 우리 동양 사람들이 백성들의 생활에 편리허게 쓰도록 돈 한 푼 안 들이고 하늘에 맨딘 달력이지. 밤에 달만 보모 보름인지 그믐인지 다 알 수 있다 아인가 배."

회정 선생이 동양인들이 음력을 만든 지혜를 설명했다. 그러자 몽환이 우리 명절을 도로 찾았다는 말에 생각난 것이 있는지 조선 임금 이야기를 꺼냈다.

"그런디 인제 우리나라도 도로 찾고 우리 명절도 되찾았는디 우리 나라님은 돌아오시모 안 되는 긴가?"

몽환의 말에 진덕이 자세를 바로 세우며 말했다.

"아재, 영친왕 말입니꺼?"

"그래, 내는 그 왕이 닌지[12] 몰라도 우리나라 왕이 일본에 잡혀 가 있다고 들었네. 나라를 다시 찾았이모 임금님도 도로 우리나라로 모셔

_____

12) 누군지는

와야 허는 거 아이가?"

그 말에 진송이 대답했다.

"이승만 대통령은 우리나라에 서양식 민주주의 나라를 세운다고 선거를 해서 대통령이 뎄는디 영친왕이 돌아오모 하늘에 해가 두 개가 떠 있는 꼴이 안 데겠십니꺼? 그런디 이승만 대통령이 그리 헐라고 허겠십니꺼?"

"동숭, 그야 그렇지만 일본도 민주주의 험시로 왕을 그대로 앉혀 놓고 있고, 서양의 영국 겉은 나라도 그리 헌다던디."

진덕의 말을 듣고 회정 선생이 한숨을 내쉬며 말했다.

"우리도 그리 허모 얼매나 좋겠는가? 아매도 김구 선생 겉으모 그리 안 했겠는가? 영친왕을 모셔와서 도로 임금 자리에 앉히지는 못하더라도 자기 조상들이 세운 궁궐이라도 도로 돌려주는 기 좋을 거 겉으이."

"당연허지요. 임금이라꼬 자기 재산을 못 챙길 이유가 있겠십니꺼?"

진덕이 회정 선생의 말을 거들었다.

"그렇재. 내가 알기로는 조선 왕실의 재산은 이성계가 고려 말기에 왜구나 오랑캐를 무찌른 공로로 하사받은 전답으로 알고 있네. 조선 왕실에서는 이 재산을 내탕금으로 운용해서 궁궐을 관리해 오지 않았는가?"

회정 선생이 조선 왕실의 내탕금 조성과정의 내력을 설명했다.

"맞십니더. 그래서 조선 왕실은 세계에서 유일하게 궁궐을 왕실의 유산으로 관리해서 백성들의 부담을 덜었지요."

"성님, 그러닝깨 조선 왕실의 궁궐도 우찌 보모 개인 재산 아입니꺼?

나라에서 친일 매국노들 재산은 그대로 놔 둠시로 왕실재산은 안 돌려주는 기 말이 안 되지요. 더구나 이승만 대통령도 양녕대군의 후손이라 쿠던디 같은 왕족이 돼 갖고 와 그러는지 모르겠네요?"

진송이 매국노 재산의 경우를 들어 이승만에 대한 불만을 털어놓았다. 회정 선생이 다시 말을 이었다.

"비록 나라를 잊아뿌린 왕실이기는 해도 왕족들도 따지고 보모 우리 조선 사람인디. 당연히 우리나라로 모셔와서 자기 조상들의 유산을 돌리 조야 맞지 않겠는가?"

"태조 이성계나 세종대왕이 저세상에서 이 사실을 알모 기도 안찰 일입니더. 성님 안그렀십니꺼?"

"맞네. 그 큰 궁궐을 주인도 없이 비워두모 안 되지."

점심때가 되었을 때 한 젊은이가 몽환의 집 사립문 안으로 들어왔다. 그는 죽전에 사는 현수였다. 점심을 막 들려고 하던 진송이 축담으로 내려가서 현수를 반갑게 맞이하였다.

"아이구! 이기 누고? 서울 경성대학 나온 동숭 아이가? 그래 퍼뜩 올라 오이라."

"성님, 오래간만이네요. 아재헌티 세배 디리러 왔다 아입니꺼?"

"그래, 반갑다야. 얼른 오이라. 아부지 안에 계신다. 내도 누 아부지헌티 세배 디리러 갈 참이었네."

현수가 사랑방 안으로 들어와서 몽환에게 먼저 세배를 했다.

"아재, 새해 복 마이 받으시소. 그라고 우리 아부지가 안부 전헙디더."

"그래, 과세 잘 쉈는가? 자네 춘부장도 안녕허시고?"

"예, 아재, 아부지께서는 오늘도 장에 간다고 바뿌십니더."

현수가 몽환에게 세배를 하고 나서 회정 선생과 다른 사람들에게도 세배를 올렸다. 회정 선생이 현수에게 반갑게 인사를 하였다.

"현수 청년, 오랜만일세. 그래, 요새는 고시 공부헌다는 소문이 들리더니 준비는 잘 돼 가는가?"

"예, 헌다고 허고 있습니다마는 잘 될지 모리겄십니더."

"자네 겉이 우리 전통을 존중허는 젊은이가 고시에 마이 합격해서 정계에 진출해야 우리나라가 주체성을 지키는 나라가 될 거 아인가?"

"말씀만 들어도 고맙십니더. 선생님 말씀을 명심허고로 허겄십니더."

"동숭, 시장헐 긴디 식사나 허세. 우리도 막 점심 묵울라 쿠는 참이었네."

몽환과 사랑방 손님들이 점심을 먹고 환담을 나누고 있는데 일본 나고야에 살다가 귀국하여 음달에 살고 있는 재환이 회정 선생이 왔다는 기별을 받고 올라왔다. 서로 인사를 나누고 나서 재환이 오랜만에 만난 현수에게 근황을 물었다.

"현수 조카, 그동안 잘 지냈는가? 고시준비는 잘 되고 있는가?"

"예, 헌다고 허고 있십니더."

"자네 같은 젊은이가 빨리 정계에 나가서 나라를 바로 세워야 허네. 내가 나고야에 살 때 보모 일본은 미국헌티 폭격을 당해서 산업 시설이 잿더미가 되다시피 했다네. 일본이 미국헌티 원자폭탄을 맞고 힘을 못 쓸 때 우리나라가 빨리 발전해야재."

재환이 역시 현수의 고시준비에 관심을 보이며 나라 걱정을 했다.

"예, 잘 알겠십니다."

"아재, 그런디 원자폭탄이 무섭기는 참 무서운 모양이지요. 대동아전쟁헌다고 동아시아를 거의 다 집어삼킨 일본이 원자폭탄 두 발 맞고 항복허는 걸 보모 말이지요."

진덕이 패망한 일본을 멸시하듯이 말했다.

"그렇지, 낭구재비[13] 잘 허는 놈은 나무에 떨어져 망헌다고, 일본이 딱 그 짝이 난 게지. 제 놈들이 서양문물을 먼저 받아들이서 무력이 좀 강해졌다고 하늘 높은 줄 모르고 날뜀시로 동양인들을 식민지배해서 얼매나 탄압했는가? 천벌을 받은 걸세."

회정 선생이 '선반자락'의 예를 들며 일본을 비판했다.

"그런디 성님, 요새 진영이 동숭은 면사무소에 댕김시로 제허고 신작로서 더러 만냈십니다, 진영이 동숭이 그러는디 고전국민학교에 근무허던 진석이 성님이 다시 군청에 들어갔다고 허던디요?"

현수가 진송에게 물었다.

"군청에 가기는 갔는디. 거기가 전에 보던 업무는 아이고 새로 교육을 담당허는 학무과로 들어갔다네."

"그런디 진석이 성님이 해방될 때 다른 사람맨키로 그냥 하동군청에 가마이 말뚝 박고 있었이모 군수도 될 수 있었을 낀디. 먼다꼬 성질 급하게 나와 삤는지 모르겠네예."

---

13) 나무타기

그러자 진덕이 궁금하다는 듯이 물었다.

"그로모 진석이 겉이 왜정 때 공무원 허던 사람 중에 군수가 된 사람도 있단 말이가?"

"하모요, 하동군에서 조선 사람치고 진석이 성님만치 공부헌 사람이 어디 있었십니꺼? 다린 군청 겉은 데서는 성님보다 상구 공부도 덜했심시로 군수가 된 사람도 있다 쿱디더."

"조카가 운수대통헐 뻔했는디 참 아깝다이."

재환이 하는 말을 듣고 진송이 조용히 말했다.

"잔아부지, 그거는 돼 봐야 아는 거 아입니꺼? 우신애 가 맴은 왜정 때 공출 거두면서 하동군민들헌티 지은 죄가 크다고 양심에 가책이 되서 군청서 나온 거 아입니꺼?"

그러자 현수가 표정을 바로 하며 말했다.

"제 생각에는 그기 아인 거 겉십니더. 왜정 때 군청에 근무험시로 공출 안 거둔 공무원이 어디 있었십니꺼? 그런디 진석이 성님맨키로 양심적으로 반성헐 줄 아는 사람들은 다 자기 자리를 버리고 나왔는디요. 진짜 일본 놈들을 신주처럼 섬김시로 조선인을 탄압헌 친일파들은 버티고 앉아서 미 군정에 붙었다가 이승만 정권에 붙어서 출세허고 있다 아입니꺼?"

"우리나라가 인제 독립했는디 또 매국노 이완용이나 송병준이 겉은 놈들이 득세허모 이 나라 앞날이 걱정이네요."

진덕의 말에 진송이 겸연쩍은 표정으로 말했다.

"성님, 그런디 전에 하동군수 했던 이항녕 씨도 군청에서 나와서 부산서 교편 잡고 있다 쿠던디요."

"그분도 첨에는 하동군민들헌티 공출 줄여 볼 끼라고 무다이도[14] 애를 썼다 아인가 배. 그런디 결국에는 왜놈들 압박을 못 배기고 변신해서 자기 보신을 위해 공출 거두니라 설치기는 했지."

진덕의 말에 회정 선생이 자기 의견을 말했다.

"우리나라가 일본헌티 패망했다가 다시 찾았는디 그동안에 일본 놈들헌티 총칼 지배를 받고 삼시로 친일 안 헌 사람이 몇이나 되겠는가? 지금 와서 친일 안 헌 사람 찾는 거는 바다에 침몰한 배에서 탈출헌 사람들 중에 옷에 바닷물 안 적시고 나온 사람 찾는 거 아이겄나?"

회정 선생의 말에 재환이 약간의 이견을 드러냈다.

"회정 선생 말씀이 맞십니다마는 그래도 나라를 바로 세울라모 평생 독립운동을 했던 이승만 대통령이 자기 과거를 생각해서라도 상해임시정부 요인들허고 만주나 외국서 독립운동헌 사람들을 중히 써야안 허겠십니꺼?"

그러자 현수가 고개를 갸우뚱거리며 말했다.

"맞는 말씀입니다. 이승만 대통령도 만주서 신흥무관학교를 설립헌 이회영 씨의 동생인 이시영 씨 허고 상해임시정부 출신인 철기 이범석 장군 겉은 사람들을 요직에 기용했지예. 그런디 사실 새 정부를 세우는디 필요헌 애국지사가 너무 적은 기 문제인 거 겉십니다."

"동숭 말이 일리가 있네. 조선 땅에 삼시로 대놓고 독립운동했던 사

---

14) 무던히도

람이 몇이나 되겠는가?"

진송이 일제강점기 때의 현실을 지적하며 말했다.

"맞십니더. 그런디 시방 신식 공부를 헌 능력 있는 사람이 별로 읎인 깨로 꿩 대신에 닭이라꼬… 친일을 해도 이항녕 군수겉이 조선 사람을 위해 애썼던 사람을 중히 써야 안 허겄십니꺼?"

현수의 말을 이어 회정 선생이 말했다.

"자네 말이 일리가 있네. 아침에 내가 여거 옴시로 곤양 밤티고개를 넘다가 비석을 세우고 있는 산소가 있어서 가 봤재. 그 무덤은 하동 한 재에 사는 진양 정씨 집안에 천석꾼을 했다는 사람 것이더군."

"금남면 한재 만석꾼 말입니꺼?"

진송이 물었다.

"맞네. 그런디 내가 궁금해서 비문을 읽어 봉께로 망인이 왜정시대 때 독립자금을 비밀리에 댄 거를 기리는 내용이었네. 그런디 그 묘사 일을 주관허는 종손이 있어서 어떤 사람이냐고 물어 본께로 도청에서 무신 국장 자리에 있는 사람이라고 허디만."

"그러모 그 사람도 도청 근무험시로 친일 안 허고 배겼겠십니꺼?"

진송이 자기 생각을 말했다.

"맞는 말이네. 시방 도에 국장된 사람치고 왜정시대 때 친일 안 헐 택이 있었겠는가? 구례 냉천 지주 김 개묵 어른도 왜정시대에 일본 관청에서 허는 일을 도와줌시로 뒤로는 몰래 독립자금을 댔다는 소문도 있던디. 이런 사람헌티 친일헌 허물이 있다고 그 사람이 독립자금 댄 일도 그냥 덮고 넘어가서는 안 되는 거 아인가?"

현수가 회정 선생의 말을 이었다.

"선생님 말씀이 맞는 거 같십니다. 그런디 제 생각에는 시방 정부조 직에 필요헌 캐클은[15] 인재가 모지래는 근본적인 다른 이유가 또 있다 고 생각헙니다."

"또 다린 이유가 있었다고?"

진덕이 궁금하여 물었다.

"예, 그거는 우리나라가 개항해서 서양의 선진문물을 받아들이야 헐 중요헌 시기에 일본에 패망했고, 그 땜에 일본을 통해 서양문물을 받아들인 기 문제였다고 봅니더."

"동숭 그기 와?"

"그거는 우리나라가 스스로 서양문물을 받아들여서 우리 문화와 전 통을 바탕으로 주체성이 강헌 인재를 기르는 교육을 시킬 기회를 놓 친 기 안타깝다 이 말이지예."

"그래서 서양문물을 우리 주체적인 전통사상에 맞고로 발전시킬 기 회를 놓쳤다 이 말이군."

회정 선생이 전통과 주체성을 강조했다.

"예, 맞는 말씀입니다. 그래서 우리나라가 일본 사람들 입맛대로 왜 곡 신 일본식 선진문물을 받아들이다 봉깨로 쓸만한 사람치고 친일 안 헌 사람이 있을 택이 읎다는 기지예."

"자네 말이 참 옳으이. 그기 우리 민족의 불행이고 이승만 정부의 한

_____

15) 깨끗한

계가 아이겠는가? 그라고 이승만 대통령도 미 군정에서 이미 친일파들을 요직에 앉힌 거를 그대로 넘겨받아서 정부수립을 허지 않았는가? 그런디 우리나라에 친일파를 몰아내고 행정업무를 담당해 낼 수 있는 인재가 마이 있었이모 이승만 대통령도 당연히 친일청산을 했겠재."

그러자 진덕이 회정 선생의 말에 불만이 있다는 듯이 말했다.

"회정 선생님, 우리 조선 사람들은 예의 근본이 충효 아입니꺼? 그런디 조국을 배반허고 친일헌 사람들로 공직을 맡겨서야 데겠십니꺼? 차라리 충성심이 강헌 유학자들을 공직에 앉히는 기 안 나을까요?"

진덕의 말에 진송이 이견을 말했다.

"성님, 그러모 성님이나 제 겉은 사람이 충성심이 강허다 칩시더. 그렇다고 우리 겉이 한문 공부뿌이 안헌 사람이 군청이나 세무서에 앉아 나라 일을 보고로 헌다 이 말입니꺼?"

"배우모 안 될 것도 없지 않은가?"

진덕이 지지 않고 말했다. 진송도 자기주장을 했다.

"성님, 쉽게 말해서 우리가 회계를 볼 줄 압니꺼? 통계자료를 정리헐 줄 압니꺼? 성님은 설마 우리 겉은 사람이 신식 군대를 훈련시는 장교로 뽑아도 된다는 거는 아이지예?"

"조카, 그렇다고 유학자라고 배우모 안 될 꺼는 뭐고? 진덕이 조카 말은 조선 사람이 일본 사람이나 된 거맨키로 설치 댄 사람들을 요직에 앉히모 안 될 끼다 이 말 아이겠나?"

재환이 진덕의 말을 거들었다. 진송도 지지 않고 자기주장을 계속했다.

"잔아부지, 나랏일을 하루아침에 배워서 될 거 겉으모 이승만 대통령이 먼다꼬 친일파를 공직에 마이 앉힜겠십니꺼?"

"그렇십니더. 이승만 대통령도 오죽했이모 그리 했겠십니꺼? 국방을 책임질 군인 장교를 모집험시로 충성심이 강허다고 총 한 방 못 쏴 보고 대포가 우찌 생깄는지도 모르는 사람을 중용헐 수는 읎는 일 아입니꺼?"

현수가 자기도 주체성을 존중하지만, 문명의 발달을 도외시할 수 없다는 말을 했다.

"그라고 이승만 대통령도 시방 온 나라가 좌우익으로 갈라져서 싸우느라 야단인 데다 국사도 태산 겉이 밀려서 바쁠 거 아입니꺼? 그런디 친일 안 헌 사람을 뽑아서 나라 인재로 교육시킬 시간이 어디 있겠십니꺼? 새미가서 숭늉을 찾을 수는 읎는 기지예."

현수가 자기주장을 마무리 지으며 말했다. 그러자 진송이 다시 자기 의견을 말했다.

"제도 청암 성님 말씀에 일리는 있다고 생각헙니더. 그런디 인재가 읎어서 허는 수 읎이 친일파를 쓸라 카모 정부서 미리 해둬야 헐 일이 있는 거 겉십니더."

"그게 뭣인가?"

"먼첨 친일헌 사람들을 재판에 붙여 판결해서 큰 죄를 진 사람들은 처벌을 허고, 가벼운 죄를 지은 사람들에게는 친일행위에 대한 사죄와 동시에 새 정부에 충성헌다는 각서를 쓰게 허는 조치를 취허는 깁니더. 그래서 그들헌티 개과천선의 길을 열어 주는 기 어떨까 싶십니더."

몽환이 웃는 얼굴로 회정 선생을 보며 말했다.

"개과천선이라. 회정 선생 그거 참 좋은 말 아입니꺼?"

"그럼요, 개과천선이나 적선여경은 사람이 살아가는데 참 좋은 교훈이 되는 말이지요."

그때 몽환의 아내가 술상을 차려왔다.

"야아야! 술상 차려왔다. 술상 좀 받아라."

"예, 어머이."

진송이 술상을 방안으로 들고 와서 술잔을 권했다.

"자! 다들 좋은 말 마이 허싰는디, 찬차이 한 잔 잡숨시로 이야기 헙시더. 먼첨 회정 선생님 한 잔 드이소."

술을 몇 잔씩 돌리고 나서 토론은 다시 이어졌다. 먼저 진송이 지난 동짓달에 냉천에 다녀온 이야기를 꺼냈다.

"지난 동짓달에 아부지허고 제가 냉천에 댕겨 왔는디 구례는 국군이 반란군허고 전쟁허니라 그런지 멀리서 대포 소리가 들려와서 겁이 납디더. 그라고 밤이 되니까 가차운[16] 지리산 쪽에서 대포 소리와 총소리가 콩 볶듯이 들립디더. 참말로 무서워서 간이 콩알만 해지더만요."

몽환이 진송의 말을 이었다.

"무섭기도 허지만 더 걱정되는 것은 냉천에 사는 젊은 지주도 빨갱이로 몰려서 고향에 발도 못 대고 있는 딱헌 사정이더라. 그런디 현수야 여수와 순천서 군인들이 와 들고 일어난 기고?"

"그거는 인제 남한에 있는 군대꺼정 좌익세력이 침투헌 기지요."

---

16) 가까운

현수가 대답하자 재환이 일본에서 겪은 경험담을 말했다.

"일본에는 경찰이 사상범들을 철저히 단속헌깨로 공산주의자들이 못 설쳤지. 그런디 우리나라는 해방이 되고 나서 치안이 잘 안 된깨로 공산주의자들이 활개를 치는 모양이재?"

"신문에 본깨로 여순사건 때 반란군들이 구례로 가서 북한맨키로 인민재판도 했다는디 재판은 원래 판사가 허는 거 아이가?"

진덕의 질문에 현수가 자세히 설명했다.

"예, 무산대중이라는 말 들어 보싰는지요? 공산주의는 노동자, 농민 겉은 무산자들 세상이지요. 그런깨로 그들이 나라 주인 행세험시로 재판도 자기들이 허구 잡은 대로 허고, 사람을 직이고 살리는 것도 마음 대로 허는 기지요."

그러자 회정 선생이 걱정스러워 한마디 했다.

"아무리 그렇다고 무식헌 농민들이 재판을 헌다? 법이란 게 양날의 칼과 같은 긴디 법을 아무나 집행허고로 허모 안 되는 게지."

"선생님, 원래 공산주의는 혁명과 무장봉기를 일으켜서 유산자를 궤멸시키고 무산자들 세상을 맨딜라고 허는 정치세력입니더. 그렇기 땜에 반대편 사람들은 다 직이 읎애야 자기들의 지상낙원을 맨딜 수 있다고 여기는 기지예."

회정 선생은 우리나라와 중국 고사를 들며 재판이 신중해야 함을 강조했다.

"인명은 재천이라 했네. 그러고 중국 역사에서 최고 폭군이라고 허는 진시황제도 법을 너무 혹독허이 집행헌 기 문제였지. 그래서 경범자도 사형으로 다스려 무고한 희생자가 너무 많았던 것도 사실이었지. 그러나 법의 집행권을 아무에게나 맡기지는 안 했다네."

"한고조 유방은 약법삼장만 갖고 나라를 다스리도 성군이 뎄다 아입니꺼?"

재환이도 고사를 들어 말했다. 회정 선생이 계속 말을 이어갔다.

"맞십니더. 법이 너무 강허모 사람이 다치는 법이지요. 그라고 조선 시대 다산 정약용 선생은 관료들이 죄인을 다룰 적에 조사를 소홀히 해서 섣부른 판결을 삼가라는 뜻으로 흠흠신서欽欽新書라는 형법 책을 지었지요."

회정 선생의 말에 진덕도 거들었다.

"제도 그 책을 읽어 봤십니더. 다산은 관료들이 재판할 적에 판결을 삼가고 또 삼가서 행허라는 뜻으로 책의 제목에 삼가할 '흠欽' 자를 두 번이나 쓴 거 아이입니꺼?"

"그렇다네. 법이라는 게 잘못 집행허모 무고헌 사람도 해치는 무기가 된다 이 말이재. 그런디 법을 무식헌 사람들이 조자룡이 헌 칼 쓰듯이 휘둘러 대고로 헌다? 말세에나 있는 일이재이."

회정 선생이 공산주의자들의 잔인함을 비판하자 진송이 집에 있는 머슴들 생각이 나서 갑자기 격한 말을 꺼냈다.

"그런깨로 공산주의 세상이 되모 시방 우리 집에 머슴 살던 사람들이 내를 인민재판으로 직일 수도 있다 이 말 아이가? 으윽!"

진송은 너무도 끔찍한 생각이 들어서 자신의 말을 다 끝내기도 전에 혀를 깨물었다. 혀끝에 피가 나는지 짭짤한 입맛이 느껴졌다. 그러자 몽환이 진송의 말이 너무 과하다고 느껴졌던지 아들을 점잖게 나무랐다.

"야아야, 점잖은 회정 선생 앞에서 말을 삼가서 허거라. 무신 말을 그리 무작시럽고로 허니."

"예, 아부지, 알겄십니더."

진송은 아버지의 제지를 받고 나서도 이상하게 머릿속이 어수선했다.

"아재, 그래도 동숭 말이 틀린 거는 아이다 아입니꺼? 그럴 수도 있다는 기지예."

진덕이 진송의 심정을 눈치채고 진송의 표정을 살피며 조심스럽게 말했다. 그러자 재환이 분위기를 바꿔 보려고 궁금한 것이 있다는 듯이 화제를 돌렸다.

"그런디 북한에서는 인민재판으로 친일파를 무조건 처단헌 모양인디. 그들이 매국노라서 그런 긴가?"

현수가 공산주의의 특징을 설명했다.

"북한 공산주의자들이 명분은 그리 내세우지만, 본심은 미국과 같은 일본 제국주의에 협조했다고 그럴 깁니더."

재환이 공산주의에 대해 다시 물었다.

"공산주의자들헌티 제국주의자들은 무조건 적인가?"

"예 맞십니더. 공산주의 이론은 노동자와 농민 계급이 아닌 사람들은 모두 혁명과 무장봉기로 궤멸시이는 기 그들 사상의 본질입니더."

"공산주의가 그리 무작헌 긴가? 그런디 이승만 대통령도 친일파를 북한처럼 처단헐 끼라 보는가?"

진송이 이승만 대통령의 정책이 궁금하여 물었다.

"설마 그리야 허겠십니꺼? 그런디 제는 아무리 친일파라 해도 북한 맨키로 인명을 파리 목숨 취급해서는 안 된다고 봅니더."

현수의 말에 회정 선생이 고사를 들어가며 설명했다.

"맞는 말일세. 사람이 진 죄의 경중을 가리지도 않고 함부로 사람 목숨을 거둘 수는 읎는 일이재. 옛날 중국 초나라 항우가 신안에서 진나라 포로를 떼죽음시고 나서 민심을 잃고는 천하를 유방에게 내주지 않았던가?"

"선생님 말씀이 맞십니더. 시방 북한 주민들은 인민재판이 뭣인지도 모림시로 고마 공산당이 시는 대로 사람 목숨을 짐승 취급허고 있는 깁니더."

"세상에 쯔쯔, 어째서 이런 말세가 왔단 말인가? 참 통탄시런 일일세. 어디 친일청산만 허모 단가? 우리나라가 패망헌 원인을 찾아보고 앞으로 그런 과거의 실패를 거울삼아 미래에 대헌 대비책을 강구허는 기 더 중요허지."

회정 선생이 한탄하는 모습을 보고 진송이 신문보도 내용을 말했다.

"회정 선셈님 말씀이 맞십니더 그기 역사를 대허는 통감의 정신 아이겠십니꺼? 그런디 제가 신문에 본께로 국회에서 반민특위를 맨딜어서 친일파를 처단허는 일을 시작했다는 보도가 있더만요. 그런디 이승만 대통령이 안보 상황이나 치안을 이유로 반민특위 활동에 비협조적인 거 겉십디더."

그러자 현수가 고개를 저으며 말했다.

"그럴낍니더. 이승만 대통령이 친일파 청산을 해도 적극적으로 허지는 안 헐깁니더."

진덕이 그 연유를 물었다.

"와 그리 생각허는가?"

"그분은 자본주의 나라 미국에서 독립운동을 험시로 공산주의가 먼지 누구보다 잘 알고 있을 낍니더. 그런디 우리나라에서 해방되자마자 공산주의가 이러코롬 큰 세력으로 활개를 칠지는 꿈에도 짐작 못했을 걸요."

"그러모 우리 남한이 공산주의 땜에 위험헌 처지에 있다 이 말인가?"

진송이 현재 남한의 실정이 걱정되어 물었다.

"예, 맞십니더. 그런디 자기가 철썩 겉이 믿었던 중국도 미국의 막대한 군사원조를 받아 공산군보다 몇 배나 강헌 군사력을 갖고도 공산당에 망허는 걸 보고 가슴이 철렁 내려앉았을 깁니더."

"장개석이가 결국 중국서 대만으로 쫓겨 갔다며?"

진덕이 현수의 말에 자기가 신문보도를 본 내용을 덧붙였다.

"맞십니더. 그런 디다가 이승만 대통령은 우리나라가 중국처럼 강헌 군대도 키우기 전에 여순사건으로 군대 안에꺼정 공산주의 세력이 침투헌 걸 알고는 얼매나 위기의식을 크게 가졌겠십니꺼?"

"맞는 말일세."

진덕이 동감했다.

"그래서 그분은 대통령이 되고 나서 우선적으로 공산주의 세력을 막아낼 방법을 백방으로 찾고 있을 기 틀림없십니더."

그러자 진송이 눈치를 알아채고 말했다.

"동승은 공부를 마이 헌 사람이라서 그런지 역시 아는 것도 많고 생각이 깊네. 그러닝깨로 이승만 대통령이 공산주의 세력을 막을라고 친일파를 이용헌다 이 말 아이가?"

"성님, 눈치 한번 빠르네예. 옛말에 꿩 잡는 기 매라꼬 안 캅디꺼?"

현수의 말에 진덕도 자기 생각을 말했다.

"그러닝깨 이승만 대통령이 친일파 경찰허고 군인들 보고 너뜰이 친일해서 죽을죄를 지었으니 살길은 한 개뿐이다. 너뜰이 공산주의 세력만 막아내모 민족반역죄를 사해 줄 수 있다 이 말인가?"

"그렇지요. 그럼시로 공산주의도 막아내고 자기 정권도 지키는 기지예, 이기 꽁 묵고 알 묵는 거 아입니꺼?"

그러자 회정 선생이 점잖게 말했다.

"자네 말은 이승만 대통령이 친일파들의 약점을 이용해서 공산주의를 막을라꼬 헌다는 거 겉이 들리네."

"제는 그리 짐작허고 있십니더."

"그런디 빛이 있이모 반드시 그림자가 있는 법일세, 그러다가 친일파들이 오히려 애국지사들을 좌익세력으로 몰아 처벌허는 일이 생기지 말란 법이 있나 이 말일세. 그리 되모 주객이 전도된 꼴이 아인가?"

그러자 몽환이 말했다.

"회정 선생 말씀이 맞는 거 겉십니더. 냉천 젊은 지주도 볼씨로 친일파 경찰헌티 공산주의자로 몰려서 서울로 피신헌 거 겉던디요."

회정 선생이 그것 보라는 듯이 말했다.

"현수 자네, 그거 보게. 그분은 일제 때 우리나라 독립을 위해 잠시 공산주의자들 허고 교류했다고 독립운동헌 행적은 무시당허고 되레 친일파 경찰헌티 빨갱이로 몰려서 피신갔다 허지 않는가?"

"내는 그 일만 생각허모 밤에 잠이 안 오네. 그 어른이 아이모 오늘 우리 집안이 없었일 낀디. 우째서 그분헌티 그런 액운이 닥쳤는지 모를 일일세."

몽환이 김 개묵 집안의 불행을 안타까워하며 말했다.

"맞십니더. 구례 지주 집안 겉은 일이 일어나서는 절대로 안 되지예. 그런디 더 큰 화근을 막을 길이 이 길 밖에 옰다모 이승만 대통령이라고 선택의 여지가 없일 거 겉다는 생각이 듭니더."

현수가 공산주의를 막는 것이 시급하다는 뜻으로 이승만 대통령의 입장을 옹호하는 말을 했다.

"공산주의가 자네 말대로 그리 크기 위험헌 세력이모 막아야 허겄지만 내 말은 사회주의자라고 무디[17] 금으로 넘길 기 아이고 그중에서도 옥석은 가려야 헌다는 말일세."

회정 선생이 앞날이 걱정된다는 듯이 한숨을 쉬며 말했다. 그러자 현수가 또 다른 화제를 꺼냈다.

"그런디 우리나라가 이러코롬 친일청산을 못허는 이유가 한 개 더 있십니더."

"그기 뭔디?"

진송이 그 까닭을 물었다.

---

17) 무더기

"그거는 우리나라가 해방되기 바로 전에 미국이 상해 임시정부에 광복군을 조직해서 우리나라 독립전쟁에 참전시킬라고 군사훈련 지원을 했십니더. 그런디 미국은 일본이 패망허기 전에 김구 주석헌티 임시정부를 대표하여 일본에 선전포고를 허고 광복군을 독립전쟁에 참전시킬 기회를 주지 않았던 깁니더."

모두들 현수의 다음 말에 조용히 귀를 기울이고 있었다.

"그때 만약 우리나라가 일본을 상대로 참전을 했이모 우리나라는 당당히 승전국이 되고 나라가 반으로 쪼개지는 불행도 막았을 낍니더. 그래서 김구 주석이 일본이 너무 빨리 항복허는 바람에 광복군이 참전헐 기회를 놓친 거를 젤로 아쉬워 했지예."

재환도 현수의 말을 거들었다.

"맞네, 소련은 그동안 일본허고 불가침조약을 맺고 있다가 막판에 일주일만 싸우고도 승전국이 됐다 아인가 배. 그래서 소련은 승전국이라고 만주허고 우리나라를 다 공산주의로 맨딜라고 헌기지."

"맞십니더. 우리나라도 광복군이 참전해서 승전국이 됐이모 지금 맨키로 나라도 남북으로 안 갈라지고, 김일성이는 우리나라에 들어오지도 못했을 끼고 친일파 놈들을 다 처단했을 낍니더."

"동숭, 그러모 우리 광복군이 와 일본을 상대로 참전을 못헌 기고?"

"그거는 우리 광복군이 미군헌티 군사훈련을 받던 중에 일본이 원자탄을 맞고 너무 빨리 항복했기 때문이지예."

"그런 일이 있었던가?"

진송이 궁금하여 물었다.

"예, 성님, 그래서 김구 선생이 일본이 빨리 패망헌 거를 한탄했던 기지예."

진송은 새로운 사실을 알고 고개를 끄덕였다.

"그런디 제 생각에는 또 다린 이유도 있었던 거 겉십니더."

"그게 뭔디?"

"그거는 2차 대전 때 독일에게 패망헌 프랑스의 지도자 드골이란 사람 때문인지도 모르것십니더."

"드골이라 쿠는 사람이 우쨌는디?"

"그 사람은 2차 세계대전 때 유럽의 노르망디 상륙작전에 소규모의 프랑스 군대로 참전했십니더. 그리해서 프랑스는 승전국이 됐다 아입니꺼? 그때 드골은 승전국의 지위를 내세워 연합국을 상대로 패전국에 대헌 지나친 이권을 요구했지예, 그 일로 연합국인 미국과 영국이 독일을 전후 처리험시로 애로가 많았십니더."

"그런 일이 있었던가?"

진송이 현수의 박식한 식견을 가진 것이 부럽다는 듯이 말했다.

"그래서 미국 입장에서는 우리 임시정부가 대 일본전에 참전해서 승전국이 되는 거를 달가워 허지 않았일 지도 모르지예. 미국은 우리나라가 프랑스처럼 승전국 행세를 하면 일본을 전후 처리허는디 성가시다고 본 기 아인가 싶네요."

회정 선생이 고개를 끄덕이며 자기 의견을 말했다.

"자네는 세계정세에도 참 밝으이. 우리가 그런 사실꺼지는 몰랐지. 그런디 옛말에 화는 하나로 그치지 않고 겹치서 온다는 것을 이르는 화불단행禍不單行이란 말이 있지. 우리나라 처지가 꼭 그런 처지 겉애서 참 안타깝네."

현수는 국제정세에 관한 말을 이어갔다.

"미국이 그런 반면에 소련은 일본이 항복허기 전부텀 우리나라를 공산주의로 맨딜라꼬 이미 김일성이를 공산주의 지도자로 훈련시켜 놨던 깁니더. 그래서 소련군이 북한에 진주허자마자 김일성이를 내세워 공산당 정부수립을 일사천리로 밀어붙일 수 있었던 기지예."

"소련이 그리 약삭빠른 나란 줄은 몰랐네."

진덕이 그런 사실을 처음 알았는지 의아한 표정을 지었다.

"그런디 미국은 우리나라에 대한 전후戰後 대비책이 없었던 거 같십니더. 그렁깨로 우리나라 독립을 위해 수십 년을 투쟁해 온 임시정부의 대표성도 인정 안 했겠지예."

"허기사, 미국이 일본허고 전쟁허니라 정신이 없었일 낀디 우리나라꺼지 챙길 생각을 했겠나? 그래도 우리나라에 좀 더 신경을 썼이모 좋았을 낀디."

진덕이 우리나라 처지가 아쉬워서 말했다.

"미국이 선견지명이 부족했던 기지예. 그라고 미 군정이 들어서고 나서도 우리나라 실정을 무시허고 민주적 정치활동을 보장헌답시고 좌익세력의 정치활동도 허용했지예. 그럼시로 공산주의를 막는 반공대열의 최선봉에서 활약헌 김좌진 장군의 아들 김두한에게 백색테러를 저질렀다고 사형선고를 내리는 우를 범허기도 했십니더."

"김좌진 장군의 아들헌티 그런 일이 있었나?"

회정선생이 안타까워했다.

"예, 그리 따지자모 북한에 진주헌 소련군도 북한서 인민재판으로 사람을 마이 직인 당원들에게 백색테러를 저질렀다고 처단해야 허는 기 옳은 거 아입니꺼?"

현수의 말에 재환이 신문보도 내용을 들먹이며 말했다.

"그거는 현수 자네 말이 맞네. 내는 신문에 북한서 소련이 그런 일을 했다는 기사는 본 적이 없네."

"우리 입장에서 미국이 허는 걸 보모 참 한심허지 않십니꺼? 앞으로 우리가 공산주의를 못 막아내모 공산주의가 얼매나 포악허고 또 무서운 재앙을 일으킬지는 눈앞에 선헙니더."

"우리나라도 공산주의가 되모 피바람이 분다. 이 말인가?"

진송은 뭔가 공산주의에 대한 공포감이 들었는지 걱정했다.

"예, 성님, 두 말허모 숨가쁘지예. 그래서 제 생각에는 이승만 대통령이 우짜던지 공산주의만은 막아내야 우리나라의 앞날에 미래가 있일 끼라 봅니더."

현수는 이만성의 영향으로 공산주의 서적을 접하고 나서 공산주의의 위험성을 확신하게 되었다. 그는 공산주의에 대한 경계심을 가져야 한다는 의견을 강조하며 말했다.

"공산주의가 그리 무작허고 우리나라에 재앙이 된다쿠모 당연히 막아야재."

진송은 현수가 공산주의가 재앙이라고 하는 말에 너무 섬뜩한 느낌이 들어서 자기도 모르게 소름이 돋았다.

등불

이승만은 구한말에 독립협회에 참가하여 조국 개화운동에 앞장섰다. 그러다가 조국이 일본에 패망하자 미국으로 망명하여 우리나라가 해방될 때까지 독립운동을 하였다. 우리나라는 해방된 뒤에 미 군정을 하다가 유엔의 주도하에 남한에서 총선거로 제헌국회를 구성하여 헌법을 제정하고, 헌법에 의해 대통령을 선출하였다. 이승만은 이때 대한민국 초대대통령에 당선되었다.

그는 우리나라의 많은 독립 운동가나 애국지사들의 피와 희생으로 독립한 조국을 부흥시키기 위해 교육정책을 가장 중요한 정책으로 삼아 실행에 옮겼다. 그는 망명생활을 하는 동안 서구의 근대국가 중에서 강대국으로 굴기한 나라들이 채택한 정책과 정치지도자의 역할에 대해 고민하고 연구했다. 그 결과 그는 조국이 다시는 외세의 침략으로 패망하지 않고, 대국굴기의 초석을 세우는 데 가장 중요한 요소가 교육이라는 것을 확신하게 되었다.

그는 비록 우리나라가 36년 동안 일본의 식민 지배를 받았지만 우리 민족은 반만년의 유구한 역사를 지닌 문화민족으로서의 저력을 믿어 의심치 않았다. 그래서 그는 집권하고 나서 우리 민족의 위대한 저력을 살리기 위해 일관성을 가지고 가장 강력하게 추진한 정책이 초등보통교육의 확충이었다. 그는 우선 우리 국민들의 문맹률을 낮추어 민족중흥을 위한 초석을 다지려고 했다.

이승만 대통령이 국민교육정책을 실현하기 위해 모델로 삼은 나라가 독일과 비록 조국을 패망시킨 적국이었지만 일본의 국민의무교육제도였다. 일본은 메이지 유신을 일으킨 후에 서구 문명을 도입하여 근대화를 이루기 위해 사절단을 구미 선진국에 파견하였다. 그들 중 메이지유신의 주역인 오쿠보는 독일을 방문했을 때 독일을 통합한 피와 철의 재상 비스마르크가 한 말을 귀담아들었다.

비스마르크는 '오늘날 세계 각국은 예의와 정의를 내세우며 상호거래를 하지만 그것은 사실 표면적인 현상일 뿐이다. 실제로는 약소국을 무시하고 약탈하는 것을 일삼는다. 따라서 후진국이 선진국을 따라잡는 길은 오직 교육밖에 없다'고 했다.

오쿠보는 독일의 국민교육정책을 모델로 삼아 자국의 교육정책을 강력히 추진하여 동양에서 가장 먼저 근대국가를 건설할 수 있었다.

현수는 신문을 통해 이승만 대통령도 지구 상에서 가장 후진국이며 최빈국인 조국의 발전을 위해 독일과 일본의 국민교육제도를 받아들였다는 기사를 읽었다. 그는 정부예산을 우선 교육 분야에 투입하여 전국에 국민학교를 세워 국민보통교육을 실시한다고 발표했다. 그리고 그가 교육정책을 추진하는 데 있어서 전국적인 국민들의 호응도가 높다는 신문기사도 보았다.

현수는 이승만 대통령이 대한민국을 건국한 후에 정치지도자로서의 현명한 판단으로 조국발전을 위한 초석으로 국민교육을 최우선과제로 채택하여 시행하는 일에 박수를 보냈다. 그리고 이승만 대통령이 교육정책을 시행하면서 문맹 퇴치와 국민계몽을 위해 세종대왕이 창제한 세계에서도 가장 과학적이고 창조적인 글자인 한글이 큰 역할을 하게 된 것이 너무도 자랑스러웠다.

전통적으로 한국인들의 교육열은 어느 나라보다 높았다. 조선 말기에는 비록 유학교육이기는 하지만 전국 방방곡곡에 서당이 없는 마을이 없을 정도로 교육이 활발하게 널리 보급되고 있었고, 각 고을에는 향교와 서원이 있어서 교육사업을 주도해 왔다. 현수는 조상들이 지켜 온 이러한 전통에 자부심을 느끼고 있었다.

현수는 서양인들의 문화와 전통을 소개하는 책에서 영국인들은 신천지에 가서 마을을 건설할 때 맨 먼저 울타리를 치고, 프랑스인들은 교회를 짓는다고 읽었다. 그런데 우리 민족은 조선이 패망한 뒤에 만주로 망명하여 삶의 터전을 개척할 때에 맨 처음 한 일이 학교를 지었다는 사실을 잘 알고 있었다.

현수는 이러한 우리 민족의 강한 교육열이 이승만 대통령이 시행하는 국민교육을 보급하는 데 큰 힘이 되어서 이 대통령의 문맹 퇴치와 국민계몽 사업이 틀림없이 성공할 것이라 확신했다. 그리고 후발 선진국인 우리 조국이 굴기하여 선진국이 되기를 희망했다.

이승만 대통령이 교육 중흥을 위해 전국적으로 학교를 세우려고 하자 우리 민족의 강한 교육열이 요원의 불길처럼 되살아났다. 그래서 전국적으로 지역유지들이 학교 부지에 들어갈 토지를 앞장서서 희사하여 정부의 학교 건립 사업이 순조롭게 진행될 수 있었다. 또 한 가지 다행인 것은 정부예산이 부족하여 교사들의 월급이 박봉인데도 전통적으로 교사에 대한 권위가 있었기 때문에 인재들이 교직을 선호하여 우수한 인력을 교원으로 확충할 수 있었다는 점이다.

우리나라가 독립된 다음 해의 따뜻한 봄날, 양보면 박달리 박달부락에서는 학교 신축공사를 하고 있었다. 이 공사는 이승만 대통령이 강력하게 시행한 교육정책의 일환으로 박달국민학교 개교를 위한 학교 부지 조성공사였다.

김수권은 학교 신축공사 현장을 감독하느라 구슬땀을 흘리고 있었다. 그가 학교 신축공사 감독 일을 맡아서 하게 된 것은 그의 장인인 박달부락의 부호 이현승 덕분이었다. 그의 장인은 박달지역에서는 가장 큰 부호였는데 그가 신축학교 건설부지로 자기 옥답 열두 마지기를 기부했던 것이다.

그 일로 김수권은 자기 장인과 지방 유지들이 박달국민학교 신축을 위해 희사한 토지 및 기부금 관리와 각 부락의 학부모 인력을 동원하는 일, 학교 부지 정지작업 등을 감독하게 되었다. 박달국민학교 학부모들은 박달에 신설학교가 개교하게 되면 앞으로 자기 자녀들이 양보국민학교까지 먼 길을 걸어서 학교에 가지 않아도 되었기 때문에 누구나 할 것 없이 노력지원을 아끼지 않았다.

오늘은 원박부락 사람들과 개고개, 집홀 사람들이 동원되어 학교 부지 정지작업을 하고 있었다. 이들은 학교 부지의 높은 쪽에 있는 논을 괭이로 파서 흙을 바지게에 지고 아래쪽의 낮은 곳에 져다 부어서 땅을 돋우며 정지작업을 해 나갔다. 김수권은 학교 부지 모퉁이에 토목기사가 꽂아 놓은 빨간 삼각기를 보아가며 학부모들의 작업을 독려하고 있었다.

오전 휴식시간이 되자 학부모들은 지게를 작업장에 세워놓고 작은 바위나 잔디 위에 앉아서 담배를 피우기도 하고 환담을 나누었다. 김수권이 장부를 들고 학부모들이 쉬는 곳으로 걸어오며 말했다.

"뭐라 캐싸도 원박 사람들 대가리 수가 많은 깨로 일이 잘구내.[18]"

그러자 집홀에 사는 이덕태가 농담을 받았다.

"야, 이 사람아, 김 감독, 어른들 보고 대가리가 뭐꼬? 불경시럽고로… 찬물도 우아래가 있는 기다."

"덕태 이 사람아, 자네는 갑장이 돼서 무신 잔소리고… 나설 때나 안 나설 때나 시도 때도 없이 나서는 기가?"

"머시라꼬? 오뉴월 볕이 한나절 볕이 무섭은 기다. 성님보고 못허는 소리가 없네."

---

18) 줄어드네

"자네가 엊그제 양보국민학교꺼정 가서 보도연맹 교육을 잘 못 받았나, 와 또 헛소리고?"

그러자 덕태가 발끈하며 핏대를 올려 말했다.

"어이, 김 감독, 자네가 감독헌다꼬 아무 말이나 함부로 씨부리모 되나? 학교 짓는다꼬 쎄가 빠지고로 일허는 사람 보고 보도연맹 이야구는 멀라꼬 꺼내는디? 학교 짓는디 빨갱이 껌뎅이가 어디 있나?"

덕태의 말을 듣고 있던 같은 동네에 사는 여상국이 거들고 나섰다.

"너 장인 덕에 감독 뎄다고 눈에 뵈는 기 읎는 모양이재. 학교 잘 지을라모 그런 소리 허모 안 되지."

이번에는 박달에 사는 김수권의 친구 김민수가 지겟작대기를 짚고 일어서며 친구 편을 들었다.

"상국이 이 사람아, 집홀 동네에 빨갱이가 많다꼬 덕태 편 드는가 배. 그런디 우리 동네 김 감독 장인어른 이 부재는 박달학교 짓는다꼬 금덩이 겉은 자기 논을 열두 마지기나 내놨다 아이가?"

"머시? 논 마이 낸 기 장뗑이가?"

덕태가 발끈했다.

"그래, 그라모 율촌 이 부재는 와 돈 한 푼도 안 내는 기고? 그 사람 덕태 자네 집안사람 아이가? 억울허모 율촌 이 부재 집에 가서 논 내나라 카고 니도 그 덕택에 감독허모 될 꺼 아이가?"

그 말을 듣고 상국이가 민수 앞으로 다가가서 삿대질하며 대들듯이 가슴을 내밀면서 말했다.

"그라모 시방 빨갱이 허고 껌뎅이 허고 한판 붙어 보자 이 말이가?"

민수도 지지 않고 대들었다.

"못할 것도 읎재. 우리 박드리 동네헌티 집홀 너가 한 볼치나[19] 될 것 겉나?"

사람들 뒤쪽에 앉아 담배를 피우고 있던 박달부락 구장 김봉수가 이 광경을 보고 앞으로 나와 두 사람을 부드러운 말로 말렸다.

"어이, 이 사람들아, 와 이래쌌노? 우리가 여기다 학교 질라꼬 왔지 싸울라꼬 왔나? 보도연맹에 든 사람도 인제부터 빨갱이 안 허고 우리 편 허기로 맹세헌 사람들 아이가? 이기 다 우리 새끼들 좋으라꼬 학교 짓는 긴다. 인제 좀 쉬었잉께 일허로 가세."

박달 구장의 말에 투덜거리는 사람도 있었지만 다들 지게를 지고 언덕 쪽으로 흙을 파러 갔다. 해방 후에 박달 학구 내 사람들은 좌우갈등이 심했다. 그런데 좌익과 우익으로 갈라진 사람들이 빈자와 부자로 갈린 것이 아니라 박달부락을 중심으로 위아래의 자연부락 단위로 갈라져서 충돌하였다.

해방 후에 이만성은 서울의 박헌영과 손을 잡고 주로 하동지구 좌익 지하세력을 조직하여 중추적인 역할을 맡아 활동했다. 그러나 표면적으로 얼굴을 드러내 놓지는 않고 뒤에서 당원들을 조종하고 있었다.

이만성은 그의 고향인 양보면에서는 일제강점기에 신식교육을 받은 지식인들이 많이 사는 중하쌍의 정연채와 그의 친척들을 비밀리에 교

---

19) 한 주먹 거리나

섭하며 좌익세력을 키워갔다.

그리고 자기가 사는 율촌을 비롯하여 자기 친척인 전주이씨 사람들이 많이 사는 개고개와 집홀마을 등을 중심으로 공산당조직을 키워갔다.

그런데 박달이나 수잘 등의 아랫마을 사람들은 그의 의도대로 공산당조직에 잘 가담하지 않았다. 그들은 주로 합천이씨 집안이나 경주김씨 집안사람들이 주축이 되어 우익진영에 서게 되었다. 그리하여 나중에는 자연부락 단위의 좌우 세력다툼으로 비화하게 되었다.

이승만 정권이 들어서자 좌익세력에 섰던 사람들을 대한민국 정부정책에 협조하도록 전향시키기 위해 보도연맹을 조직하여 가입을 독촉하고 있었다. 이때 이만성은 자기의 핵심조직원들에게 어떤 압력이 있어도 보도연맹에 가입하지 말라고 지령을 내려서 암암리에 정부정책의 시행을 방해하고 있었다. 그런데 집홀의 이덕태나 여상국은 농사를 짓는 농사꾼으로 좌익사상이 뭔지도 모르면서 집안사람들의 분위기에 휩싸여 좌익에 서게 되었다. 그러던 중에 이들은 양보지서 순경과 면 직원들의 권유와 압력에 못 이겨 억지로 보도연맹에 가입한 사람들이었다.

특히 이덕태는 이만성의 집안사람이었는데 이만성으로 인해 자기 식구가 피해를 보는 것이 싫었다. 그리고 이승만 정부에서 만든 보도연맹에 들어가면 자식들에게도 좋을 것 같아서 이 단체에 가입한 사람이었다.

김수권은 학교 부지 정지작업 감독 일을 끝내고 장부정리를 위해 양보면사무소로 내려왔다. 그는 면사무소에서 장부정리를 다 마치고 자리에서 일어서려는데 자기 친구이며 면장인 이종갑이 그를 불러 세웠다.

"어이, 김 감독, 박달 학교 짓는 거는 잘 돼 가나?"

"헌다고 허는디 운동장 맨디는 기 참말로 심드네."

"하이튼 욕보네. 일 다 봤이모 나가세. 막걸리나 한잔허고로…"

"그럼세, 내 고생허는 거 알아주는 사람은 친구 면장뿐이 없내."

두 사람은 면사무소 길 건너편에 있는 술집으로 들어갔다. 그리고 술집 마루에 간단한 술상을 차려놓고 술잔을 나누었다. 수권이 먼저 학교 짓는 이야기를 꺼냈다.

"이 면장, 학교 터를 닦을라모 그래도 남자 일꾼이 더 마이 필요헌디. 여자 일꾼이 자꾸 나와서 탈일세. 면장 자네가 동네 구장들헌티 부탁해서 남자 일꾼 좀 마이 나오고로 해주게."

"알겠네, 낼 구장 회의가 있는디 그때 내가 자네 말대로 해 보겠네. 그런디 개고개허고 율촌 이 부재 집사람들도 잘 협조허나?"

"입금도 안 먹히네. 개고개 사는 전주 이가 집안에는 양보국민학교에 댕기는 아들도 많은디. 먼눈파는 사람 행세험시로 뒷짐만 지고 있당깨로…"

"이만성이 사촌 형님 집 말이가?"

"그래, 우리 장인이 학교 짓는다고 땅 내 논기 배가 아파서 그런지는 몰라도 우리 장인이 허는 일에는 사사건건 물고 늘어진당깨로…"

"진짜 내도 그 사람들 허는 일은 알다가도 모르겠네. 자네 장인 집안이나 그쪽 전주 이가 집안이나 다 옛날에는 만석꾼 집안 아이가? 그런디 이만성이 그 사람은 일본꺼정 가서 대학공부도 해 놓고 와 빨갱이 편이 돼서 그 지랄 허는지 모르겠네."

"빨갱이들이 다 뭐라쿠대? 무산대중 세상이라 안 카더나? 그러모 이만성이 주는 뭐꼬? 주가 무신 무산대중이고? 내 생각에는 아매도 공산주의 핑계 대고 권력 한본 잡아 볼 끼라고 허는 짓 같다니까…."

"그렇겠재, 내도 마, 그리 생각허는디. 그런디 요새 빨갱이들 땜에 골치가 아프네."

"와 그러는디, 너 아들내미가 청년단 아이가? 너 아들 땜에 그러는가 보네?"

"맞네, 하동군청에서 자꾸 면직원들 허고 청년단원들 보고 빨갱이 편에 든 사람들을 보도연맹에 마이 가입시키라꼬 독촉허는디 그기 어디 엿장수 맘대로 잘 돼야 말이재."

"그런디 전에 양보지서장 했던 감당에 사는 김 서장도 가입했다는디 개고개 그 사람들은 요지부동인가 보내?"

"그래! 그뿐이가? 쌩기 사람들 중에도 동경제국대학꺼지 나온 젊은 빨갱이가 있는디. 그 사람헌티 물이 들어 그런지 골수 빨갱이들이 많다 카이깨. 아무리 잡지도 안 들라 쿤다[20] 아이가? 군청에서는 면사무소에 자꾸 실적 보고를 허라꼬 공문이 내리오는디 사람 환장헐 노릇이재."

---

[20] 재촉해도 안 들려고 한다

"참 고민이 많겠다. 그런디 우리 동네도 요 앞참에는 집홀 사람들허고 갈라서서 참말로 시꺼럽었데이. 그놈의 빨갱이 껌뎅이가 뭣인고? 어디 왜정 때도 이런 일은 없었다 아이가? 세상이 어찌 될 낀고 모르겠다."

두 사람의 대화는 술에 취해 갈수록 더 진지해져 갔다. 이때만 해도 두 사람은 앞으로 자기들의 운명에 어떤 일이 일어날지 꿈에도 모르고 있었다.

돌팔매

용덕부락 앞 갯벌에 안개가 부옇게 끼어 김 채취가 끝난 산죽의 휘어진 가지 끝에 작은 물방울이 맺혀 떨어지고 있었다. 용덕부락 우물가에서는 동네 아낙네들이 모여 우물물을 길어 빨래하고 있었다. 덕출의 어머니인 삼내댁이 빨랫방망이로 빨래를 두들기며 집안 손아래 동서 한재댁에게 말했다.

"동승, 안개가 찌서[21] 오늘 어장에 못 나가갔는 갑네?"

"아침에 안개 찌모 중놈 대머리 벗겨진다고 안 쿱디꺼? 아침 묵고 찬차이 나가 보모 안 데겠십니꺼?"

그때 군청에 다니는 준철의 어머니 궁항댁이 빨래통을 이고 빨래터로 와서 삼내댁에게 농담 삼아 뼈 있는 말을 건넸다.

---

21) 껴서

"아침부텀 황 씨 집안 동서끼리 앉아 새살도[22] 많네요. 그런디 삼내띠는 어디 본때 한번 내 볼 끼라꼬 불구짭짤헌[23] 댕기를 매고 댕기는가 배요?"

그러자 삼내댁이 눈알을 아래위로 굴리며 화난 얼굴로 말했다.

"궁항띠, 니, 시방 뭐라캤노? 와, 아침밥을 잘못 뭈나? 쓸데없이 애민 남우[24] 댕기 갖고 와 시비를 거는 기고?"

"와요? 뾹은 걸 보고, 뾹다 쿠는 디. 그기 그리 듣기 싫은가 배요?"

"너 염가들 집안이 껌뎅이 집안이라고 시방 시비 거는 기가?"

"아이구 무시라이, 시비는 무신 시비라 쿠는 기요? 뾹은 걸 보고 뾹다 헌 걸 갖고 그래 쌌십니꺼? 어디 황가 집안사람들 무섭어서 말이나 걸겠십니꺼?"

그러자 옆에서 빨래하고 있던 경찰인 김동수의 어머니 덕개댁이 거들었다.

"아요, 삼내띠, 그리 썽내 쌀 기 아이고 말로 허자쿠모 우리 용덕은 다른 동네허고 틀리서 보도연맹에 가입헌 집안이 황가뿐이다 아입니꺼?"

"이것들이요, 게는 가재 편이라 쿠더이마. 시방 네 아들이 경찰이라꼬 궁항띠 편드는 기가? 염가도 아인 기 먼다꼬 나서노?"

"그기 아이고 다른 동네는 보도연맹에 든 사람들 집안이 다 섞여 있는디. 우리 동네만 집안끼리 두 편으로 갈려 있잉깨로 허는 말이지예."

---

22) 잔소리도
23) 불그스름한
24) 아무 상관 없는 남의

그러자 옆에서 같이 빨래를 하고 있던 한재댁이 황가 집안 편을 들고 나섰다.

"말이사 허고 봉깨로 우리 성님 말이 맞네. 껌뎅이 집안 젊은 사람들이 청년단인가 뭣인가 들었다고 설치고 댕기는디. 보도연맹도 내나 이승만 대통령이 맨긴 거 아이가? 가마이 봉깨로 껌디나 빨갱이나 머 피장파장이네. 별것도 아인 걸 갖고 너무 그래 쌌지 마소이."

삼내댁이 그 말에 힘을 얻었는지 더 큰 소리로 말했다.

"마, 너거 아들내미 경찰 헌다꼬 시방 큰소리치는가 배? 어디 경찰이 모 다가?"

"아이고, 그 말 나올 줄 알았십니더. 사돈 넘 말 허고 있내요이. 그러모 그 집안에는 아닌 말로 왜정 때 별것도 아인 사람이 일본 경찰에 들이붙어서 산림 경찰이라고 설친 사람이 황가 집안 아입니꺼?"

"그래도 우리 봉삼이는 시방은 그런 일은 안 헌다 아이가?"

"왜정 때 하도 지은 죄가 많으닝깨 그렇겄지예."

"야들이요, 칵! 고마, 그래, 그렇다고 남정네들이 헌 일을 갖고 여편네들이 새미 가서 싸울 거는 또 뭐꼬? 그라내도 면서기들이 보도연맹에 가입허라꼬 잡지싸서[25] 골치가 아푼디. 시방 불난 집에 부채질허는 기가? 한번마 더 빨갱이니 머시니 들미 싸모 주디를 칵 찢어 삘 끼다."

삼내댁이 하도 거세게 나오자 다른 여자들이 기가 죽었는지 묵묵히 빨래만 하고 있었다.

---

25) 독촉해서

금남면 공무원들이 좌익세력에 대한 보도연맹 가입 독촉이 심해지고 있던 어느 날 아침에 봉삼이 황대성을 찾아왔다.

"아재, 요새 면서기들이 우리 황가 집안사람들헌티 보도연맹 가입허라꼬 야단치는 거 봤지예."

"그래, 안다. 우리 덕출이도 그 땜에 고민인 갑더라."

"그래서 드리는 말씀인디요. 제 생각에는 덕출이 동숭 대신 아재가 보도연맹에 가입허는 기 좋을 거 겉십니더."

세상 돌아가는 물정에 눈치가 빠른 봉삼이 진지한 표정으로 황대성에게 말했다.

"내가 뭘 했다고 그기 가입헌다 말이고?"

"아재, 그기 거런 기 아입니더. 제 말을 잘 들어 보이소이. 솔직히 덕출이 우리나라가 해방허고 나서 표나게 좌익운동을 헌 거는 맞다 아입니꺼?"

"그래, 우리 황가 집안서는 젤로 앞장 섰재."

"그런디 시방 덕출이가 어업조합 직원이다 아입니꺼? 그런 덕출이 보도연맹에 가입허모 '나 덕출이 빨갱이오' 허고 외는 꼴이 되는 거 아입니꺼?"

"와, 빨갱이는 조합직원 허모 안 되는 기가?"

"안 되는 기 아이고 덕출이 빨갱이라는 걸 경찰이 알모 그서 근무허고로 그냥 뇌 둘 택이 있겠십니꺼?"

"그러모 안 되지. 그런디 내가 덕출이 대신에 보도연맹에 가입허모 덕출이는 가입 안 해도 되는 기가?"

"시방 면사무소서는 보도연맹에 가입시킨 대가리 수 채울라꼬 정신이 없습니더. 그러닝깨 일단 아재가 그리해 놓고 나모 주도[26] 덕출이헌티 자꾸 잡지지는[27] 안을 낍니더. 그라고 나모 뒷일은 제가 알아서 허겄십니더."

"그래, 알겄다. 그래도 우리 덕출이 걱정허는 사람은 니뿌이 읎내. 하이튼 고맙데이."

이리하여 황대성이 덕출이 대신 보도연맹에 가입하게 되었고, 황씨 집안사람들 중에서 특별히 표나게 좌익 활동을 한 사람들 중에 몇 명이 더 반강제로 보도연맹에 가입하게 되었다.

인민군이 하동 가까이 쳐들어오고 있는지 용덕부락에서도 북쪽 저 멀리서 포성이 들려오기 시작했다. 용덕부락 사람들도 점점 가까워지는 대포 소리에 전쟁 공포 속으로 빠져들어 가고 있었다.

용덕에 있는 어업조합 사무실에서는 점심시간이 되어 직원들이 도시락을 들고 와서 염준길 전무의 책상 주위에 둘러앉아 점심을 먹기 시작했다. 여직원 황 양이 염준길의 도시락 반찬을 보고 입맛을 다시며 말했다.

"전무님, 오늘 전무님 생일인가 배요? 벤또 반찬에 육해 진미 나는 반찬이 다 있네예."

---

26) 나면 자기들도
27) 재촉하지는

염준길이 반찬을 가운데로 밀며 말했다.

"야! 황 양이 문자 쓰네. 다 한 점썩 묵어 봐. 오늘 우리 안사람이 신경 좀 썼는가 배."

황 양은 어업조합에 들어온 지 얼마 안 되는 신입 직원이다. 황 양은 황덕출의 집안 조카인데 몇 년 전에 직원을 한 명 더 늘리면서 덕출의 추천으로 조합에 들어온 아가씨였다.

황 양은 덕출의 집안 여자 중에서는 가장 먼저 중학교를 졸업하고 집에서 가사를 돕고 있었다. 그런데 덕출이 지난번 조합전무 선출 시에 염준길에게 밀린 사실을 예로 들며 황 양을 강력하게 추천했다. 그 때문에 누구도 덕출의 주장에 반기를 드는 사람은 없었다.

"전무님, 그런디 애경이 가는 머 헌다꼬 여고꺼지 졸업허고 집에 있임시로 아부지 벤또도 안 싸드리고 뭐허는디요? 엄마도 바쁠 낀디 음마 보고 벤또 싸라고 카는 깁니꺼?"

염 전무의 딸 애경은 황 양과 삼천포여자중학교 동기동창이었다. 애경은 중학교를 나온 뒤에 진주공립여자중학교에 진학하여 고급 3년을 졸업하고 집에서 문학도의 꿈을 키우고 있었다.

"우리 애경이? 가는 네 말 맞다나 여고꺼지 나왔싱깨로 내가 선생이라도 한번 해보라 캤재. 그런디 내 말은 안 듣는다 아이가? 소설가나 시인이 될 끼라 쿰시로 저러고 있어서 내도 기가 찬다."

"전무님, 그거는 가시나를 너무 공부를 마이 시켜 논깨로 코가 쎄서 그런 기라예? 시방 마, 팍 기를 안 직이 놔모 이 담에 전무님이 애물 낀디요?"

"그라내도 황 양 네 말이 맞는 갑다. 그런 이야구는 그만 허고 여 멸 치볶음이나 한 점 집어 먹어 봐라. 우리 마누라 손맛이 기똥찬다닝깨."

그때 멀리서 들려오는 포성을 듣고 염준민이 불안한 표정으로 말했다.

"대포 소리가 여꺼정 들리는 걸 보닝깨로 볼씨로 공산군이 하동 가까이 쳐들어온 거 겉네요. 이거 큰일 아입니꺼?"

황덕출이 염준민의 말을 받았다.

"공산군이 하동꺼지 오모 여기 용덕 올 날도 얼매 안 남은 거 아이가?"

그 말에 덕출보다 뒤에 조합에 들어온 염준상이 뼈 있는 말을 한마디 던졌다.

"황 주사님은 우리 국군이 밀리고 있는디도 공산군이 빨리 오는 기 좋아서 그러는 거 아입니꺼?"

"데끼 이 사람, 말을 해도 우찌 남 듣기 존 소리만 골라서 허는 기가?"

덕출이 준상의 말을 비꼬듯이 말했다.

"그런디 전무님, 인제 우리는 우째야 헙니꺼? 인민군이 여기꺼지 쳐들어오모 피난을 가야 헐 거 아입니꺼?"

황 양이 걱정스러운 표정으로 주위 사람들을 둘러보며 말했다.

"황 양 말도 맞지만, 우리가 피난을 가모 어디로 가겄나? 설마 죄진 기 읎는디 사람을 직이기야 허겄는가?"

"그런디 우찌 됐던 간에 인민군이 하동꺼정 점령허고 나모 공산당 세상이 될지도 모리지예. 그때 되모 황 주사님! 여기서 같이 밥 묵던 식구들헌티는 옛정을 봐서 좀 잘 봐 주이소이."

염준상이 농담 반 진담 반으로 한 말에 황 양이 호들갑을 떨며 말했다.

"참, 염 주사님도…. 두 말 허모 숨 가뿌지예. 우리끼리야 그새 든 정이 얼맨디 잘 봐주고 못 봐주는 기 있겠십니꺼?"

"염 주사, 마, 잔소리 그만 허고 밥이나 묵자. 황 양 말 맞다나 우리헌티는 정뿌이 더 있겠나?"

그날 오후에 덕출이 어업조합에서 퇴근하려 하는데 아내가 급히 조합으로 달려오면서 울부짖듯이 말했다.

"철이 아부지, 큰일 났십니다. 시아부지가, 아이고 우리 시아부지가…."

"당신, 시방 무신 일인디 그래쌌노? 찬차이 말을 해 보거래이. 찬차이…."

"시방 시아부지가 경찰헌티 잽히갔다 아입니꺼?"

"경찰이 우리 아부지를 와 잡아갔단 말이고?"

"모리겠십니다. 아매도 보도연맹 사람들을 다 잡아가는 거 겉십니더."

덕출 아내의 말은 사실이었다.

이승만 정권은 6·25전쟁이 발발한 뒤에 공산군이 물밀 듯이 남침해오자 남한에 잔존해 있던 공산주의자들이 이에 호응하여 내란을 일으킬 것을 우려했다. 이승만 정권은 이를 예방하기 위해 사전에 보도연맹에 가입한 사람들을 경찰을 동원해 제거할 것을 명했던 것이다.

이에 따라 하동경찰서는 공산군이 하동에 진격하기 전에 하동 보도연맹에 가입한 사람들을 체포하여 하동경찰서에 집결시켰다. 하동경찰서 소속 경찰관이 이들 약 오십여 명을 화물차나 쓰리쿼터에 나누어 태우고 섬진강을 건너 백운산 기슭으로 갔다. 경찰은 널따란 너렁바위에 이르러 이 사람들을 차에서 내리게 하여 너렁바위 위에 모아놓고 칼빈 소총으로 무차별적으로 난사하여 사살해버렸다.

용덕부락에 살던 보도연맹 가입자들 중에 덕출의 아버지는 아무것도 모르고 집에서 김섶을 묶고 있다가 체포되어 끌려갔고, 어떤 사람들은 개인 사정으로 외지에 나가 있다가 경찰의 체포를 면했다.

덕출은 백방으로 수소문하여 아버지를 찾아 나섰다. 며칠을 찾아다녔지만 깜깜무소식이었다. 덕출은 하는 수 없이 아버지의 통통배를 타고 하동읍내로 가서 노량에 살던 송재훈을 찾아갔다. 그런데 그도 자세한 소식은 모르고 있었다. 다만 보도연맹 사람들이 전라도로 끌려갔다는 소식밖에 몰랐다. 덕출은 하동읍에서 아버지에 대한 소식을 듣지 못한 채 배를 타고 집으로 돌아왔다. 덕출이 용덕 선창가에 내리니 봉삼이 덕출을 기다리고 있었다.

"덕출이 이 사람아, 나 좀 보세. 내가 자네 아부지 시신이 있는 곳을 알아 왔네."

"성님! 진짭니꺼? 그가 어딘디요? 퍼뜩 말해 보이소."

"내가 가덕 처가에 갔다가 들은 소식인디. 그 동네도 보도연맹에 들었다가 잽히간 사람이 있었다네. 그런디 오늘 그 사람 시신을 찾아왔다 카네."

"어디서 찾았다 캅디꺼?"

"저 백운산 밑애 어디라 쿠던디… 그러지 말고 시방 우리 같이 그 집으로 찾아가 보세. 가 보모 알 거 아인가?"

"그래요? 그러모 빨리 가 보입시더."

덕출은 눈물을 글썽이며 즉시 봉삼과 같이 가덕으로 출발했다. 덕출은 급히 아버지 배를 타고 용덕 앞바다를 가로질러 가덕 쪽 연안에 배를 대고는 가덕고개를 넘어갔다. 날이 제법 저물어 갈 즈음에 가덕에 도착했다. 덕출과 봉삼이 가덕부락 가까이 다가가니 멀리서 여자들의 통곡 소리가 들려왔다. 봉삼이 안내한 상가喪家는 봉삼의 처가에서 얼마 떨어지지 않은 곳에 있는 조그만 초가였다.

두 사람이 상가로 찾아가 보니 이미 시신을 모셔 놓고 초상 준비를 하느라 바빴다.

두 사람이 마당에 들어서자 그들을 빈소로 안내했다. 덕출은 봉삼과 빈소에 잔을 올린 뒤에 상주들과 조문인사를 나누었다. 상주들은 어업조합의 일로 덕출과는 이미 알고 지내던 사람들이었다. 덕출은 상주에게 그간에 있었던 자세한 내용을 물어보았다. 큰상주가 울분을 참지 못하고 울부짖듯이 말했다.

"황 주사님, 이승마이 그놈이 자기가 보도연맹을 맨딜아 놓고 억지로 들라꼬 해서 우리 아부지도 보도연맹에 들었다 아입니꺼? 그런디 우리 아부지가 무신 죄를 짓십니꺼? 보도연맹에 들었다꼬 함부로 사람을 직이도 되는 깁니꺼?"

그 말에 덕출도 울음을 참지 못하고 한참을 같이 울었다.

"자네 말이 맞네. 우리 아부지는 내 대신에 보도연맹에 들었다가 황천길로 가셨다네. 이 불효를 우찌 헌다 말이고? 으흐흐."

봉삼도 따라서 눈물을 흘리다가 두 사람을 진정시켰다.

"자, 인제 그만 울고 헐 이야기나 좀 해 봄세."

큰상주는 덕출에게 자기 아버지 시신을 찾아서 모셔 온 경위에 대해 상세히 설명해 주었다. 덕출은 이야기를 다 듣고 나서 그곳 지리를 안내해 달라고 부탁했다. 상주는 시신을 수습하러 같이 갔던 사람을 불러와서 직접 소개해 주었다. 덕출이 소개받은 사람에게 내일 아버지 시신이 있는 곳의 길을 안내해 주기를 청했다. 그는 기꺼이 같이 가서 길을 안내해 주겠다고 약속했다.

그때 상주가 덕출에게 아버지 시신을 모시러 가려면 꼭 사람 키 정도로 긴 대발을 엮어서 가지고 가라고 일러주었다. 덕출은 상주의 말이 무엇을 의미하는지 대충 짐작이 갔다. 덕출은 길 안내를 해 주겠다는 사람이 너무도 고마워서 정중히 인사했다. 덕출은 길 안내인에게 내일 아침 일찍 가덕 앞으로 배를 몰고 오겠다는 약속을 하고 집으로 돌아갔다.

두 사람이 가덕 고개를 넘어갈 때 가느다란 초승달이 하늘 중턱에 걸쳐 있었다. 덕출은 백운산 기슭에 나뒹굴고 있을 아버지의 시신을 생각하니 눈물이 비 오듯이 쏟아졌다. 초승달도 덕출의 마음을 아는지 애달프게 흐느낄 때마다 들썩거리는 그의 어깨 위를 감싸듯이 포근하게 비춰주었다.

다음 날, 덕출은 아침 일찍 봉삼과 집안 젊은 동생인 덕호와 청년 두 사람을 데리고 아버지 배를 타고 가덕으로 향했다. 덕출은 가덕에서 길 안내인을 태우고 섬진강을 거슬러 올라갔다. 일행은 하동읍 건너편의 원동마을에 이르러 강가에 배를 대고 내렸다. 그리고 광양으로 가는 신작로를 따라 백운산을 향해 걸어갔다.

그들은 매치재를 넘어 불암산을 돌아서 수어천에 이르렀다. 무더운 여름 해가 중천에 떠서 뙤약볕이 내리쬐고 있었다. 땀이 비 오듯이 흘러내렸다. 그들은 더위를 참지 못하여 잠시 냇물에 가서 땀을 씻은 뒤에 길을 재촉했다.

냇가의 방죽 길을 따라 올라가다가 어치계곡 아래에 이르러 산길로 접어들었다. 좁은 오솔길을 올라서 산 중턱에 이르니 자동차가 다니는 비교적 넓은 길이 나타났다. 길바닥에 풀이 수북이 자라 있는 것으로 보아 자동차가 많이 다니는 길은 아닌 것 같았다. 길 안내인은 그 길을 따라 올라가다가 조그만 개울을 지나 다시 숲속 길로 걸어갔다.

큰길에서 수백 미터 정도 올라가니 위에서 고약한 악취가 풍겨왔다. 덕출은 틀림없이 시체 썩는 냄새라고 생각하니 가슴이 울렁거리고 구역질이 났다. 코를 막고 악취를 참으며 좀 더 올라가니 산골짜기에 소나무 숲으로 둘러싸인 널따란 공간이 나타났다.

덕출은 그곳에 너른 바위가 바닥처럼 깔린 것으로 보아 여기가 너렁바위임이 틀림없다고 생각했다. 그는 급히 바위 위로 올라가 보았다. 너렁바위 위에 올라서서 주위를 둘러보던 덕출은 눈앞에 나타난 광경이 너무도 처참하여 그 자리에 털썩 주저앉고 말았다. 너렁바위 위에는 사방에 핏자국이 꺼멓게 말라붙어 있었고, 썩어 가는 시체가 여기 저기 나뒹굴고 있었다. 덕출은 자기도 모르게 흥분하기 시작했다.

덕출은 억지로 정신을 차리고 우선 바위 위에 널려 있는 시체를 살펴 보면서 아버지가 생전에 입었던 색깔의 옷을 입은 시체를 찾았다. 다른 사람들도 덕출이 일러준 색깔의 옷을 입은 시체를 찾기 시작했다.

바위 위에 널려 있는 시체 위로는 파리가 윙윙거리며 떼를 지어 날 아다녔다. 시체에는 꾸물거리는 흰 구더기들이 무더기로 달라붙어서 머리를 흔들다가 다시 처박고 시체를 뜯어 먹고 있었다. 그것은 마치 허연 버섯 무더기가 피어나서 꿈틀대고 있는 것처럼 보였다. 그들은 시 체에서 풍기는 악취에도 불구하고 손을 댈 수 없을 정도로 참혹하게 훼손된 썩은 시체 속에서 덕출 아버지 시신을 찾았다.

어떤 시체는 수족이 떨어져 나가서 따로 나뒹굴고 있었고, 어떤 시체 는 서로 포개져 있어서 시체를 치워 가면서 찾아야만 했다. 덕출이 정 신없이 아버지 시체를 찾고 있는데 봉삼이 크게 소리쳤다.

"덕출아, 퍼뜩 여기 와 바라. 이 사람이 아매도 너 아부지 겉다야."

덕출과 일행이 모두 그곳으로 달려갔다. 한눈에 보아도 덕출 아버지 시신이 틀림없었다. 덕출 아버지 시신의 얼굴은 이미 문드러져서 형체 를 알아보기가 어려웠지만, 삼베적삼과 바지를 보니 평소에 덕출 아버 지가 입었던 옷이었다.

덕출은 한동안 아버지의 시신을 부둥켜안고 통곡하며 울부짖었다.

"아부지! 이게 우찌 된 깁니꺼? 죄 읎는 우리 아부지를 누가 이러코 롬 무작허이 직있단 말입니꺼? 아부지이! 우리 아부지이! 아이고, 억울해라. 원통허고 절통해라. 우리 아부지가 무신 죄를 짓단 말입니꺼? 불쌍헌 우리 아부지, 우리 아부지는 억울해서 우찌 눈을 감을꼬?"

덕줄이는 땅을 치며 통곡했다. 그리고 봉삼이 바짓가랑이를 붙잡고 얼굴을 비벼대며 울었다.

"봉삼이 성님! 억울헌 우리 아부지 한을 우찌 풀어드리모 데겠십니꺼? 아부지이! 걱정 마이소. 제가 우짜던지 이 원수를 꼭 갚고 말 낍니더. 이 통째로 잡아 직일 놈들을 제가 그냥 안 둘 낍니더. 아부지이, 두고 보이소."

봉삼도 눈물을 흘리다가 정신을 가다듬고 덕줄을 진정시켰다.

"덕줄이 이 사람아, 이러코롬 울고만 있일 때가 아이다 아이가? 자인제 분을 참고 아부지 시신을 모시도록 허세. 퍼뜩 고마 일어나게."

덕줄은 울음을 그치고 연방 눈물을 글썽이며 아버지 시신을 수습하기 시작했다. 우선 시신을 새 옷으로 갈아입힌 뒤에 집에서 가져온 대발을 펴서 깔아놓고 시신을 그 위로 들어 옮기려고 했다.

덕줄은 조심해서 아버지의 머리와 몸통을 보듬어 안았고 봉삼이와 덕호 동생이 양다리를 들고 나머지 일꾼들은 중간에서 시체를 들어 올렸다. 그런데 봉삼이 시체를 들다가 기겁을 하고 잡고 있던 다리를 내려놓으며 큰소리로 외쳤다.

"어이! 모도 잠깐만, 고만 고만… 시신을 살짝 내리놔 바라."

그러자 덕줄이 다급히 물었다.

"성님, 와 그럽니꺼?"

"퍼뜩 내리놔 보라카이. 이야기헐 낀깨로…"

모두다 시체를 내려놓자 봉삼이 시신의 두 다리를 손가락으로 가리키며 말했다.

"시신 다리를 잡고 들어 올리모 안 되겠다. 덕출아, 여기 와서 봐 봐라. 두 다리가 짝째이가 됐다 아이가?"

덕출이 아버지 시신을 내려놓고 봉삼이가 가리키는 다리를 살펴보니 한쪽 다리가 긴 것이 확연히 구분되었다. 덕출이 다리를 붙잡고 들어 올릴 때 썩은 시신의 다리가 빠져나가면서 늘어났던 것이다. 덕출은 시신의 두 다리를 붙들고 또 통곡하였다.

"아부지, 이 호로자숙을 용서허이소. 제가 또 불효를 저질라 뺐내요. 아이고, 아부지 다리가 얼매나 아팠십니꺼? 인제는 조심허겠십니더. 아부지, 용서허이소."

덕출은 울면서 봉삼에게 부탁했다.

"성님, 다리만 잡지 말고 엉디허고 같이 보둠아서[28] 대발로 엥기[29] 봅시더. 덕호야, 니도 알았재?"

"그래, 알겠다. 너 아부지를 내가 험허고로 잡아 땡기서 미안허데이. 인제 조심헐깨. 자. 모도 항쿤에[30] 보둠아 올리재이."

그리하여 그들은 시신을 껴안듯이 하여 조심해서 대발 위에 옮겼다. 그리고 대발을 말아서 새끼줄로 묶은 뒤에 바지게에 지고 너렁바위에서 수어천을 따라 내려왔다.

---

28) 엉덩이하고 같이 보듬어서
29) 옮겨
30) 한꺼번에

시신에서는 썩는 냄새가 계속 풍겨 나와서 코를 찔렀지만 모두들 억지로 참으며 조심해서 시신을 지게에 지고 산길을 내려왔다. 7월의 더운 한여름인지라 아버지의 시신을 지고 내려오는 사람이나 뒤따라오며 시신이 기울지 않게 떠받치면서 따라오는 사람이나 모두 땀이 비 오듯이 흘러내렸다.

덕출 일행은 광양에서 하동으로 오는 신작로를 따라 매치재를 넘어와서 원동부락 아래의 섬진강가에 매어놓은 배에 시신을 옮겨 실었다. 그들은 배 위에 올라 집에서 준비해 온 점심을 먹고 배를 타고 섬진강을 따라 내려갔다. 덕출은 배를 타고 집으로 돌아오는 동안 계속 시신을 붙들고 울면서 소리쳤다.

"이승마이, 이 원수 겉은 놈아. 보도연맹 들라 쿨 때는 언제고, 그래 놓고 죄 읎는 사람을 직이기는 와 직이노? 사람 잡는 기 대통령이가? 이 쎄가 빠져 죽을 놈아."

봉삼은 그러한 덕출의 옆에 앉아 어깨를 부드럽게 두드리며 위로해 주었다.

덕출은 아버지 시신을 집으로 모시고 와서 장례를 치렀다. 그런데 장례를 치르는 동안 찾아온 문상객이 예전과는 확연히 달랐다. 예전 같으면 용덕부락이나 인근 마을 사람들이 거의 다 찾아왔을 것이다. 그런데 아버지의 장례식에 용덕부락에 사는 염 씨 집안사람들은 얼씬도 하지 않았다.

덕출과 봉삼이 덕출이 아버지 시신을 찾아 백운산 쪽으로 갔다는 소식이 용덕부락 사람들에게 전해졌다. 그리고 황 씨 집안사람들을 중심으로 덕출이 아버지가 염 씨 집안사람들의 고자질로 억울하게 죽었다는 소문도 같이 퍼져 나갔다. 그동안 용덕에 사는 대한청년단에 가입한 염 씨 집안 청년들과 그들 집안사람들이 경찰과 내통하며 황 씨 집안사람들을 좌익세력으로 몰아 경찰에 신고했다는 것이다.

그리하여 덕출이 아버지는 하는 수 없이 보도연맹에 억지로 가입하게 되었고, 그들 때문에 이번에 경찰에 강제로 잡혀가서 총살당했다는 소문이었다. 이 소문을 들은 덕출은 염 씨 집안사람들에 대한 분노로 눈빛이 이글거렸다. 그런데도 덕출은 감정을 억누르고 무사히 장례를 치렀다.

덕출이 아버지의 장례를 치르고 있는 중에도 6·25전쟁 소식이 계속해서 용덕부락에 전해져 왔다. 북한 공산군이 계속 남침하여 며칠 안에 하동을 점령할 것이라는 소문이었다. 그런 소식이 퍼질수록 염 씨 집안사람들은 불안한 마음을 감추지 못해 안절부절못하여 쥐 죽은 듯이 지냈다.

반면에 황 씨 집안사람들은 공산군이 용덕까지 쳐들어와서 새 세상으로 바뀔 것이라는 기대에 부풀어 무산대중의 세상이 온다고 고함을 지르면서 온 동네를 활개 치고 다녔다. 그러한 시대적 상황변화에 가장 재빠르게 반응한 사람은 역시 봉삼이었다. 봉삼은 염 씨 집안사람들이 많이 사는 선창가 쪽으로 다니면서 일부러 큰 소리로 외치고 다녔다.

"염가, 너것들아, 인제꺼지는 이승마이 빽 믿고 까부리 쌌재. 인제 두고 보래이. 우리 인민군이 볼씨로 하동꺼지 쳐들어왔단다. 너거 염가 집안 청년단 놈들이 덕출이 아부지 직인 거 너뜰도 다 알고 있재? 인제 곧 우리 세상이 될 낀깨로 쪼깸만 기다리거래이. 살살 손 좀 봐줄 낀깨로."

봉삼이 그렇게 큰 소리로 떠들고 다녀도 염 씨 집안사람들은 누구 한 사람 봉삼의 엄포에 대꾸조차 하지 못했었다. 그도 그럴 것이 염 씨 집안사람들도 덕출이 아버지의 죽음에 대한 충격이 너무도 컸던 것이다. 지금까지 용덕부락에서 살인 사건이라고는 한 번도 일어난 적이 없었다. 그런데 근래에 와서 집안끼리 좌우익으로 나뉘어 갈등을 일으키고 싸운 것은 사실이지만 그런 일로 인해 사람이 죽는 일이 생기리라고는 상상도 못 했던 것이다.

이번에 덕출이 아버지가 경찰에 잡혀가서 총살당한 사건은 염 씨 집안사람들이 직접 관여해서 일어난 것은 아니었다. 하지만 동네 사람들은 그동안 좌우익의 이념대결로 황 씨 집안사람들과 마찰을 빚어 오던 염 씨 집안사람들이 이 사건에 조금은 관련이 되었다고 생각하고 있었다. 그래서 봉삼이 기고만장해서 염 씨 집안사람들에게 협박하며 온 동네를 떠들고 다녀도 그와 맞서려고 하는 사람은 아무도 없었다.

덕출이 삼우제를 지낸 지 며칠 안 되어서 하동 쪽에서 대포 소리가 크게 들려오기 시작했다. 하늘에서는 비행기들이 요란한 굉음을 내며 하동 쪽으로 날아간 뒤에 폭탄 터지는 소리가 연달아 들려왔다. 그러자 동네 사람들이 수군대기 시작했다.

"대포 소리가 저리 크고로 들리는 걸 본깨로 인제 공산군이 하동꺼정 쳐들어왔는가 배? 인제 우리는 우째야 되는 기고? 피난을 가야허나, 말아야 허나? 난리다, 난리라."

그러나 실제로 황 씨 집안이나 염 씨 집안을 막론하고 피난길에 나서는 사람은 없었다. 원래 두 집안 사람들은 조상 대대로 용덕부락에 살면서 평화롭게 어업을 하며 살아오던 사람들이라 앞으로 마을 공동체 안에서 무슨 큰 불상사가 일어날 것이라고 상상하는 사람은 별로 없었다.

시간이 지나 밤이 되자 북쪽 산 너머에서는 섬광이 번쩍번쩍 빛나고 뒤이어 멀리서 대포 소리가 더 크게 들려왔다. 그리고 대포 소리에 뒤섞여서 콩 볶듯이 총 쏘는 소리도 들려왔다. 그 소리는 사나흘 동안 밤낮없이 들려오다가 점차 소-산 너머로 가까워지더니 어느 순간이 지나자 아무 소리도 들리지 않고 잠잠해졌다. 용덕마을에는 마치 폭풍전야 같은 고요한 적막이 흐르고 있었다.

덕줄이 아버지 초상을 다 치른 날 밤에 뒷일을 정리하고 있는데 봉삼이 찾아왔다.

"동숭, 집에 있는가?"

"예, 성님 오이십니꺼? 어서 오이소. 이본에 우리 아부지 초상 치니라 정말 수고가 많았십니다."

"내가 머 수고헌 기 있는가? 너 아부지허고는 평소에 친부모맨키로 가찹기 지냈는디 당연히 내가 해야 헐 일이재. 그거는 그렇고, 내가 동숭헌티 헐 말이 있어서 왔다 아이가?"

"그래요? 말해 보이소. 성님이 제헌티 못할 말이 어디 있십니꺼?"

"니 엊그제 하동 쪽서 벼락 치는 겉이 큰 폭탄 터지는 소리 들어 봤재?"

"예."

"인제 우리 공산군이 하동꺼정 쳐들어온 거 아이겄나?"

"볼씨로 진주꺼정 쳐들어갔는지도 모리지예."

"그런깨로 며칠 안 있이모 우리가 기다리고 기다리던 공산군이 어깨를 쫙 펴고 우리 동네 용덕꺼정 쳐들어올 끼고, 그리 되모 용덕 사는 우리 집안사람들이 다 무산대중은 아이지만 그래도 우리 황가 집안 세상이 안 되겄나?"

"그럼요, 곧 그리 안 데겄십니꺼?"

덕출이 목에 힘주어 말했다.

"그런디 지난번에 동숭이 백운산꺼정 가서 너 아부지 시신을 모셔옴시로 자네가 무신 말을 했는지 아는가?"

"제가 무신 말을 했는디요?"

"동숭이 그날 이승마이가 직일 놈이라꼬 욕했다 아이가?"

"예, 그리 했지예. 시방도 그 맴은 변허지 않았십니더."

"그래서 그러는디. 동숭, 한번 가마이 생각해 보게. 시방 이승마이는 부산으로 도망가 삐릿다 쿠는디 인제 욕허모 머 헐끼고?"

"허기사 그거는 그렇지예."

"그러닝깨 내 생각에 너 아부지는 이승마이보다 경찰허고 우리 동네 염가 청년단 놈들 땜에 그리 숭악헌 꼴을 당헌 거 아이겄나?"

봉삼의 말에 덕출이 고개를 끄덕이며 말했다.

"경찰허고 우리 동네 청년단요? 그 말도 틀린 말은 아이지예."

"그래, 그런깨로 우리 용덕 황가 사람들이 누 땜새[31] 빨갱이로 몰렸네? 동숭, 보래이. 진정 사는 전명길이 아들놈허고 우리 동네 김영석이 아들이 경찰 아이가? 그기 다 그 경찰 놈들이 우리를 빨갱이로 몰았을 끼고, 그놈들헌티 우리를 빨갱이로 고자질헌 놈들이 염가 집안 청년단 아이겠나? 이 말일세."

"듣고 본깨로 그 말도 맞네예."

"맞재? 우리 황가 집안사람들이 공산당에 가입헌 거를 용덕 청년단 말고 누가 알았을 끼고?"

"그렇지예."

"인제 우리 세상이 되모 그놈들을 잡아다가 사지를 찢어뿌자. 마, 내가 백운산 밑에서 너 아부지 시신을 대발 우로 모실라꼬 다리를 들다가 다리가 빠지는 걸 보고 내 맴이 얼매나 상했는고 아나? 요새도 그 때 그 숭칙헌 꿈을 자주 꾼다 아이가?"

"백운산 너렁바구 우에 있었던 우리 아부지 시신을 생각허모 제 맴이 찢어지는 거 겉십니더. 제는 아직도 분이 안 풀립니더."

"그러고 어디 청년단뿌이가? 시방꺼정 염가 놈들이 글 좀 배웠다고 우리 황가 집안을 얼매나 무시했노? 동숭이 어업조합에 그리 오래 댕겼는디도 준길이헌티 조합전무 자리 뺏긴 기 다 염가들 땜에 그리 된

---

31) 누구 때문에

거 아이가?"

"예, 성님 말이 맞십니더."

"그렁깨로 좀 있이모 금남면에 공산군이 들어와서 공산당을 새로 맨길 거 아이겄나? 그때 동숭이 공산당에 높은 자리에 앉아 갖고 염가 놈들 씨를 말리 뿌자."

"성님, 무신 말인지 잘 알겄십니더. 그때 우리 한번 심을 합쳐 봅시더."

봉삼이 덕줄의 억울한 마음을 부추기자 덕줄은 아버지의 원수를 갚을 기회가 머잖아 곧 다가올 것을 예감하고 더욱 이를 악물었다.

콜럼버스의 그림자

진송이 미군 부상병을 노량으로 피신시킨 지 며칠 지나지 않아 논에 물꼬를 둘러보고 집에 와서 손발을 씻고 막 마루로 올라서려는 참이었다. 그때 박달에 사는 당질인 형식이가 삼복 더위에 땀을 뻘뻘 흘리며 집 안으로 들어왔다. 그는 진송에게 대충 절을 하고 나서 다짜고짜 울음 섞인 목소리로 다급히 말했다.

"정동 아재! 우리 아부지 좀 살려 주이소."

"와, 무신 일이고? 빨리 말해 보거라."

"우리 아부지가 치안대에 끌려갔는디요. 내일 우리 아부지를 직인다 꼬 안 험니꺼? 빨리 양보치안대로 가시서 우리 아부지 좀 살려 주이소."

"그래! 알겄다. 시방 퍼뜩 밥 묵고 바로 같이 양보로 가 보자."

진송은 조카와 같이 점심을 먹고 서둘러 양보면 치안대로 갔다.

인민군이 하동군에 진격해 온 뒤에 하동군과 각 면별로 공산당이 조직되었다. 양보면에서는 인민위원장에 일제강점기부터 지하에서 비밀리에 공산주의 활동을 해 온 이만성의 친구인 정연식이 되었고, 치안대장은 이만성의 당질이며 진송의 처조카인 이형오가 되었다.

양보면에 인민위원회와 치안대가 조직되자 이형오의 주도하에 기존의 지하조직원들과 보도연맹 희생자 유가족들과 보도연맹에 가입했던 사람들을 충성당원으로 발탁하여 활동을 개시했다.

치안대원들은 따발총으로 무장하고 제일 먼저 양보면장을 지낸 이종갑의 집을 급습했다. 치안대가 양보면 치안대 근처에 사는 그의 집에 도착해 보니 이 면장은 이미 피신하여 잔내 쪽으로 도망간 뒤였다.

치안대는 면장 대신 집에 남아있던 그의 아들인 대한청년단 단원 이호민을 체포했다. 치안대원들은 곧바로 이 면장을 뒤쫓아 잔내 쪽으로 달려갔다.

치안대원들이 수잘 냇물을 건너 뒤쫓아 가서 멀리 수까무재 중턱에서 빠른 걸음으로 도망가고 있는 이 면장을 발견했다. 치안대원들은 수까무재로 급히 달려가 이 면장 가까이 다가가서 따발총을 마구 갈겼다. 이 면장은 그 자리에서 즉사했다. 수까무재 중턱에서는 이 면장의 외마디 비명조차 들리지 않고, 따발총 소리만 공기를 찢고 사방으로 퍼져 나갔다.

치안대에 남아있던 나머지 대원들은 보도연맹 유가족들을 동원하여 양보면에서 공무원과 청년단원으로 활동했던 사람들과 우익인사

십여 명을 체포해 왔다. 그들 중에는 선거관리위원장을 지낸 양보면 지례리에 사는 김길준과 치안대가 된 사람들과 평소에 사이가 나빴던 박달에 사는 김수권과 강진혁도 끼어 있었다. 김수권은 박달 이 부자의 사위로 박달국민학교 신설공사를 할 때 감독을 했던 사람이다.

그는 방기에 사는 집안의 먼 조카뻘 되는 치안대원 김정구와 평소에 사이가 나빴다. 김정구는 재능은 있었지만, 집안이 가난하여 평소에 이웃과 집안사람들의 도움을 받으면서 겨우 생계를 유지하고 살았다.

김정구가 사는 방기부락민들은 거의 다 좌익이었다. 김정구는 밖으로는 자기가 좌익인사라는 것을 숨기고 살면서 실제로는 방기부락 좌익세력을 뒤에서 조종하는 사람이었다. 어쩌다가 박달이나 세곡에 사는 청년단원들과 방기 사람들 간에 좌우갈등으로 마찰이 일어나면 그는 앞장서서 나서지는 않았지만, 동네 사람들의 배후에서 실제로 영향력을 행사해 왔다.

지난번에 김정구가 박달국민학교 신축공사를 할 때였다. 그는 일하면서도 가족들이 오늘 당장 먹을 양식이 걱정되어 일이 손에 잡히지 않았다. 그래서 그는 짬을 내서 자기 친척인 김수권 감독에게 양식을 부탁해야겠다고 마음먹었다.

점심시간이 되자 가까이 지내는 사람들끼리 둘러앉아 각자 싸 온 도시락을 먹기 시작했다. 그러나 김정구는 도시락을 싸 오지 못해서 밥을 먹지 않고 혼자 그늘나무 밑에 앉아 있었다. 그때 마침 김수권이 그의 앞을 지나가며 말했다.

"조카, 자네는 밥도 안 묵고 머 허는가?"

김정구는 이때다 싶어서 자리에서 일어나 김수권에게 양식을 부탁하려고 말을 꺼냈다.

"아재, 밥이 있이모 와 안 묵고 앉아 있겠십니꺼? 그런디 아재…"

김수권은 김정구의 말이 끝나기도 전에 평소에 자기에게 돈 부탁을 자주 해온 그를 상대하는 것이 귀찮아서 그냥 한마디 던지고 지나치려 했다.

"와, 또 돈 이야구 헐라꼬? 야, 이 사람아, 그런 말도 한두 번 해야 말이지. 그런 말이라 쿠모 내는 헐 말이 읎네."

김정구는 김수권에게 다가가 손을 잡고 매달리다시피 하며 통사정을 했다.

"아재, 아재보고 쌀 빌리 달라는 기 아이고 아재 장인어른헌티 장로[32] 나락 한 섬만 빌리 달라꼬 말씀 좀 드려 주이소."

그 말에 김수권은 차갑게 한마디 던지고 지나가 버렸다.

"이 사람아, 그런 말을 내가 먼다꼬 해. 자네가 급허모 우리 장인어른을 찾아가든지 말든지, 알아서 허게."

김정구는 평소에도 김수권이 별로 가진 것도 없으면서 장인이 부자라는 이유로 허세를 부리며 자기를 무시하는 것이 못마땅했다. 그리고 그가 양보면 청년단원들과 가까이 지내면서 방기 사람들을 빨갱이 취급하며 보도연맹에 가입하라고 설치는 것이 꼴불견이어서 그에 대한

---

32) 장리(長利). 곡식이나 돈을 꾸어 주고 돌려받을 때 그 절반에 해당하는 만큼을 이자로 받는 이자율이나 그런 이자율로 빌려주는 돈이나 곡식을 이르던 말.

감정이 좋지 않았다. 그는 언젠가는 김수권에게 꼭 보복하고 말겠다고 마음속으로 다짐해 왔다. 그러다가 김정구가 치안대원이 되자 김수권을 지주 앞잡이 반동분자라는 누명을 씌워 기어코 잡아들였다.

진송의 사촌 동생인 강진혁은 전쟁이 일어나기 전까지 보도연맹에 가입했다가 이번에 총살당한 권동석과 박달부락에 같이 살았다. 두 사람은 논 이웃이 되어 농사를 같이 지으면서 날이 가물면 물싸움을 자주 하여 서로 사이가 나빴다. 그러던 중 권동석은 좌익 활동을 하다가 보도연맹에 가입하게 되었다. 그 일을 빌미로 강진혁은 그를 빨갱이라고 무시하며 논에 물도 제대로 대지 못하게 방해하기도 했다.

그러자 권동석이 빨갱이는 농사지을 물도 못 대느냐고 따지며 몸싸움을 벌인 뒤로 서로 사이가 더 나빠져서 말도 하지 않고 지냈다. 이때부터 두 사람 식구들까지도 사이가 더 나빠졌다.

하동군에 공산군이 진주하기 직전에 권동석은 보도연맹에 가입했던 사람들과 같이 하동경찰서로 잡혀가서 총살당했다. 권동석의 유가족들은 겨우 그의 시신을 찾아 장례를 치르며 울분을 참지 못하고 치를 떨고 있었다. 그들이 장례를 치른 지 며칠도 안 되어 하동군이 공산 치하에 들어갔다. 뒤이어 양보면에 치안대가 조직되자 그의 형인 권동철은 자진하여 치안대원이 되었다.

그는 양보면의 우익인사들을 체포하면서 동생의 억울한 죽음을 앙갚음하려고 자기 동생과 평소에 사이가 나빴던 강진혁도 같이 체포했던 것이다. 양보면 이 면장이 총살된 그 날 저녁, 양보면 대한청년단장 김익설과 청년단원인 이 면장의 아들 이호민도 치안대 뒷산에서 무참하게 총살당했다. 하루 만에 부자가 동시에 총살당하는 참사가 일어나고 만 것이다.

진송의 조카 형식은 아버지가 잡혀간 날 저녁에 우익인사 두 사람이 치안대 뒷산에서 총살당했다는 소식을 들었다. 다음 날, 형식은 동네 사람들에게서 아버지가 곧 총살될 것이라는 소문을 듣고는 진송에게 도움을 청하려고 급히 달려왔다.

진송은 황급히 수까무재를 넘어 수잘에 있는 양보면 치안대로 찾아갔다. 거기서 치안대장인 처조카 이형오를 만나려고 했는데 우익인사들 취조하느라 바빠서 그런지 만나 주지 않았다. 진송은 할 수 없이 형식을 집으로 돌려보내고, 혼자서 개고개에 있는 옛 처가로 갔다. 장인은 벌써 돌아가시고 처가에는 나이 든 장모와 손자 식구들이 같이 살고 있었다. 그래도 장모는 옛정이 남아있었던지 예전 사위였던 진송을 반갑게 맞이했다.

"이 사람, 강 서방 아인가?"

"예, 장모님, 그동안 안녕허싰십니꺼?"

"강 서방이 이 덥운 철에 웬일로 묵은 처가를 다 찾아왔는가?"

"예, 처조카헌티 좀 볼일이 있어서 왔십니더."

"그래? 그런디 강 서방, 요새 내는 내 손주가 무신 일을 허는지 모르겠네. 어제는 사람을 셋이나 직있다는디. 세상에 저리 큰 죄를 짓고도 괜찮을 낀가? 내는 정신이 어지랍아서 못 살겄네. 강 서방이 우리 손주 오몬 사람 직이는 일 좀 그만 허라꼬 말리 주게. 부탁이네."

"예, 장모님 말씀 잘 알겠십니더. 그라내도 제가 그 일로 조카를 만내로 왔는디 잘 이야기해 보겠십니더."

저녁을 먹고 한참을 기다려도 치안대장은 돌아오지 않았다. 밤이 깊어 가자 어디선가 멀리서 따따거리는 따발총 쏘는 소리가 들려왔다. 그 총소리에 진송의 마음은 더욱 조급해져 갔다. 진송이 안절부절못하며 기다리는데 한밤중이 되어서야 치안대장이 술에 얼큰히 취해 상기된 얼굴을 하고 돌아왔다.

"고숙, 아까 치안대에 찾아오싰다는 말은 들었는디 우찌 왔십니꺼?"

"먼첨 자네가 치안대장이 된 걸 축하허네."

"고숙이 제헌티 축하헐 일은 만무허지요. 헛인사는 그만허시고 그래 무신 일로 제를 찾아온 깁니꺼?"

"대장님, 부탁인디 내 좀 살려 주게."

진송은 처조카에게 존댓말을 써가며 간절히 부탁했다.

"아이 참, 고숙, 제가 고숙을 직이기라도 헌단 말입니꺼? 뭘 살려 달라 쿠는기요?"

"그래, 그러모 내가 바로 말허겠네. 박드리 사는 내 사촌 동생 말일세."

"아, 강진혁이 그 사람 말이요?"

"그래, 맞네. 제발 부탁허는디 내 사촌 목숨만 좀 살려 주게. 내가 살아 있는디 어찌 내 사촌이 죽는 걸 그냥 보고 넘길 수가 있었는가?"

"그 사람은 반동분자라꼬 잡아 딜있는디 그걸 어디 제 맘대로 헐 수 있겠십니꺼?"

"야, 이 사람아, 그래도 내 사촌이 경찰도 아이고 죽을죄를 진 거는 아이다 아인가 배? 제발 부탁인디 목숨만 좀 살려 주게. 그 은혜는 절대로 잊지 않을 걸세."

"아, 글씨, 그걸 내가 아무리 치안대장이라고는 해도 맘대로 헐 수 있는 일이 아니란께요?"

"그래도 무신 방도가 있을 거 아인가? 자네도 알다시피 우리 아부지 성격을 잘 알고 있지 않은가? 내가 이대로 그냥 돌아갔다가는 우리 아부지헌티 맞아 죽을 기 뻔헌 일일세. 제발 이러코롬 내가 대신해서 빌겠네."

진송은 처조카 앞에 무릎을 꿇고 앉아서 두 손으로 빌며 애걸복걸하였다.

"고숙, 와 이럽니꺼? 그 사람이 진 죄를 와 고숙이 대신 빈단 말입니꺼? 이 일은 당에서 내려온 지령입니더. 그래 봤자 아무 소용없십니더."

"치안대장님! 제발 부탁이네. 자네 무신 방도를 안 찾아 주모 내는 너거 집에서 삼시로 장모님헌티 매달릴 수밖에 없네. 너거 고모가 아무리 이 세상 사람이 아이라꼬 사람 정을 그리 함부로 끊을 수 있는 긴가? 사람 팔자 누가 알겠는가? 제발 남헌티 베푸는 자리에 있일 때 적선 한 번 헌 셈치고 쪼끔만 신경 써 주시게."

진송이 하도 통사정을 하자 이형오는 한동안 말이 없었다. 한참을 생각하다가 진송에게 나지막한 목소리로 말했다.

"그라모 고숙, 평소 때 고숙이 제를 애낀 정이 있어서 딱 한 번만 봐줄 낀께로 내 말 잘 들으소이."

"여부가 있겠는가? 말만 해 주게. 내가 모든 걸 알아서 잘해 볼 낀깨로…."

"고숙이 하도 부탁을 헌깨로 제가 생각헌 긴디 이러코롬 해 봅시더."

"아이고, 고맙네. 그래 말해 보거나."

"낼 새벽에 제가 치안대에 가서 치안대들 모르게 유치장 쎄통을[33] 열어 놓을 낀깨로 그다음은 고숙이 알아서 허이소. 내는 뒷일은 모리는 일입니더이."

"그리만 해 주게. 나머지는 내가 다 알아서 헐 낀깨로. 치안대장! 참말로 고맙네이. 이 은혜는 내가 죽을 때꺼정 안 잊을 걸세."

다음 날 새벽, 진송은 처조카가 집을 나간 뒤에 조금 뜸을 들이다가 뒤따라 나서서 양보면 치안대에 도착했다. 치안대 앞에는 램프불이 환히 켜져 있었다. 그 주위로 풍뎅이와 나방이 날아와서 윙윙거리며 날고 있었고, 그 앞에 치안대원이 따발총을 메고 보초를 서고 있었다.

진송은 보초의 눈을 피해 치안대 담 옆을 돌아서 뒷산으로 올라갔다가 언덕배기를 돌아 치안대 담 뒤로 내려와서 주위를 살펴보았다. 치안대 앞에만 램프불이 켜져 있어서 뒤뜰은 어두컴컴했다. 가끔 보초가 뒤뜰로 와서 건물 주위를 살피고 돌아갔다.

진송은 보초의 눈을 피해 담을 넘어 치안대 뒤뜰로 내려와서 재빨리 담벼락 밑에 숨었다가 유치장에 다가가 자물쇠를 만져 보았다. 처

---

33) 자물쇠를

조카가 일러준 대로 자물쇠는 열려 있었다.

진송은 안도의 한숨을 내쉰 뒤에 잠깐 머뭇거렸다. 그냥 유치장에 들어가서 사촌동생을 빼내려 했다가는 그 안에 갇혀 있는 다른 사람들에게 발각되어 소란이 일면 실패할 것 같아서였다. 그렇다고 무작정 시간을 지체할 수도 없었다. 조금만 있으면 날이 밝아오기 때문이다.

진송은 보초가 뒤뜰을 둘러보고 간 뒤에 일부러 발걸음 소리를 내며 유치장 문을 열고 안으로 들어갔다. 유치장 안은 깜깜했다. 진송은 치안대원 행세를 하며 나지막한 목소리로 위엄을 부려 말했다.

"강진혁 반동분자, 어딨어? 호출이야, 빨리 나와."

그러자 영문도 모르는 강진혁은 자리에서 일어나 마치 사형장에 끌려가는 사람처럼 고통스러운 신음소리를 내면서 말했다.

"아이고, 볼씨로 내 차례가 됐나? 시는 대로 다 헐테닝께 제발 목숨만 좀 살려주이소."

진송은 진혁을 낚아채듯이 끌고 나가며 말했다.

"조용히 따라와! 반동분자 새끼가 무신 말이 그리 많아?"

진송은 사촌 동생을 데리고 유치장을 나오자 자물쇠를 다시 채웠다. 그런 뒤에 한 손으로 진혁의 입을 막고 끌다시피 하며 재빨리 치안대 건물 뒤쪽의 어두운 구석으로 달려가서 몸을 숨겼다. 그러고 나서 목소리를 낮추어 속삭이듯이 말했다.

"동숭, 조용히 듣게. 내가 진송이 형이야. 입 다물고 빨리 날 따라오게."

진혁은 진송 형의 말을 듣고 기겁을 하여 기절할 뻔했다. 그러나 그는 다급한 형세를 눈치채고 목소리를 낮춰 말했다.

"성님, 고맙십니더. 일단 이곳을 피허고 봅시더."

"그래, 퍼뜩 날 따라오게."

두 사람은 재빨리 치안대 뒤쪽 담을 넘어 언덕배기를 기어올라 산 위를 향해 있는 힘을 다해 도망쳤다. 그리고는 산등성이 위에서 지형을 살핀 뒤에 가재이 동네 쪽으로 산을 내려와서 겨우 사람들이 다니는 길을 찾았다.

때마침 새벽의 여명이 그들의 발밑을 희미하게 비추어 주었다. 진송은 사촌 동생과 같이 앞뒤 가릴 것 없이 뛰듯이 수까무재를 넘어서 지소동네로 돌아왔다. 때는 이미 동쪽 하늘이 훤히 밝아오고 있었다.

팔월의 한여름 새벽길을 재촉하여 걸어온 두 사람은 땀이 비 오듯이 흘러 옷이 땀범벅이 되어 있었다. 진혁은 한숨을 돌린 뒤에 진송에게 궁금한 것을 물었다.

"성님, 제가 그 갇혀 있는 걸 무신 꾀를 내서 귀신맨키로 빼내 온 깁니꺼?"

진송이 자초지종을 이야기하자 진혁은 감격의 눈물을 흘리며 말했다.

"성님! 참말로 고맙십니더. 진짜 성님은 제 생명의 은인입니더. 평생 이 은혜는 꼭 갚고 말낍니더."

진송이 사촌 동생을 빼돌린 뒤에 양보면 치안대에서는 진혁이 탈출한 사실을 알고 소동이 벌어졌다. 치안대장 이형오는 시치미를 떼고 불호령을 내렸다.

"이 반동의 새끼가 탈출을 해. 쥐새끼 겉은 놈, 어이, 치안대원을 빨리 박드리로 보내서 그놈 집허고 근처를 샅샅이 뒤져 봐라. 절대로 놓치모 안 된데이."

치안대원이 급히 박달부락으로 수색을 나갔다가 강진혁을 찾지 못하고 빈손으로 돌아오자 치안대장은 화를 못 참겠다는 듯이 치안대원들에게 명령을 내렸다.

"이 쥐새끼 겉은 놈이 족제비맨키로 도망을 갔다고? 내 참, 기가 차서…. 그러모 안 되겠다. 이승마이 뽑을 때 선거관리위원장 헌 반동새끼 김길준이 허고 박드리 이 부재 심 믿고 요랑 짬도 없이 설치댄 김수권이 놈부터 먼첨 조지야 겄다. 치안대원들은 동네마다 댕김시로 우리 당원허고 보도연맹 유가족들을 열두 시꺼정 치안대로 모이라꼬 연락해라."

낮 열두 시경이 되자 공산당원들과 보도연맹 유가족들이 치안대 앞마당에 모였다. 이형오가 김길준과 김수권을 밧줄로 묶어서 마당으로 끌고 나오게 했다. 이형오는 인민재판을 하는 것이 아니라 즉결처분을 내렸다. 그들은 아직까지 인민재판의 절차도 잘 몰랐고 해본 경험도 없었기 때문에 자기들 편리한 대로 일을 처리했던 것이다.

"보도연맹 유가족 여러분! 여러분들 가족이 무신 죄를 짓다고 경찰놈들이 함부로 사람을 잡아가서 직인단 말입니까? 여거 끌리 온 이 두 놈이 바로 여러분들의 원수 이승마이 앞잽이들입니다. 김길주이 이놈은 이승마이를 대통령으로 뽑아 준 반동분자고, 수권이 이놈은 개 좃도 아인 놈이 처가집이 부재라꼬 하늘 높은 줄 모르고 청년단허고 같이 설친 놈인 기라. 여러분 오늘 이 두 놈헌티 맘껏 분풀이를 허이소.

어이, 치안대원."

"예, 대장님."

"저 분들헌티 몽둥이를 갖다 드려라. 이 반동분자 놈들을 맘껏 패 주고로…"

"예, 알겄십니더."

공산당원들과 보도연맹 유가족들은 밧줄에 묶여 무릎을 꿇고 앉아 있는 두 사람의 머리를 헌 가마니로 둘러씌운 뒤에 몽둥이로 무자비하게 두들겨 패기 시작했다.

맨 먼저 양보면 감당리에 사는 전직 지서장의 아들인 김찬곤이 몽둥이를 들고나오며 소리쳤다. 그의 아버지는 양보면 지서장을 하다가 사퇴한 후에 좌익 활동을 했다. 그 후에 보도연맹에 강제로 가입하게 되었고, 6·25전쟁 직전에 하동경찰서로 잡혀가서 피살된 사람이었다.

"우리 아부지를 보도연맹에 억지로 가입 신 기 너뜰 맞재? 그래서 우리 아부지가 너뜰 땜에 총살당했다 아이가? 이 개새끼들아. 내가 동박고개꺼정 가서 다 썩어가는 우리 아부지 시체를 찾아올 때 심정이 어땠는고 알기나 해? 이 원수 겉은 놈들아."

뒤이어 박달에 사는 권동철이 큰 대막대기를 들고나와서 김찬곤과 같이 두 사람을 두들겨 패며 고함을 질렀다.

"야, 이 반동우 새끼야. 너뜰이 경찰 앞잽이 맞재? 내 동숭이 너뜰 땜에 보도연맹인가, 지랄인가 허는디 들었다가 총살 당헌 거 아이가? 어디 너또 죽도록 몽디 맞고 한번 뒤져봐라. 이 씨발놈들아."

보도연맹에 가입한 또 다른 가족이 소리치며 몽둥이를 휘둘렀다. 그들은 김길준과 김수권이 직접 자기들의 가족을 죽인 사람이 아니라는 것을 잘 알고 있었다. 그런데도 치안대장이 그들에게 분풀이 대상으로 두 사람을 지목해주자 그동안 참았던 분풀이를 무자비하게 자행했다.

그들은 김길준, 김수권과 이웃 동네에 살면서 정을 주고받기도 하고, 숱한 사연을 안고 살면서 친인척관계로 얽히고설킨 인연을 맺어온 사람들이었다. 그런데도 치안대장이 이들을 복수의 대상으로 갈라놓고 보도연맹 유족들에게 살인의 명분과 무기를 제공하며 살인 동기를 부추기자 그들은 복수심에 불타서 살인에 대한 양심의 가책을 상실하고 말았다.

그들은 마치 평소에 굶주린 하이에나가 먹잇감을 보고 덤비듯이 미친 사람처럼 달려들어 두 사람에게 죽을 때까지 몽둥이질해댔다. 몽둥이질은 다음 날 새벽까지 계속되었다.

두 사람은 몽둥이질 당한 고통을 이기지 못하고 결국 절명하고 말았다. 무차별적으로 몽둥이질하던 사람들은 두 사람이 숨을 거둔 것을 알고 서로 웅성거리다가 그제야 몽둥이질을 멈추었다. 한참 시간이 흐른 뒤에 누군가가 양심의 가책을 느꼈던지 두 사람의 시체를 새벽의 어둠을 틈타 몰래 치안대 앞의 냇가에 가져다 버렸다. 그러고는 모두 책임을 회피하고 모른척하였다.

다음 날 아침, 수잘 냇가에 있는 논을 둘러보러 온 동네 농부가 냇가 모래밭에 피를 흘리며 쓰러져 있는 두 사람의 시체를 발견했다. 그는 얼굴을 알아볼 수 없을 정도로 뼈가 망가지고, 온몸에 피투성이가 된 채 쓰러져 있는 시체를 보고 기겁을 하여 동네 사람들에게 알렸다. 동네 사람들이 냇가로 몰려와 얼굴에 묻은 피를 닦아 내고 나서야 두 사람의 얼굴을 겨우 알아보고 그들의 가족에게 사망소식을 알렸다.

이웃 동네 사람들로부터 급보를 받은 김수권과 김길준의 유가족들은 냇가로 달려와서 하룻밤 사이에 시체로 변한 아버지와 남편의 시체를 부둥켜안고 대성통곡하였다. 그런데 그때 치안대원들이 냇가로 따발총을 메고 나와서 유가족들의 동태를 살피며 위협하듯이 그들 주위를 경계하고 있었다.

유가족들은 치안대원들이 총을 메고 설치는 바람에 아무런 항의도 못 하고 급히 시체를 수습하여 집으로 돌아왔다. 그리고 서둘러 장례식을 대충 치를 수밖에 없었다. 그런 와중에도 치안대는 우익인사들의 처형을 계속했다. 그들은 경찰 출신과 청년단 출신 인사 6·7명을 우마차 위에서, 그리고 개고개 아래에 있는 배바구골로 끌고 가서 총살했다.

진송의 집 다락방에 숨어 지내던 진혁은 양보면에서 일어난 우익인사들의 끔찍한 총살 소식을 전해 듣고는 너무도 두렵고 소름이 끼쳐 목구멍에 밥이 넘어가지 않았다. 그리고 한편으로는 자기가 살아 있다는 사실이 너무 기뻐서 사촌 형인 진송에게 감사하고 또 감사했다.

고하국민학교 교사였던 진철은 하동군에 공산군이 진주하고 나서 고전면에 치안대가 설치되자 두문불출하고 집에서 불안한 나날을 보내고 있었다. 매일 같이 양보면과 금남면에서는 면장이나 공무원들이 인민재판을 받아 총살당하거나 맞아 죽었다는 소문이 들려오고 있었다.

그런지 며칠 지나지 않아 드디어 진철에게도 고전면 치안대에 출두하라는 명령서가 송달되었다. 진철은 치안대 출두명령서를 받아보고 불안하여 견딜 수가 없었다. 진철은 즉시 웃몰에 사는 아버지를 찾아가서 대책을 의논했다. 몽환은 출두명령서를 보고 나서 잠시 뜸을 들인 뒤에 아들에게 침착하게 물었다.

"네 제자 중에 혹시 치안대장허고 아는 아가 있나?"

진철은 잠시 생각하다가 대답했다.

"예, 잔너리 사는 치안대장 당질 되는 아이가 있기는 있십니더."

"그러모 잘 됐다. 치안대 출두 날짜가 낼이재?"

"예."

"낼 치안대에 갈 적에 먼첨 잔너리로 가서 가를 데리고 같이 가거라. 밭들에 사는 박영모가 치안대장 의아부지로 알고 있다. 내가 오늘 저녁애 영모 그 사람을 만내 갖고 무신 방도를 찾아볼 낀깨로 그리 알고 내 시는 대로 허거라."

박영모는 일제강점기 때에 만세운동을 벌이다가 투옥되어 감옥살이 할 때부터 몽환의 도움을 받고 살면서 서로 친하게 지내온 사이였다.

"예, 아부지, 잘 알겄십니더."

다음 날, 진철은 잔너리로 가서 자기가 고전국민학교에 근무할 때 제자였던 한양출의 당질인 사 학년 한찬종을 데리고 고전면 치안대로 갔다.

진철이 배드리 장터 가까이 걸어가니 치안대 쪽에서 '펑펑' 대포 소리가 들려오고 있었다. 진철이 장터를 지나 치안대로 가 보니 치안대 마당에 기관포를 설치해 놓고 소-산을 향해 대포를 쏘아대며 공포 분위기를 조성하고 있었다.

진철은 간이 콩알만 해져서 치안대 정문에 가서 치안대 보초에게 출두명령서를 내보이자 예상외로 보초가 친절하게 진철을 치안대장실로 안내했다. 진철은 제자 한찬종의 손을 꼭 잡고 치안대장실로 들어갔다.

"치안대장님. 안녕허십니꺼? 제는 고하국민학교에 근무허고 있는 강진철이라고 헙니더. 찬종아, 네도 대장님께 인사드려라."

"아재, 안녕허십니꺼?"

치안대장은 조카 아이의 인사도 받지 않고 바로 공식적인 어투로 대했다.

"아, 강 선생, 어서 오시오, 어제저녁에 우리 지소 의아부지가 우리집꺼지 오시서 강 선생 이야구를 마이 허고 가싰소. 강 선생!"

"예, 대장님!"

"당신이 우째서 여기로 호출받아 왔는지 알고 있소?"

"제는 잘 모립니더, 어떻든가 제가 잘못헌 기 있이모 용서해 주이소."

"강 선생이 지금꺼정 이승만 정권에 충성했지 않소?"

"그기 죄라모 잘 못했십니더."

"강 선생."

"예, 치안대장님."

"인제 세상이 바뀐 걸 잘 알고 있는기요?"

"예! 대장님, 잘 알고 있십니더."

"인제부텀 썩어빠진 자본주의 사상을 내삐고 위대헌 우리 김일성 수령과 공산당에 충성헐 수 있겠소?"

"예! 충성을 다 바치겠십니더."

"그러모 됐소. 낼부텀 공산당의 지시에 따라 공산당 교육에 충실허 도록 허시오."

치안대장은 잠시 뒤에 한찬종에게로 다가가서 머리를 쓰다듬으며 말했다.

"찬종아, 선생님 따라 같이 왔는가 배?"

"예, 아재"

"인제부텀 선생님 말씀 잘 듣고 공산당에 충성해야 헌다이."

"예, 아재 대장님!"

"허, 그놈이 제북[34] 눈치가 있네. 강 선생."

"예!"

"사실은 지소 계시는 우리 의아부지가 아이랐이모[35] 당신도 우리 치 안대원헌티 벌써 잡혀 왔을 끼요."

"예, 대장님!"

"강 선생 집안은 미군을 치료해서 살려 보낸 거 허고, 강 선생 세이 가 면사무소 쎄통 갖고 도망친 죄만 해도 인민재판을 허모 총살감이 요. 그리 알고 앞으로 공산당이 허는 일에 충성을 다 허고로 허시오."

"예, 대장님, 이 은혜는 평생 잊아삐지 않겠십니더."

"자, 인제 됐잉깨로 그만 돌아가시오."

---

34) 제법
35) 아니었으면

"대장님! 정말 감사헙니더. 안녕히 계이소."

진철은 치안대를 나오면서 너무도 긴장하여 식은땀을 흘린 탓에 옷이 땀에 흠뻑 젖어 있었다. 진철은 한찬종에게 용돈을 쥐어 주어서 집으로 돌려보내고 성터재를 넘어 집으로 돌아왔다. 그리고 즉시 아버지에게 잘 풀려났다는 기쁜 소식을 전했다.

몽환은 우선 진철이 일은 잘 풀렸지만, 앞으로 가족들에게 또 어떤 화근이 닥칠지 몰라 불안감으로 전전긍긍하고 지냈다.

진철은 고하국민학교에 근무하면서 공산주의 지령에 따라 공산주의 교육을 하고 있었다. 그러던 어느 날 그가 퇴근하면서 논짐이재를 넘어오고 있는데 등 뒤에서 누군가가 자기를 부르는 소리가 들렸다.

"강 선생, 나 좀 보세."

진철이 뒤돌아보니 잔내 사는 큰형님의 친구인 정 서기였다.

"안녕허십니꺼? 와 그러는디요? 제헌티 무신 헐 말이 있십니꺼?"

"그렇네, 그런디 내가 이 말을 자네헌티 꼭 전해야 헐지 잘 모르겠네."

"와 말을 꺼내다가 마는 깁니꺼? 사람 궁금허고로⋯. 퍼뜩 말해 보이소."

그래도 정 서기는 섣불리 말을 꺼내지 않았다. 진철이 답답하여 재차 물었다. 그러자 정 서기는 마지못해 더듬거리며 대답했다.

"실은 내가 삼천포서 면사무소로 걸려 온 전화를 받았는디⋯. 그기 말일세⋯."

정 서기가 다시 머뭇거리자 진철이 다그쳐 물었다.

"누구헌티서 걸리 온 전환디요?"

"그기 삼천포에 사는 이상기헌티서 걸려 온 전환디…. 그 사람 자네도 잘 알재?"

"예, 압니더. 명교 살다가 삼천포로 이사 간 사람 아입니꺼? 그래 뭐라 쿱디꺼?"

"그게 말일세, 허, 참 내…. 그런디 자네 너무 놀래지는 말게. 글쎄 자네 형이 삼천포서 피난 갈라꼬 부산으로 가는 배를 탔는디…."

"그런디요?"

진철이 답답하여 대답을 재촉했다.

"아 글씨, 그 배가 인민군이 쏜 대포에 맞아 침몰했다 안 쿠는가?"

"머시, 침몰요?"

진철은 배가 침몰했다는 말에 깜짝 놀라 되물었다.

"그렇다네. 실은 그 배가 바다에 침몰허는 걸 이상기 그 사람이 보고 나서 며칠 뒤에 면사무소로 전화를 헌기라."

"아이고, 그기 참말입니꺼? 그렁깨로 우리 성님이 탄 배가 대포에 맞아 바다에 가라앉았다 이 말입니꺼?"

"그리 뎄다 쿠네. 그라고 배가 산산쪼가리로 다 뿌사지고 배에 탄 사람이 마이 죽었다 안 쿠는가 배."

"그래요? 그러모 우리 성님은 우찌 뎄다 쿱디꺼?"

"이상기 그 사람이 전화로 허는 말로는 물에 빠졌다가 살아 나오는 사람 중에 자네 세이는 못 봤다 쿠네."

"그 사람 말대로라 쿠모 우리 성님이 물에 빠져 죽었다, 이 말 아입니꺼? 으흐흐.”

진철은 그만 울음을 참지 못하고 흐느끼기 시작했다.

“그래서 내가 알고 있임시로 말을 안 헐 수도 읎고… 자네나 자네 부친이 이 소식을 들으모 얼매나 상심이 크겠는가?”

“으흐흐, 아부지! 이 일을 우짜모 좋겄십니꺼?”

진철은 그만 울음을 터뜨리고 말았다.

“그래서 내가 지금꺼정 망설인 거 아이가? 그나저나 인제 자네도 이 소식을 알게 뎄싱깨로 얼른 집에 가서 자네 부친헌티 말씀드리고 위로를 잘 해 드리게.”

진철은 그 말을 듣고 너무도 놀라고 슬퍼서 눈물을 펑펑 쏟으며 울부짖었다. 그는 정 서기를 뒤돌아보지도 않고 울면서 집으로 달려갔다. 가다가 생각하니 이렇게 어마어마하게 큰일을 아버지께 직접 말씀드리기 전에 먼저 큰형님과 의논해 보는 것이 나을 것 같다는 생각이 들었다.

진철은 큰집에 다다르자 눈물을 감추고 몰래 사립문을 지나 윗마당으로 가서 큰형님을 찾았다. 큰형님은 사랑방 옆의 모방에서 한문책을 읽고 있었다.

“큰형님, 제 좀 보입시더.”

그는 나지막한 목소리로 형님을 불러내어 뒤꼍으로 갔다.

“큰형님, 이 일을 우짜모 좋겄십니꺼?”

“와, 무신 일인디 그러네?”

“형님! 명교 작은 형님이 으흐흐….”

진철은 또 울음이 터져 나와서 흐느꼈다.

"야아야, 무신 일이고? 울지만 말고 말을 해라."

"큰형님! 으흐흐, 명교 작은형님이 삼천포서 부산으로 피난 갈라꼬 배를 구해 탔는디요. 글쎄 그 배가 선창가를 떠나 바다로 얼매 못 가서 인민군이 쏜 대포에 맞아 침몰했담니더."

"머시라, 그래서?"

진송이 깜짝 놀라 되물었다.

"배에 탄 사람들이 거의 다 사나운 파도에 휩쓸려서 죽었다 안 캅니 꺼?"

그 말을 듣고 진송도 흐느끼며 재촉하듯이 물었다.

"야아야, 그기 시방 무신 소리고? 그 소문을 누헌티 들었내?"

"잔내 정 서기 성님이 그러는디 삼천포에 사는 형님 친구 이상기 씨 헌티서 고전 면사무소로 전화가 왔다 캅디더."

"이상기 그 친구가 봤이모 틀림없일 낀다…."

"그분이 삼천포서 명교 형님을 부산으로 피난 가는 배에 태워 보냈 는디요. 그 배가 부두를 떠난 바로 뒤에 인민군이 쏜 대포에 맞아 물 에 빠지는 걸 두 눈으로 똑똑히 봤다고 전허더랍니더."

"아이고, 이 일을 우짜모 좋내? 그래 살아 나오는 사람 중에는 너 세 이가[36] 없었다 쿠더나?"

"예, 그분이 부두에서 물에 빠진 사람을 건져 올릴 때마다 아무리 살

---

36) 형이

펴봐도 형님이 구조되는 거는 몬 밨다 쿱디더."

"으흐흐, 이 일을 아부지께 어떻게 말씀드린단 말이고?"

진송은 잠시 후에 눈물을 그치고 정색하여 진철에게 말했다.

"야아야, 그만 뎄다. 동승도 눈물을 훔치라. 어차피 아부지헌티 말씀
드려야 헐 거 아이가? 아부지 마음 안 상허고로 방에 가서 조용히 말
씀드리자."

"예, 형님 알겠십니더."

두 사람은 사랑방으로 가면서 어머니도 사랑방으로 오시라 하고, 조
용히 방문을 열고 들어가서 아버지 앞에 무릎을 꿇고 앉았다. 이상한
낌새를 눈치챈 몽환이 의아하여 두 아들에게 물었다.

"너 둘이 갑자기 와 이러니? 무신 일이고?"

진송이 침착하게 진영에 관한 이야기를 아버지께 말씀드렸다.

"아부지! 우시내 마음을 단디 자시고 나서 제가 허는 말을 들어 보시
이소. 그러고 우시내 제 불효를 용서허시지요."

"야들아! 글쎄 무신 일로 이러냐니까? 속 시원히 말을 좀 해 보거라.
말을 해."

진송이 잠시 뜸을 들인 뒤에 큰마음을 먹고 말했다.

"아부지! 실은 부산으로 피난 간 명교 가헌티 안 좋은 일이 생긴 거
겉십니더."

몽환이 놀라 눈을 휘둥그레 뜨며 말을 재촉했다. 그때 어머니도 방
안으로 들어와 앉았다.

"야야! 안 좋은 일이라니? 좀 알아듣기 쉽게 말해 보거라. 사람 숨넘

어가겠다."

진송이 부모님께 자초지종을 이야기하자 어머니는 대성통곡을 하며 울기 시작했다. 뒤따라 진송과 진철도 울음을 터뜨렸다. 몽환은 너무도 놀라 멍하니 천장만 쳐다보고 있다가 천천히 담뱃대에 담배를 채워 넣고는 불을 붙여 담배를 피우기 시작했다. 몽환은 천천히 담배를 피우고 나서 담뱃대를 재떨이에 두들겨 재를 털어냈다. 그는 아내와 두 아들의 울음을 진정시키고는 정색해서 차분하게 타이르듯이 말했다.

"그런 일을 갖고 그 난리를 칠 것꺼지야 있겄나? 너뜰 내 말 잘 듣거레이. 인명은 재천인기라. 상기 그 사람이 배가 물에 빠지는 것만 봤지, 네 동생이 죽는 걸 본 거는 아이지 않느냐?"

몽환이 두 아들을 뚜렷이 바라보며 말했다.

"예, 내 친구 상기가 진짜 눈으로 본 거는 아이겠지요."

"네 동생이 그런 일로 죽을 아가 아이다. 너뜰 한 번 더 내 말 단디 들어라. 진영이 가는 반드시 살아 돌아올 터이니 다들 그리 알고 있거라. 그러고 이번에 있었던 일은 동네 사람들헌티 절대로 소문내지 말거라. 알았재? 가아가 죽었는지 살았는지는 전쟁이 끝나 봐야 알 낀께로…."

몽환은 아내와 아들을 내보내고 나서 자신의 놀란 가슴을 진정시키려고 애썼다. 그리고 조용히 생각해보았다. 아들의 생사를 분명히 알 수는 없는 일이었지만 가슴이 미어지고 자꾸만 눈물이 나오는 것을 참을 수가 없었다. 그러나 그는 자식이 죽은 것을 확인하지도 않고는 그 사실을 도저히 인정할 수가 없었다. 그래서 그는 마음을 단단히 먹고 가족들에게 내색하지 않기로 결심했다.

금남면에 공산당이 들어와서 행정조직을 장악한 지 며칠이 지나지 않아 덕출에게 금남면 치안대로 오라는 통문이 왔다. 덕출이 치안대에 들어서니 공산당 요원들이 금남면 치안대를 새로이 조직하고 있었다.

덕출은 그동안 용덕부락에서 좌익 활동을 한 공적을 인정받아 금남면 치안대의 용덕부락 분주소장이 되었다. 덕출은 자기 동네에 사는 봉삼을 비롯하여 황가 집안사람들 중에서 보도연맹에 가입했던 사람들 중심으로 대거 치안대에 가입시켰다.

덕출은 이번에야말로 황가 집안의 세력을 키워서 그동안 염가 집안 사람들에게 음양으로 당했던 서러움을 앙갚음할 기회로 삼기로 결심했다. 덕출이 용덕부락 치안대분주소장이 되고 나서 염 씨 집안사람들은 앞으로 다가올 위기감을 느끼고 불안해지기 시작했다. 황 씨 집안 청년들이 치안대에 많이 가입했다는 소문이 온 동네에 퍼졌다. 그들은 매일 아침 배를 타고 금남면 치안대가 있는 노량에 다녀와서는 붉은 완장을 차고 따발총을 메고는 온 동네를 설치고 다녔다. 그들은 의기 양양하여 큰소리로 구호를 외쳐댔다.

"공산주의 만세! 무산대중 만세! 김일성 수령 만세!"

그들 뒤에는 어린아이들이 멋모르고 구호를 따라 외치며 따라다녔다. 그들은 용덕부락에서 곧 인민재판이 열릴 것이라는 소문을 퍼뜨리고 다녔다. 용덕부락 사람들은 인민재판이라는 말의 뜻을 잘 몰랐지만, 해방 직후에 하동읍에서 열린 농민궐기대회에서 공산당이 인민재판을 하여 사람들을 죽이려 했다는 소문은 들은 적이 있었다. 그들은 인민재판이 사람을 죽이는 재판이라는 것을 알고 더욱 불안에 떨었다.

그러는 동안 용덕 사람들이 배드리장에 백합과 꼬막이나 생선을 팔러 갔다 와서 불길한 소식을 전했다. 고전지서에서는 치안대들이 따발총을 메고 보초를 서다가 장꾼들을 위협하기도 하고, 기관포로 소·산을 향해 쏘기도 해서 너무 무서워 지서 근처에는 얼씬도 못 했다는 것이다. 그리고 양보면에서 온 사람들한테는 양보면 치안대가 양보면장을 총살하고 청년단이나 우익인사들을 벌써 네댓 명을 총살했다는 소문을 들었다고도 했다.

다음 날, 하동장에 갔다 온 사람들은 더 불안한 소식을 전해 왔다. 하동읍 공회당 앞에서는 벌써 인민재판이 시작되었는데 재판장에 모인 사람들이 우익인사 여러 명을 재판하고 대창으로 찔러 죽이거나 총살했다는 것이다. 그제야 용덕 주민들은 인민재판이 얼마나 끔찍한 일인지를 알고 치를 떨었다. 특히 염 씨 집안사람들의 불안은 극에 달하고 있었다.

염치수는 이런 소문을 듣고 그냥 있어서는 도저히 안 되겠다는 생각이 들었다. 그래서 그는 우선 염 씨 집안사람 중에 청년단원과 우익진영에서 활동했던 사람들을 먼저 피난시키기로 작정했다.

그는 그날 밤에 동네를 돌며 우익활동에 참여한 사람들을 설득하여 자기 집으로 모이게 했다. 그런 뒤에 몰래 이들을 데리고 부둣가로 나와서 배에 태우고 남해 덕신으로 건너보내 피신시켰다. 그러면서 단단히 타일렀다.

"너뜰은 내가 연락헐 때꺼정 절대로 동네로 돌아오지 마래이. 그라고 남우 눈에 안 들키고로 잘 숨어 지내거라이."

"예, 알겠십니더."

배에서 내린 사람들은 그길로 남해 덕신이나 인근 마을에 있는 일가친척이나 지인의 집으로 가서 피신하였다.

덕출과 봉삼은 용덕부락 치안대원들과 같이 매일 금남면 치안대에 가서 치안대장의 지시에 따라 당장 체포, 감금해야 할 사람들의 명단을 작성했다. 금남면은 지리적으로 촌락이 소-산을 둘러싸고 길게 늘어서 있고, 산 주위로 흩어져 있어서 반동분자들을 체포하는 데 상당한 시일이 걸렸다.

덕출과 봉삼은 금남면 치안대에서 작성한 명단을 들고 와서 염 씨 집안사람들을 체포하려고 했다. 그런데 봉삼이 미리 동네를 돌며 상황을 살펴보니 이미 염가 집안의 대한청년단원들과 핵심 우익인사들은 피난을 떠나고 없었다. 두 사람은 화가 머리끝까지 치솟았다. 사실은 덕출보다 이러한 기회를 더욱 절실하게 기다리고 있었던 사람은 봉삼이었다.

봉삼은 덕출의 추천으로 치안대원이 되어 금남면 치안대에 가서 사무실을 둘러보았다. 사무실 내부는 그가 일제강점기에 일본 산림관리인을 했을 때의 모습 그대로였다. 그는 그때 금남면 소-산 일대를 돌며 주민들에게 위세를 떨쳤던 추억이 생생하게 떠올라 새삼 짜릿한 쾌감을 맛보았다. 그는 혼잣말로 중얼거렸다.

'사람 팔자 시간문젠 기라.'

일제강점기 때 봉삼의 생활은 그의 인생에 있어서 실로 전성기라 할 만했다. 그때 금남면 일대의 조선 사람 중에 그에게 제동을 걸 수 있는 사람은 일본 경찰 가족인 진정에 있는 전명길의 집안과 공무원 정도밖에 없었다. 그에게는 그야말로 거칠 것이 없던 세상이었다.

그런데 우리나라가 해방되면서 그의 신세는 완전히 뒤바뀌게 되었다. 그에게 조금너리 사람들에게 멍석말이를 당하게 하여 그의 위신에 가장 큰 치명상을 입힌 사람은 진정에 사는 전명길과 조금너리의 문수필이었다. 그리고 용덕사람들이 좌우익으로 갈라져 동네 안에서 세력 다툼을 할 때 봉삼을 가장 멸시하고 적대시한 사람들이 바로 염 씨 집안사람들이었다. 봉삼은 이번 기회에 이들에게 반드시 복수할 것을 마음속 깊이 다짐했다.

금남면 치안대가 반동분자인 우익인사들의 명단을 작성하여 그들을 체포하러 가게 되었을 때 그는 자진해서 진정 일대의 반동분자를 체포하는 업무를 맡았다. 그가 맨 먼저 향한 곳이 전명길이 사는 덕천부락이었다. 그런데 봉삼이 덕천부락에 도착해 보니 전명길 일가는 벌써 노량에서 배를 타고 부산으로 피난 간 뒤였다. 봉삼은 뒤통수를 얻어맞은 것 같이 분해서 혼잣말로 지껄였다.

'이 쥐새끼 겉은 놈, 언젠가는 잡힐 끼다. 두고 봐라.'

그는 덕천, 진정, 삼내 일대의 반동분자들을 체포하여 금남 치안대로 압송했다. 그는 무슨 생각을 했는지 다른 치안대원들과 헤어져 조금너리로 향했다. 조금너리에 사는 농민들은 한여름인데도 논밭에 나가 농사일을 하느라 바빴다. 봉삼이 조금너리로 들어서자 동네주민들은 그를 보고 기겁을 했다. 그들은 치안대에 들어간 봉삼이가 지난번에 동네 멍석말이를 당한 것을 보복하러 왔다고 여겼기 때문이다.

논두렁에서 풀을 베던 사람은 지게고, 낫이고 내팽개치고 산으로 도망갔다. 그리고 논에서 피사리를 하던 사람은 손에 쥐고 있던 피 포기를 아무렇게나 논두렁에 던져버리고 장딴지에 펄이 묻은 채로 도망갔다. 봉삼은 그런 모습을 보고 이상야릇한 미소를 지으며 혼잣말로 중얼거렸다.

"자식들, 급허긴…"

봉삼은 무슨 생각을 했는지 동네 골목 안으로 들어가 문수필의 집으로 향했다. 봉삼이 동네 골목을 지나갈 때 부엌에서 밥을 짓던 여자들이 봉삼을 발견하고는 기겁하여 방안으로 도망가 문고리를 잠그고 숨었다. 그리고 창호지 구멍으로 봉삼의 동태를 살피며 마음속으로 봉삼이 제발 자기 집은 그냥 지나치기를 바랐다.

봉삼은 동네 아낙네들의 동태는 거들떠보지도 않고 곧장 문수필의 집으로 향했다. 봉삼이 갑자기 문수필의 집 마당으로 들어섰다. 그때 부엌에서 점심을 짓고 있던 문수필의 아내가 봉삼을 알아보고 너무 놀라 손에 들고 있던 바가지를 땅에 떨어뜨리고 말았다. 그런 와중에도 문수필의 아내는 침착성을 되찾고 마당으로 뛰어나와 봉삼에게 빌었다.

"치안대 나리님, 우찌 오있십니꺼? 우리 그 양반은 논에 가고 없는디요."

"머시? 그 반동분자 영감탱이가 논에 갔다고?"

"예, 예! 무신 일인지 몰라도 제발 용서해 주이소. 지난번에는 우리 영감이 고마 죽을 죄를 짓십니더."

"그래도 할망텡구가 무신 죄를 짓는지는 아는가 배."

"예, 예! 아다마다요. 제발 용서해 주이소."

"이 할망텡구야, 문수필이 그 영감탱이가 집에 읎인깨로 오늘은 그냥 돌아간다마는 나중에 집에 오모 꼭 전해라이. 내가 그냥 넘어가지는 않을 끼라고…."

"예! 그리 전허겄십니더. 그래도 제발 우리 영감 좀 용서해 주이소."

봉삼은 문수필의 아내에게 엄포를 놓고는 문수필의 집을 나와 노량 치안대로 향했다. 봉삼이 조금너리부락을 다녀간 뒤로 동네주민들은 또 봉삼이 나타날까 봐 불안해했다. 그들은 치안대가 된 봉삼을 예전 일제강점기 산림관리인이었던 때처럼 저승사자보다 더 무서워했다.

덕출과 봉삼은 염가 일가의 남자들을 한꺼번에 체포하려면 어떻게 해야 좋을지를 의논하였다. 항상 잔머리를 잘 굴리는 봉삼이 한 가지 꾀를 생각해냈다.

"동숭, 염가 놈들이 다 도망가고 읎는디 그놈들을 잡을라모 우짜모 좋겠는가?"

"성님은 무신 좋은 방법이 있십니꺼?"

"이라모 어떻겄는가? 시방 용덕에 남아있는 남자들을 잡아들이모 볼씨로 도망 가삐린 진짜배이 대한청년단 놈들이 겁을 집어묵고 돌아

오겠는가? 그런깨로 가들이 동네로 돌아올 때꺼정 염가 놈들이 안심 허고로 인민재판도 안 허고 아무도 안 잡아딜이모 우떻컸노?"

"그런깨로 가들이 안심허고 동네로 돌아오고로 가만히 놔두자 이 말 아입니꺼?"

"그렇재, 그라고 염가 사람들 귀에 들어가게 인민재판을 안 헌다고 헛소문을 퍼뜨리자고…."

"예, 잘 알겄십니더. 역시 성님이 머리 하나는 잘 굴린당께요."

그리하여 금남면 치안대에서는 우익인사들에 대한 고문과 인민재판을 계속하고 있었지만 용덕부락에서는 아무런 일도 없다는 듯이 평온한 나날이 계속되고 있었다. 봉삼은 또 한 가지 꾀를 내어 덕줄로 하여금 염치수를 찾아가서 그를 안심시키기 위해 어업조합에 같이 다니던 염준성과 염준길에 대한 안부도 물어보도록 했다.

용덕부락 치안대원들은 낮에는 별로 활동하지 않고 있다가 밤이 되면 용덕부락 사람들을 어업조합 창고에 모아놓고 여성동맹을 결성하고, 공산주의 교육을 하며 공산주의 노래를 부르게 했다. 그리고 교육이 끝날 때마다 항상 공산주의 만세와 김일성 수령 만세를 외치도록 했다. 그러면서도 일부러 동네 사람들을 구타하거나 괴롭히지 않았다.

그렇게 한지 한 보름이 지나자 봉삼의 묘책이 효과를 나타내기 시작했다. 남해나 인근 고전면과 진월면 등지로 피신하였던 염가 집안사람들이 하나둘씩 용덕동네로 모여들기 시작한 것이다. 그런데도 봉삼은 인내심을 가지고 끈기 있게 기다렸다.

금남면 치안대가 조직된 지 한 달쯤 지난 뒤에 용덕부락에 염 씨 집안사람들이 예전처럼 거의 다 집으로 돌아왔다. 그러자 봉삼은 덕출을 은밀히 찾아가 염 씨 집안사람들을 처리할 방법을 의논하였다.

"동숭, 염가 놈들 처리를 내일 허기로 허세."

"예, 그리 허기로 헙시다. 그런디 우리 용덕에서 큰일을 벌일라 카모 금남면 치안대장도 모셔 오는 기 좋지 않겠십니꺼?"

"그것참 좋은 생각이네. 그 일은 동숭이 알아서 추진허게."

"예, 알아서 허겠십니더."

"그라고 낼 밤에 염가 놈들을 다 모으고 나모 뒷일은 내가 다 알아서 처리허겠네. 내가 염가 놈들을 싹 다 데리고 모섬에 가서 큰일을 처리허고 돌아올 때꺼정 동숭은 아무것도 모른 척허고 어업조합 창고에 남아서 가만히 기다리고 있게."

"예, 성님만 믿겄십니더."

그때까지만 해도 용덕에 사는 염 씨 집안사람들은 봉삼이 무슨 일을 꾸미고 있는지 상상도 못 하고 있었다.

오늘은 농촌에서 농사일을 잠시 멈추고 술이나 음식을 먹고 노는 백중날이다. 이날은 머슴날이라고도 하여 머슴들에게 돈도 주어서 하루 동안 즐겁게 쉬도록 하는 날이다. 그런데 용덕부락에서는 백중 분위기가 별로 살아나지 않았다. 황가들이 많이 사는 마을 안동네에서는 술과 음식을 나누어 먹는지 떠들썩한 소리가 들려왔다. 그러나 염가들이 많이 사는 선창가 쪽 동네는 적막이 흐르듯이 조용하기만 하였다. 가끔씩 황가 집안 치안대가 따발총을 메고 동네를 설치고 다녔기 때문에 염가 사람들은 그들의 눈치를 보느라 백중 명절을 즐길 처지가 아니었다.

백중 다음 날 아침이 되자 온 동네가 갑자기 시끄러워지기 시작했다. 용덕에 사는 황가 치안대원들이 공중으로 따발총을 쏘며 염가들이 많이 사는 선창가 주위에 있는 집을 포위하기 시작했다. 그들은 염가 집안 남자들 중에서 명색이 바깥출입을 하거나 사람 구실을 하는 모든 남자들과 그들의 몇몇 부인도 같이 체포하여 어업조합 창고로 끌고 가서 가두었다.

용덕부락에서 치안대에 끌려온 사람들은 자본가나 지주계급이 아니었다. 이들은 황 씨 집안사람들과 서로 달리 신봉하는 이념이나 사상을 가진 사람들도 아니었다. 이들은 단지 황가 치안대와 반대편인 우익에 가담했거나 한편이었다는 이유로 맹목적인 레닌의 추종자들이 휘두른 여의봉에 제압당해 체포된 사람들이었다.

그 당시 용덕부락은 김 양식이나 백합 양식으로 인해 하동군 일대에서는 경제적 수익이 제일 높아서 개도 지폐를 물고 다닌다고 할 만큼 가장 잘사는 동네였다. 그런데 하동군에서는 가장 유산자 계급에 가까운 황가 집안사람들이 오히려 공산주의자가 되어서 자기들과 편이 다르다는 이유로 무고한 인명을 처단하려고 하는 것이다. 공산주의 이론과는 거리가 먼 아닌 밤중에 홍두깨 같은 일이 벌어지고 있었다.

이때 치안대에 체포된 사람들은 염가 남자 약 삼십여 명과 그들의 부인을 비롯하여 총 사십 여 명이었다.

이 당시에 용덕부락에는 육십 여 가구가 모여 사는 어촌치고는 꽤 큰 마을이었다. 이 중에서 염 씨 집안은 총 삼십 여 가구였다. 따라서 염 씨 집안 남자들은 한 가구에 한 사람 이상이 체포된 셈이었다.

치안대원들은 창고에 갇힌 사람들 중에서 남자들은 밧줄로 묶어서 한쪽 구석으로 몰아놓고 먼저 여자들을 창고 가운데로 끌고 나왔다. 그리고 젊은 치안대 세 명이 여자들에게 반동분자의 아내라고 구타하기 시작했다. 창고 안에서는 몽둥이로 사람 패는 소리와 여자들의 비명이 뒤범벅되어 창고 밖으로 퍼져 나갔다. 그리고 자기 아내가 구타당하는 것을 보고 남편들이 항의하는 목소리와 욕설과 통곡 소리도 같이 들려왔다. 그러다가 남자들이 항의하는 목소리가 커지면 치안대원들이

"이놈우 반동분자야! 아가리 닥쳐."

라는 욕설과 함께 그들을 제압하기 위해 따발총으로 '따다따다' 위협사격을 하는 소리도 들려왔다. 차마 두 눈을 뜨고는 볼 수 없는 참혹한 아비규환의 광경이 벌어지고 있었다.

치안대원들은 봉삼의 지시에 따라 마치 미쳐서 눈이 뒤집힌 사람들처럼 행동하고 있었다. 봉삼은 여자들을 구타하는 치안대원들을 부추기기 위해 연방 그들을 독려하며 고함을 질러대고 있었다.

"치안대 야들아이! 인제 우리 시상이 된 기다. 이때꺼정 우리가 저 염가 새끼들헌티 얼매나 당허고 살았내? 심대로 두들겨 패라. 심이 모지래모 술 한 잔 퍼마시고 쎄리 패라. 그러모 심이 솟을 끼다. 술은 얼매

든지 있다이.”

치안대원들은 돌아가며 해가 질 때까지 여자들을 몽둥이로 구타한 뒤에 걸음도 제대로 못 걸을 지경이 되어서야 몽둥이질을 멈추었다. 그러고는 반 치도곤을 당한 여자들의 밧줄을 풀어 주고 집으로 돌아가게 했다.

여자들은 온몸이 피범벅이 되어서 참을 수 없는 고통으로 신음하며 기어가다시피 하여 겨우 집으로 돌아갔다. 그런 뒤에 치안대원들은 덕출과 봉삼을 중심으로 창고바닥에 모여앉아 뭔가 의논을 하기 시작하였다. 자기들끼리 의논을 마친 치안대원들은 동네에 사는 황가 집안사람들을 동원하여 따발총을 장전한 채로 삼엄한 감시를 하면서 체포된 염가 남자들의 밧줄을 풀어 준 뒤에 음식과 술을 먹게 했다.

체포된 염가 남자들은 불안한 마음으로 제대로 식사도 하지 못했다. 그들은 두려운 마음에 눈물을 비 오듯이 흘리며 콧물이 음식에 떨어지는 것도 아랑곳하지 않고 억지로 식사를 했다. 염가 남자들이 겨우 저녁 식사를 마치자 치안대는 그들을 다시 밧줄로 묶어서 창고 구석에 몰아놓았다.

치안대원들은 자기들끼리 술과 함께 저녁을 먹으면서 떠들어댔다. 그러다가 흥이 나면 어떤 사람은 창고 밖으로 나가 따발총을 공중에 몇 방 날리고는 또 들어와서 술을 퍼마셨다. 그러면서 마치 피의 잔치라도 벌이려는 사람처럼 술에 취해 갈수록 광란의 도가니로 빠져들고 있었다. 그들은 창고바닥에 염가 집안 여자들이 몽둥이를 맞고 흘린 피가 흥건히 고여 미끌미끌했는데도 아랑곳하지 않고 발로 핏방울을 튀기며 덩실덩실 춤을 추는 치안대원도 있었다.

밤이 깊어 갈수록 치안대원들의 취기가 더해갔다. 그때 봉삼이 큰소리로 외쳤다.

"인제 우리 용덕치안대들은 위대한 김일성 수령님께 충성을 맹세헙시더. 내가 선창하모 모도 내를 따라 후창허이소이."

"예!"

치안대원들이 모두 힘차게 큰소리로 대답했다.

"공산주의 만세!"

그러자 치안대원들과 거기에 모인 황가 집안사람들이 모두 힘차게 후창을 하였다.

"공산주의 만세!"

"김일성 수령 만세! 어버이 수령 만세!"

"김일성 수령 만세! 어버이 수령 만세!"

만세삼창을 외치고 나자 덕줄이 치안대원 여럿을 데리고 창고 밖으로 나가더니 치안대장 복장을 한 낯선 사람을 상전 모시듯이 호위를 하며 창고 안으로 들어왔다. 그 모습을 본 봉삼이 기다렸다는 듯이 낯선 남자 앞에 가서 구십 도로 허리를 굽혀 절을 했다.

봉삼은 잡혀 있는 염가 남자들을 창고 한가운데로 끌고 와서 억지로 꿇어 앉혔다. 그리고 치안대원들을 그들 양쪽 옆에 이 열 종대로 줄지어 서게 했다. 봉삼은 낯선 사람을 친절히 안내하여 그들 앞으로 모시고 나왔다.

낯선 사람은 잡혀 있는 용덕사람들 앞으로 나와서 뒷짐을 지고 두 다리를 벌린 채 거만하게 버티고 섰다. 그러자 덕출이 그 사람 옆으로 가서 다시 절을 올리고 정중히 소개했다.

"이분은 김일성 수령님을 위해 공산주의 건설의 위대헌 과업을 수행 허고 계시는 금남면 치안대장 정혁태 씨입니더. 모도 경례!"

치안대원들과 황가 집안사람들이 거수경례를 하거나 절을 올렸다.

"자. 위대헌 김일성 수령님과 치안대장님을 위해 모도 박수로 환영 해 주시기 바랍니더."

그 말이 끝나기가 무섭게 치안대원들이 환호하고 만세를 부르며 손 뼉을 쳤다. 잠시 후에 덕출이 그들을 진정시킨 뒤에 다시 말을 이었다.

"자, 여러분! 그러모 인제 훌륭헌 우리 치안대장님의 말씀을 들어보 도록 허겠십니더."

소개를 받은 정혁태가 바로 연설을 시작했다.

"용덕에 사시는 인민 동지 여러분! 안녕허십니꺼? 인제부텀 지주나 미 제국주의 앞잡이들이 설치대는 세상은 끝났십니더. 무산대중인 우 리들 세상이 왔다 이 말입니더. 이거는 다 우리 위대헌 김일성 수령님 의 은덕인 기라요. 이 점을 한시도 잊아뿌모 안 됩니더."

그는 반동분자로 잡혀 와서 밧줄에 묶인 채 공포감에 떨고 있는 염 가 남자들의 고통은 아랑곳하지 않고 연설을 이어갔다.

"앞으로 무산대중이 잘사는 지상낙원을 맨딜라 카모 요 앞에 앉아 있는 이 반동분자 놈들을 한 사람도 남기지 말고 확 쓸어뿌야 허는 깁 니더. 일본 제국주의에 달라붙어서 우리 조선 사람들의 피 뽈아묵던 친일파도 마찬가집니더."

치안대장이 친일파를 숙청해야 한다는 말에 봉삼은 고개를 돌린 채 못 들은 척했다. 그러나 별로 걱정할 일은 아니었다. 친일파인 자기에 게 피해를 본 사람은 모두 반동분자로 몰려 그의 눈앞에 밧줄로 묶여 있었기 때문이다.

"존경허는 인민 여러분! 이 반동분자들을 안 죽이고 살려 노모 또 우 리 무산대중 인민들의 피를 뽑아물 끼 뻔 허다 아입니꺼? 그러닝깨로 여러분들이 밭에 풀 맬 때맨키로 반동분자 놈들은 인민재판을 해서 씨를 말리 뿌야 허는 깁니더. 이기 하동치안대서 내려온 지령입니더. 여러분 잘 알겠십니꺼?"

그러자 치안대원들이 따발총을 높이 치켜들며 큰 소리로 대답했다.

"예, 잘 알아 모시겠십니더. 반동분자를 처단허자. 이것들은 인민의 적이다."

"옳소! 옳소! 모도 쳐 직이 없앱시더."

그 말을 듣고 반동분자로 잡혀 있는 염가 남자들은 공포에 질려 신 음소리를 내거나 흐느끼는 사람도 있었다. 그러나 치안대장은 냉혈한 처럼 그들로부터 고개를 돌리고 치안대원들을 둘러보았다. 그리고 그 들의 구호에 더욱 용기백배해진 그는 더 흥분해서 목소리를 높여 연설 을 계속했다.

"그러닝깨로 치안대원 여러분! 위대헌 공산주의 건설의 대과업을 수 행허기 위해 인민재판을 해서 악의 뿌리를 싹 도리내야 헌다 이 말입 니더. 쪼끔도 망설이지 말고 단디 해 주시기 바랍니더. 모도 공산주의 만세, 김일성 수령 만세."

그러자 치안대원들이 모두 치안대장의 선창을 따라서 구호를 외쳤다. 그리고 나서 덕출은 치안대장을 모시고 창고 밖으로 나갔다. 뒤이어 봉삼이가 앞으로 나와 일장연설을 했다.

"오늘 밤에 우리 용덕치안대는 위대헌 김일성 수령님께 충성을 다허기 위해 이 염가들허고 다른 반동분자 놈들을 처단헐라꼬 헙니더. 금남면 치안대서는 아까 치안대장 말씀대로 인민의 적은 모도 인민재판으로 다 직이삐라고 했십니더."

봉삼의 연설을 듣고 있던 염가 남자들은 봉삼이 자기들을 인민재판으로 모두 죽인다는 말을 듣고 공포에 질려 신음하다 못해 더러는 우는 사람도 있었다. 봉삼은 이에 아랑곳하지 않고 연설을 계속했다.

"그래서 우리 황덕출 용덕치안대 분주소장님은 상부 지시대로 인민재판을 허자고 했십니더. 그런디 내가 반대했십니더. 와 그러냐 쿠모 시방 서른 명도 넘는 반동분자들을 일일이 인민재판을 다 헐라 카모 시간이 얼매나 걸리겠십니꺼? 그러닝깨로 제 말은 그리 까다롭고로 해 쌀 꺼 읎다 이겁니더. 그래서 내가 고마 한꺼번에 다 처리해 삐는 기 좋을 거라고 했십니더. 여러분 내 말이 틀렸십니꺼?"

그러자 치안대원들이 모두 봉삼의 말에 큰 고함소리로 동의했다.

"맞십니더. 옳소! 옳소! 찬동이요! 소뿔도 단김에 빼라고 안 쿱디꺼? 우리가 언제 인민재판을 해 봤십니꺼? 한꺼번에 다 해 치아뿌립시더."

봉삼은 그 말을 듣고 결정을 내리듯이 말했다.

"예, 우리는 무산대중의 주인이 아이겠십니꺼? 인민의 주인인 여러분들의 뜻에 따르기로 허겠십니더. 그러모 먼첨 이 반동분자들을 모도 배에 태우고 먼첨 모섬으로 갑시더."

봉삼의 연설이 끝나자 염가 남자들이 눈물을 흘리면서 경칭까지 쓰며 용서를 빌었다.

"봉삼씨 치안대원님! 한 번만 살려 주이소. 제발 목숨만 살려 주이소."

그들은 밧줄로 묶인 채 연방 고개 숙여 절하며 빌고 또 빌었다. 봉삼이 연설이 끝나자 덕출이 다시 창고로 들어와서 치안대원들에게 무엇인가 지시를 내렸다. 밧줄에 묶인 사람들은 덕출의 지시내용이 무엇인지 모르면서도 위험이 가까이 닥치고 있다는 것을 직감적으로 느끼고 있었다. 그들 중에 어떤 이는 눈물을 흘리며 통곡했고, 어떤 이는 창고에 돌아온 덕출에게 다시 제발 살려달라고 새끼줄에 묶인 두 손으로 싹싹 빌었다. 염치수가 도저히 울분을 참지 못하고 큰 소리로 말했다.

"덕출이 분주소장, 이 사람아! 그래 우리를 한꺼번에 다 직일 끼가? 말 좀 해 보거래이. 우리가 무신 죽을죄를 짓다고 쌩사람을 직인단 말이고?"

그러자 덕출이 대신 봉삼이 싸늘한 목소리로 쏘아붙였다.

"와, 염가들이 언제 우리 황가 사람들 사정 봐 주기라도 했단 말이오? 시방 고양이 보고 쥐 형편 봐 달라카는 기구마. 쥐구멍에도 볕 들 날이 있다는 걸 알기나 했소? 마, 시끄럽소이."

염치수가 옛정을 생각해 달라고 덕출에게 조합직원 호칭을 부르며 다시 통사정했다.

"황 주사! 자네를 조합에 넣어 준 사람도 내고, 우리 준성이허고 한

솥밥을 같이 묵고 산지도 십 년이 넘었다 아이가? 사람 정이 무섭다고 허는 긴디 제발 우리 집안사람들 목숨만 좀 살려 주게."

염치수의 말에 덕출은 말이 없었고 봉삼이 또 나섰다.

"귀신 씻나락 까묵는 소리 작작 허고 자빠졌네. 덕출이 아부지가 우찌 죽었는지 알기나 허고 덕출이헌티 그런 소리를 허는 기요?"

이번에는 금남면 서기인 염준민의 아버지 염갑수가 나섰다.

"덕출이 자네 춘부장 일은 우리 집안사람들도 다 안타깝고로 생각 허고 있네. 그런디 자네 어르신을 우리가 죽인 거는 아이다 아인가 배. 우리헌티 제발 이러지 말게."

"와, 또 면서기 애비꺼정 나서서 지랄이고? 너그들이 덕출이 아부지가 삼복 더위에 백운산 너렁바구 우서 시체로 썩어가는 거를 보기나 했나? 덕출이 아부지 다리가 썩어서 빠지는 걸 밨이모 그런 말은 안 나올 끼다. 덕호야! 니도 봤재?"

"예."

"그때 덕출이 아부지 다리 빠지는 걸 보고 기절초풍을 안 허겄더나? 인제 고마 아가리 닥치라이."

봉삼은 결론을 내리듯이 잘라서 말을 마치고는 덕출이 입장을 생각해서인지 덕출을 창고 밖으로 내보냈다. 창고에 갇혀 있는 사람들은 봉삼이 하는 말 중에 덕출이 아버지 다리가 빠졌다는 말을 왜 하는지 그 이유를 아무도 알지 못했다. 덕출이 창고 밖으로 나가자 봉삼은 창고 안에 있는 치안대원들을 보고 큰 소리로 명령했다.

"너그들 뭐허고 있노? 퍼뜩 이 반동분자들을 배에 태아라."

치안대원들은 횃불을 밝혀 들고 염가 남자들과 몇 안 되는 타성바지 반동분자들을 통통배에 다 태우고 나자 봉삼은 치안대원들과 같이 배에 올랐다. 그리고 큰디 쪽에 있는 모섬으로 파도를 헤치며 배를 타고 갔다.

오늘은 백중 뒷날이라 환한 달빛이 큰디 바다와 용덕부락을 을씨년스레 비추고 있었다. 봉삼이 배를 몰고 모섬으로 간 뒤에 얼마 지나지 않아 모섬 너머에서 콩 볶는 듯한 따발총 소리가 요란하게 들려왔다. 귀청을 찢을 것 같은 따발총 소리가 고요한 달빛에 적막감이 흐를 정도로 잔잔한 갈사만 바다 위를 회오리치며 사방으로 퍼져 나갔다. 마치 큰디 갯벌을 산산조각내어서 피바다로 물들이려는 듯이 바다 위의 모든 것을 마구 헝클어 놓았다.

염가 집안 여자와 가족들은 선창가에 나와서 자기 남편과 아버지를 태운 배가 모섬으로 가는 모습을 칼로 가슴을 도려내는 심정으로 눈물을 흘리며 바라보고 있었다. 그들은 모섬에서 상상만 해도 끔찍한 일이 벌어지지 않을까 두려워했다. 그들은 불안한 마음을 도저히 견디지 못하고 발을 동동 구르며 울부짖었다. 그때 누군가가 소리쳤다.

"누가 저 배에 가서 철이 애비 좀 구해 주이소, 배 타고 가모 죽십니더."

또 다른 가족이 울부짖었다.

"보이소, 퍼뜩 저 배 좀 일로 끌고 오이소. 저 배 가는 길이 저승길입니더."

가족들의 애타는 심정을 아는지 모르는지 통통배는 횃불을 밝히고

파도를 헤치며 모섬 쪽으로 멀어져만 갔다. 선창가에 서서 멀어져 가는 배를 속수무책으로 바라보고만 있을 수밖에 없는 가족들은 떠나가는 배를 향해 가면 안 된다고 손짓하며 통곡했다.

그들은 자기 남편이나 아버지가 다시는 돌아오지 못할 죽을 곳으로 배를 타고 가는 모습을 뻔히 바라보고 있으면서도 아무것도 할 수 없는 현실이 그들의 마음을 한없이 괴롭혔다.

치안대가 염가 남자들을 체포하여 태우고 가는 배가 모섬 너머로 사라진 뒤에 바다 위에는 잠시 고요한 적막이 흘렀다. 숨 막힐 정도로 고요한 이 적막이 선창가에 나와 있던 가족들의 상상력을 더욱 자극했다. 그들은 자기들이 상상한 모습이 너무 끔찍하여 숨소리도 내지 못하고 벌벌 떨기만 했다.

그때 갑자기 모섬 너머서 '따따따따' 따발총 쏘는 소리가 들려왔다. 따발총 소리는 달빛을 가르고 용덕 앞바다의 파도를 갈기갈기 찢어 물거품으로 부숴버리고는 용덕 선창가로 날아와서 공포에 떨고 있는 가족들의 귀청을 때렸다.

가족들의 귀청을 울린 총소리는 그들의 머릿속을 헤집고 다니다가 가슴속을 가득 채운 뒤에 말초신경을 샅샅이 파고들어 온몸을 공포의 도가니로 얼어붙게 했다. 염가 가족들은 자기 아버지나 오빠들이 총에 맞아 쓰러지는 모습을 상상하고는 떨리는 가슴을 진정시킬 수 없어 땅을 치며 통곡하였다. 그러나 그들 누구도 바다 건너에서 일어나고 있는 일을 막을 수는 없었다. 그들은 그것이 더욱 안타까워서 서로를 부둥켜안고, 가슴을 치며 옷자락을 붙잡고 울었다.

"아이고! 누가 모섬에 가서 우리 아부지 좀 살려 주이소."

"준성아! 모섬서 너 아부지허고 시방 우짜고 있내? 죽으모 안된데이. 그러모 내는 못산다."

"달빛도 무심타! 누가 저 바다를 건너가서 우리 철이 아범 좀 살려주이소."

염가 집안 가족들이 선창가에서 통곡한 지 얼마간의 시간이 흐른 뒤에 총소리가 멈췄다.

염가 유족들은 모섬에서 자기 남편이나 아버지가 총에 맞아 쓰려져 처참한 시신으로 나뒹구는 모습을 상상하고는 진저리를 쳤다. 총소리가 멈춘 뒤에도 치안대원들은 또 무슨 짓을 하는지 한참 시간이 지난 뒤에야 통통배를 타고 선창가로 돌아왔다. 그런데 횃불에 비친 그들이 입고 있는 옷이 이상했다.

총을 쏘는 사람들이 피살자한테서 멀리 떨어져서 총을 쏘면 그들 옷에는 피가 묻지 않는 것이 보통이다. 그런데 그들이 입고 있는 옷에는 누구라 할 것 없이 모두 피투성이가 되어 있었다.

그 모습을 본 염 씨 일가 사람들은 저들이 또 다른 무슨 만행을 저지른 것이 틀림없다고 짐작만 했다. 하지만 그들이 무슨 짓을 하고 왔는지 도무지 알 수가 없었다. 그런데 그들이 자행한 행동을 짐작하게 하는 단서를 포착할 수는 있었다. 그것은 봉삼과 치안대원이 무슨 이유에서인지는 몰라도 배에서 피 묻은 도끼를 메고 내리는 모습이 횃불에 비쳐 보였던 것이다.

그 모습을 본 염가네 가족들은 저들이 틀림없이 자기 가족의 시신에 도끼로 무슨 짓인가 훼손을 가했을 것이라 짐작했다. 그들은 모섬 백사장 위에 펼쳐져 있을 처참한 광경을 상상하고는 너무 괴로워서 다시 한번 몸서리쳤다.

다음 날 새벽, 봉삼은 따발총을 메고 집안 동생 치안대원 덕호를 대동하고 조금너리로 향했다. 하늘에는 옅은 구름 사이로 약간 이지러진 둥근 달이 가끔씩 얼굴을 내밀기는 했으나 구름에 가리어 스산한 분위기를 자아내고 있었다.

봉삼은 조금너리마을에 도착하자 곧장 문수필의 집으로 따발총을 메고 들어가서 다짜고짜로 문수필을 덮쳤다. 봉삼은 신을 신은 채로, 사랑방으로 들어가, 아무것도 모르고 깊은 잠에 빠져 있는 문수필의 얼굴에 따발총의 총구를 들이댔다. 문수필은 잠결에 차가운 쇠붙이가 이마를 누르는 것을 느끼고, 깜짝 놀라 잠에서 깨어났다. 그러자 봉삼이 나지막한 목소리로 말했다.

"조용히 일나 앉아라. 이 영감탱이야."

"누 누구요, 누군디 이러는 기요?"

"나? 용덕 사는 봉삼이야. 영감탱이 니 땜에 덕석몰이 당헌 황봉삼이라 쿤께로… 기억이 안 나? 조용히 옷 입고 따라 나와. 이 반동우 새끼야!"

"아! 봉삼이! 이 사람아, 와 이러는가? 그때 그일 땜에 그러는가? 그때 자네 맴이 마이 상했이모 내가 잘못을 빌겠네. 총으로 이러지 말고 말로 허세. 말로…"

"잔소리 말고 따라 나와."

봉삼은 문수필을 마당으로 끌고 나온 뒤에 안방으로 들어가서 그의 아들과 스무 살 정도 된 손자를 마당으로 같이 끌고 나왔다. 그는 그들 세 사람의 손을 새끼줄로 묶은 뒤에 덕호에게 삽을 챙기게 하고는 사립문 밖으로 끌고 나왔다.

그는 문수필의 옆집에 있는 문세경의 집을 지나가면서 집안을 흘깃 살펴보고는 아무 말 없이 그들을 끌고 뒷산으로 올라갔다. 봉삼은 문수필의 삼대를 따발총으로 위협하며 사궁디와 덕천 사이에 있는 도깨비골로 끌고 갔다.

이곳은 동네에서 멀리 떨어진 곳으로 밤에는 헛것이나 도깨비가 나타난다고 하여 도깨비골이라고 하는 곳인데 밤에는 사람들이 혼자 지나가기를 꺼려하는 무서운 골짜기였다. 봉삼은 문수필의 삼대를 끌고 도깨비골의 으슥한 골짜기 아래로 내려갔다. 문수필은 봉삼이 무슨 짓을 하려는지 눈치채고 새끼줄에 묶인 두 손으로 빌며 통사정을 했다.

"봉삼이 이 사람아! 제발 용서해 주게. 우리 삼대 목숨만 살려 주모 그 은혜는 평생 안 잊을 걸세. 제발 목숨만 좀 살려 주게."

문수필의 아들과 손자도 눈물을 흘리며 두 손으로 빌었다.

"봉삼 씨 어르신, 제발 좀 살려 주이소. 목숨만 살려 주모 어르신이 시는 일은 뭐든지 다 허겠십니다. 제발 부탁디립니다."

그러나 봉삼은 눈썹 하나 까딱하지 않았다. 이미 용덕 모섬에서 피맛을 본 뒤라 그의 눈에는 사람 목숨이 한낱 파리 목숨으로밖에 보이지 않았다.

"그러닝깨로 먼다꼬 남우 일에 나서는 기라? 남이사 첩을 들이든, 제 집질을 허든, 영감탱이가 무신 상관이야. 쓸데읎이 남우 일에 나서는 것도 반동이야. 알겄어?"

그는 문수필의 손자만 새끼줄을 풀어 준 뒤에 집에서 가져온 삽으로 구덩이를 파게 했다. 손자가 머뭇거리자 봉삼은 따발총으로 위협하며 땅을 파게 했다. 손자는 눈물을 흘리며 땅에 구덩이를 파 내려갔다.

세 사람이 들어갈 정도의 커다란 구덩이가 파지자 봉삼은 손자를 새끼줄로 다시 묶은 뒤에 세 사람을 새끼줄로 연결하여 묶었다. 그리고 세 사람을 파 놓은 구덩이 속으로 발로 차서 밀어 넣으며 거칠게 말했다.

"이 문가 영감탱이야, 황천길 가는 질에 안 심심허고로 아들, 손자꺼지 딸리 보낸깨로 항캐³⁷⁾ 잘 가소이. 이기 다 남우 일에 쓸데읎이 나선 대가닝께 그리 알고 황천 가서 잘 묵고 잘 사이소이."

봉삼은 흙구덩이에 처박혀 있는 세 남자를 향해 자기가 직접 따발 총을 쏘아 죽였다. 그러고 나서 치안대 덕호 동생에게 명령을 내렸다.

"어이, 동숭, 고마 삽으로 파묻어 삐라."

다음 날도 용덕부락에서는 치안대가 염 씨 일가와 인근 부락 우익인 사들을 체포하여 살상을 계속했다. 치안대원들은 염 씨 집안에 아직 체포되지 않은 사람들을 찾아서 가가호호를 돌며 샅샅이 뒤지기 시작

---

37) 함께

했다. 그러자 염 씨 집안사람 중에 다락방에 숨었거나 쌀 뒤주 등에 숨어 있던 사람이 네 사람이나 끌려 나왔다. 그리고 국민회의 간부인 이석수와 내도부락의 구장인 권남석과 하동경찰서 순경인 김동수의 아버지 김영석을 체포했다. 또한, 김수현은 경찰 앞잡이라 하면서 체포하였다.

치안대원들은 이들을 용덕 조합창고에 가두어서 몽둥이로 구타하며 고문하다가 밤이 되기를 기다렸다. 날이 어두워지자 그들은 잡아온 사람들을 큰디 근처에 있는 대바구섬으로 끌고 가서 모래밭에 구덩이를 파고 생매장을 해서 살해하는 만행을 저질렀다.

용덕부락의 치안대원들은 그들이 살해한 유가족들에게 시신 수습을 하지 못하도록 엄하게 단속하였다. 매일 치안대원들이 선창가에 보초를 서며 배를 타고 모섬이나 대바구섬에 가는 것을 철저히 금지했다. 그러면서 봉삼은 유가족들에게 협박했다.

"만일 반동분자 가족들이 초상칠라꼬 모섬허고 대바구섬에 가서 시체를 갖고 오는 사람이 있이모 그 집안사람을 모다 총살시 삐릴 끼다."

그로 인해 치안대에 희생당한 우익인사의 유가족들은 아무도 시신을 수습하여 장례를 치를 엄두를 내지 못했다. 단지 자기 아버지나 형제가 죽은 다음 해에 제삿날로 삼기 위해 사망한 날짜만 기억하는 수밖에 없었다.

한편 조금너리에서는 문수필이 봉삼에게 총살당한 다음 날, 온 동네가 발칵 뒤집혔다. 문수필의 가족들은 야밤중에 3대가 봉삼에게 끌려

간 뒤에 너무도 무서워 방안에서 서로를 껴안고 벌벌 떨며 꼬박 밤을 새웠다. 날이 밝자 문수필의 가족들은 머슴과 같이 밤에 총소리가 난 북쪽 산으로 올라가서 봉삼에게 끌려간 가족들을 찾았다.

산등성이와 골짜기를 돌아다니며 한참을 찾다가 도깨비골에 가 보니 소나무 아래의 비탈진 곳에 뻘건 황토가 볼록 드러난 곳이 보였다. 그들은 울면서 그곳을 급히 파 보았다. 흙을 조금 파 내려가니 문수필의 3대가 새끼줄에 묶인 채 총에 맞아 죽어서 앉은 자세로 묻혀 있었다.

문수필의 아내가 자기의 남편과 아들, 그리고 큰손자가 처참하게 죽어있는 참담한 모습을 보고는 충격을 받고 그 자리에서 쓰러지고 말았다. 그리고 문수필의 며느리와 나머지 가족들도 시체를 부둥켜안고 땅을 치며 통곡했다.

도깨비골에는 문수필의 온가족들의 울음소리가 골짜기를 가득 메우고도 넘쳐서 소-산 중턱으로 메아리가 되어 퍼져 나갔다. 가족들의 울음소리가 메아리로 울려 퍼질 때마다 산버들 가지가 흔들거렸고, 사시나무 잎이 파르르 떨자 청개구리도 슬피 울었다.

문수필의 가족들은 정신을 차리고 울면서 시신을 수습했다. 그리고 동네 사람들의 도움을 얻어 시신을 집으로 옮겼다. 문수필의 가족들은 한꺼번에 세 가족의 목숨을 잃는 말로 형용할 수 없는 끔찍한 일을 당하여 어찌할 바를 몰랐다. 조금너리부락이 생긴 이래로 이렇게 삼대가 몰살당하는 처참한 일이 일어난 적은 없었다.

한날에 삼대의 초상을 같이 치르는 불행한 일을 당하게 된 유가족들의 비통한 심정은 이루 말로 헤아릴 수가 없었다. 동네 사람들도 이일을 두고 모두들 너무도 끔찍한 일이라고 한탄하며 봉삼을 원망했다.

"봉삼이 그놈은 짐승만도 못헌 악질이데이. 시상에 한꺼번에 삼대를 직이는 벱이 오디 있단 말이고? 하동군에서 이러커롬 무작헌 일이 벌어진 거는 처음일 끼다."

"아이고 무시라, 삼 대가 한 날에 초상치는 기 조선 천지에 또 어디 있다 카대?"

동네 사람들 모두가 문수필의 삼 대가 당한 일을 자기 일처럼 분노하며 슬퍼했다. 문수필의 가족들은 하는 수 없이 삼대의 초상을 동시에 치르게 되었는데 초상집 분위기가 여느 집과는 달랐다.

아직은 공산주의 치하인지라 조문 오는 사람들도 치안대의 눈치를 봐야 했기 때문에 문 씨 집안사람들을 제외하고는 별로 찾아오는 사람이 없었다. 그리고 이번 참사를 봉삼이가 저지른 일임을 알면서도 대놓고 그를 비난하는 사람도 별로 없었다.

문수필의 삼대가 희생된 지 사흘 뒤에 출상을 치렀다. 조금너리마을에서는 한 집에서 한날한시에 세 개의 상여가 출상하는 진풍경이 벌어지고 있었다.

문수필의 상여 뒤에는 그의 차남 이하의 형제와 가족들이 상주가 되어 누런 상복을 입고 따라갔다. 그 뒤의 큰아들 상여에는 그의 아내와 자식들이 곡을 하며 뒤를 따랐다. 그러나 마지막 상여에는 망자가 미혼이어서 따르는 상주가 없었다.

온 동네 사람들은 너무도 충격적인 장면을 보고는 치안대의 눈치도 아랑곳하지 않고 상여 뒤를 따라가며 자기 일처럼 슬픔을 같이했다. 그런데 문 씨네 삼대의 상여가 동시에 나가면서 각 상여마다 종구잡이를 따로 세울 수가 없었다. 그래서 한 사람의 종구잡이가 문수필의 상여에 앞장서서 인도하며 소리를 메기고 뒤따르는 세 개의 상여를 메고 가는 상여꾼들이 다 같이 소리를 받기로 하였다.

세 개의 상여가 문수필의 집을 나가기 전에 마당에서부터 종구잡이가 소리를 메기기 시작했다.

으 노 으 노 으흐이노으 노
으 노 으 노 으 노 으 노
대매꾼(상여꾼)아 말맞추소 행도꾼(상여꾼)들 심을내소
으 노 으 노 으 노 으 노
문영감님 어디가요 자식뎃고 어딜가요
으 노 으 노 으 노 으 노
가네 가네 문씨 가족 문가 3대 떠나가네
으 노 으 노 으 노 으 노
정든 가족 정든 집을 우찌 두고 간다쿠요
으 노 으 노 으 노 으 노
북망산천 돌아돌아 황천길로 떠나가네
으 노 으 노 으 노 으 노
억울해서 못 가겄다. 절통해서 못 가겄다.
으 노 으 노 으 노 으 노

우라부지 무신 죄고? 우리 3대 무신 죄고?

으-노으-노 으-노으-노

원통허고 절통허다 우리 3대 무신 죄고?

으 노 으 노 으 노 으 노

내 새끼는 무신 죄고? 원통허고 절통허다

으 노 으 노 으 노 으 노

남아있는 우리 새끼 우찌살꼬 우찌살꼬

으 노 으 노 으 노 으 노

한번 가모 언제 오나 인제 가모 언제 보꼬

으 노 으 노 으 노 으 노

북망산천 멀다더마 인제 가모 언제 오꼬

으 허 으허노 으나리넘차으화노

종구잡이도, 상여꾼들도, 동네 사람들 모두가 소리 내어 흐느꼈다. 종구잡이의 목소리는 구슬픈 메아리가 되어 조금너리 뒷산으로 울려 퍼졌다.

애닯고도 슬프도다 억울허고 절통허다

으 노 으 노 으 노 으 노

내는 늙어 간다마는 내 손주는 우찌갈꼬

으 노 으 노 으 노 으 노

불쌍시런 내 아들아 절통시런 내 손주야

으 노 으 노 으 노 으 노

주야장천 긴긴 세월 이팔청춘 우찌헐꼬

으 노 으 노 으 노 으 노

오월비상 웬말이요 날벼락도 유분수재

으 노 으 노 으 노 으 노

이놈 팔자 기구허다 3대 항캐 초상치내

으 노 으 노 으 노 으 노

북망산천 가거들랑 이 할애비 원망해라

으 노 으 노 으 노 으 노

사람들아 사람들아 큰 죄진 놈 원망 마라

으 노 으 노 으 노 으 노

그놈 팔자 개팔잔지 내가 아냐 제가 아냐

으 노 으 노 으 노 으 노

세상만사 새옹지마 인생만사 업보니라

으 노 으 노 으 노 으 노

가네 가네 우린 가네 3대가 떠나가네

으 노 으 노 으 노 으 노

돌아돌아 찾아가네 북망산천 찾아가네

으 노 으 노 으 노 으 노

인제 가모 언제 오냐 이 내 세상 미련   다

으 노 으 노 으 노 으 노

혼백이야 죄다 잊고 황천길로 가시지만

으 노 으 노 으 노 으 노

남은 식구 빈방 안에 외롭아서 우찌 살꼬

으 노 으 노 으 노 으 노

이왕지사 가시는 길 가시밭길 가지 말고

으 노 으 노 으 노 으 노

꽃길이나 밟고 가소 비단길을 밟고 가소

으 허 으허노 으나리넘차 으화노

세 개의 상여는 종구잡이가 메기는 구슬픈 상엿소리를 따라 조금너리 뒷산을 넘어서 양지바른 안식처로 떠나갔다. 조금너리에서 삼대가 치안대 황봉삼에게 총살당하여 초상을 치렀다는 소문은 금시 용덕마을에도 전해졌다.

용덕마을의 유가족들은 문수필의 삼 대가 희생당한 일에 대해 동병상련의 심정으로 눈물을 흘리며 동정했다. 그러면서도 그들에게는 또 다른 슬픔이 있었다. 그것은 용덕 치안대의 감시 때문에 망자에 대한 장례를 치르지 못하고 있는 현실 때문이었다.

문수필의 삼 대가 한꺼번에 희생당한 일이 안타까운 일이기는 했지만 그래도 그들은 그나마 초상을 치르게 된 것이 부럽기도 하였다. 용덕부락에서는 황가 집안 치안대들이 무소불위의 권력을 휘두르고 있었다. 염가 집안과 타성바지 유가족들은 치안대의 눈치를 보느라 고개 한번 제대로 들지도 못하고 지냈다.

또한, 그들은 배의 운항을 비롯한 일상생활에서 가혹한 제약을 받으면서 지냈다. 용덕마을은 공산주의 세상이 되면서 노동자와 농민들의 지상낙원이 된 것이 아니라 하동군에서는 가장 부촌 마을인 유산자 계급인 황 씨 집안사람들의 지상낙원이 되었다.

구월 말 어느 날 아침에 망덕산에서 불어온 스산한 가을바람이 섬 진강을 타고 내려와서 고요하던 갈사만의 바다 위를 휘젓고 지나갔다. 용덕부락의 염가 집안사람들이 아침에 일어나서 불안한 마음으로 황 가 치안대의 눈치를 살피다가 그들이 꿈에도 상상치 못한 일이 일어났 다는 사실을 알게 되었다.

그날 아침에 뜻밖에도 황가 집안 치안대원들이 한꺼번에 모두 사라 져 버린 것이다. 어떤 집은 한 가족이 모두 사라진 집도 있었다. 이 소 문은 삽시간에 용덕마을 전체로 퍼져 나갔다. 이 소식을 들은 용덕부 락의 유족들은 서둘러 모섬과 대바구섬으로 가족의 시신을 찾으러 갈 채비를 했다. 그들은 급한 대로 시신에 입힐 새 옷과 땅을 팔 괭이와 삽만 준비하고 배에 올랐다.

대부분이 여자들인 유족들이 배를 타고 용덕부락 반대쪽에 있는 모 섬의 백사장에 이르렀다. 그들이 배에서 내려 사방을 살펴보니 하얀 백사장 구석에 낡은 도끼 몇 자루만 덩그러니 나뒹굴고 있었다. 유가 족들은 그것을 보고 자기도 모르게 불길한 예감이 들었다. 유가족들 이 도끼가 흩어져 있는 곳으로 가까이 다가가자 시신에서 풍겨 나오는 시체 썩는 악취가 천지를 진동하고 있었다.

유가족들은 시체 썩는 지독한 냄새를 참아가며 너나 할 것 없이 도 낏자루가 흩어져 있는 근처의 모래밭을 괭이로 파기 시작했다. 그런데 유족들이 시체가 있을 것으로 예상하고 모래를 파 내려가다가 너무도 끔찍한 광경을 목격하고는 모두들 경악하여 뒤로 물러서고 말았다.

유족들이 괭이로 파낸 구덩이에는 사람의 시신이 온전히 묻혀 있는 것이 아니라 시신이 분리되어 세 군데로 나뉘어 묻혀 있었던 것이다. 처음에 판 구덩이에서는 수십 개의 머리만 묻혀 있었다. 또 다른 구덩 이에서는 몸통만 나왔고 나머지 구덩이에서는 사지가 따로 묻혀 있었 다. 마음 약한 여자들이 대부분인 유족들은 생전 처음 보는 끔찍하고 처참한 광경을 보고는 어찌할 바를 모르고 넋을 놓고 통곡하였다.

그런 와중에도 염치수의 아내가 정신을 차리고 남편이 구장을 할 때 동네 일을 맡아 본 경험을 살려 시신 수습을 위해 발 벗고 나섰다. 염 치수의 아내는 지금 파놓은 시신의 일부를 아무나 자기 가족의 시신이 라고 가져가면 시신을 제대로 맞추어서 수습하기 어렵다고 판단했다.

그녀는 먼저 유가족들 중에서 비교적 사리 판단력이 밝은 몇몇 여 자들을 불러 모아서 의논했다. 그 결과 우선 머리부터 파내어 대충 유 골 형태를 보고 시체의 주인을 가리기로 했다. 유족들은 파낸 두골의 형태와 머리카락의 길이 등으로 주인이 하나씩 가려질 때마다 두골을 껴안고 통곡했다. 그들은 각자 두골을 수습한 뒤에 눈물을 흘리며 다 시 몸통이 묻힌 곳으로 가서 모래를 파냈다.

몸통의 유골은 먼저 입은 옷을 보고 가려내고, 옷이 없는 유골은 크 기와 길이로 구별하여 주인을 가렸다. 그런데 크기가 비슷하여 구분하기가 힘든 유골도 나왔다. 유가족들은 하는 수 없이 서로 의논하여 대충 어림짐작으로 유골을 가릴 수밖에 없었다.

마지막으로 모래에 파묻힌 수족의 주인을 찾는 일이었는데 이것이 가장 어려웠다. 죽은 사람들이 총살을 당할 당시에 더운 여름이어서 모두들 소매가 짧은 삼베나 모시저고리와 바지를 입고 있었다. 따라서 시신의 사지에는 옷소매나 바짓가랑이가 걸쳐진 것이 없어서 옷으로는 누구의 사지인지 구분할 수가 없었다.

유족들은 우선 다리는 다리끼리 팔은 팔끼리 길이가 같은 것을 좌우 짝을 찾아 구분해 놓았다. 그리고 그 길이로 짐작하여 시신의 주인을 찾아 맞추어 나갔다. 그 때문에 그 수족이 시신의 몸통과 맞는지, 안 맞는지는 알 수가 없는 경우가 많았다.

그런데도 그들은 달리 어찌할 방법이 없었다. 유족들은 어쩔 수 없어서 자기가 찾아간 시신이 잘 맞을 것이라는 믿음이 깨지지 않기를 기대하며 시신을 수습했다. 그리하여 시신을 다 맞추는 데에는 거의 하루해가 걸렸다. 해가 거의 망덕산에 걸쳐 측은한 얼굴을 감추려고 할 때쯤에야 시신 수습을 마칠 수 있었다.

유족들은 눈물을 흘리며 유골을 집에서 가져온 새 옷으로 감싸서 새끼줄로 묶었다. 그리고 수습한 시신을 조심해서 배에 싣고 집으로 돌아와 장례 치를 준비를 했다.

염치수의 아내는 언젠가 시신을 수습할 기회가 올 것을 예측하고 미리 관을 두 개 준비해 두었다. 그녀는 남편과 아들의 유골을 다시 정성

들여 맞추어 새 옷으로 갈아입힌 뒤에 형식적이나마 염을 하고 관에 안치했다. 그리고 빈소를 차린 뒤에 음식을 올리고 가족들과 곡을 하였다. 늦은 밤이 되어서야 염치수의 아내는 며느리와 같이 장례 준비를 대충 마치고 남편과 아들의 관 옆에 앉아서 마음껏 통곡했다.

"아이고, 아이고! 준성아! 내 아들 준성아! 이 에미 놔두고 네 혼자 어딜 가내? 알짱 겉은 네 새끼는 어쩌라꼬? 젊은 네 마누래는 또 우찌 살라꼬? 니만 가모 되나? 니만 가모 되나?"

준성이의 젊은 아내는 시어머니의 통곡 소리를 듣고 시어머니 옆에 앉아서 울다가 감정을 억누르지 못하고 실신하고 말았다. 염치수의 아내가 며느리의 어깨를 부둥켜안고 흔들며 절규했다.

"며느라! 정신 채리라. 내 팔자도 억울헌디 네 팔자는 우짤끼고? 아이고! 내 며느리, 동지섣달 진진 밤을 눈물로 지샐랑가? 원통허고 절통해라. 준성아! 가지 마라. 이 에미 오장육부 갈기갈기 다 찢어진다. 병아리 겉은 니 새끼들 우짤라꼬 니만 가냐?"

염치수의 아내는 쓰러진 며느리를 돌볼 겨를도 없이 울면서 옆에 있는 남편의 관으로 자리를 옮겨 앉아 통곡했다.

"아이고, 준성이 애비요, 날 좀 보소. 내만 두고 혼자 가모 내 혼차 우찌 살란 말이요. 준성이 애비요! 억울허고 원통해서 몬 살겄소. 당신이 잘 못헌 기 머가 있는기요? 도대체 당신이 무신 죄를 짓단 말이요? 덕출이 그놈이 누 땜에 공부허고 누 땜에 조합에 들어갔는디… 은혜를 원수로 갚는단 말이요? 덕출이 주 애비를 당신이 직있소? 우리 준성이가 직있소? 와 주 애비 직인 경찰헌티는 말 한마디 몬험시로 제 읊는 우리 준성이 부자를 쌩죽음을 신단 말이고? 덕줄이 이 천벌을 받아도 씨언찮을 놈아!"

염치수의 아내는 슬픔을 이기지 못하고 대성통곡을 하다가 갑자기 현기증이 들더니 온몸에 힘이 쭉 빠져서 남편의 관 위에 쓰러지고 말았다. 얼마나 시간이 지났을까? 그녀는 관 뚜껑에서 얼굴에 전해오는 서늘한 냉기를 느끼고 정신이 들자 다시 통곡하며 울부짖기 시작했다.

"제집질 허다 덕석몰이 당했다고 조금너리 삼대를 직인 봉삼이 놈아! 네놈은 사람 새끼가? 개 백정이가? 이 천벌을 받을 무작헌 놈아! 봉삼이 고놈이 잡히기만 잡히모 갈기갈기 찢어 직이고 말 끼다. 이 원수 겉은 놈아! 우리 집안사람들이 너 집에 가서 닭우 새끼 한 마리를 훔챴나? 쥐새끼 한 마리를 직잇나? 네까진 것들이 머인디 염가 집안 씨를 말릴라 쿠내? 이 무작헌 놈들아! 빨갱이가 뭐꼬? 죄 읎는 사람 떼로 모다 놓고 따발총으로 쏴 직이고 사지 찢어 직이는 기 빨갱이가? 이 구신이 씹어 직이도 시원찮을 빨갱이들아!"

염치수 아내와 가족들의 울음소리는 밤새 그칠 줄 몰랐다. 치안대에 희생된 다른 상가에서도 밤새 울음소리가 그치지 않았다. 용덕부락은 온 동네가 울음바다로 변했다. 누구네 집이라 할 것 없이 사연 없이 죽어 간 사람 없었고, 억울하지 않은 죽음을 당한 집도 없었다.

상가 집집마다 구구절절한 사연을 담아서 울리는 통곡 소리가 온 동네에 울려 퍼졌다. 그들은 통곡하다가 조금너리 문 씨 삼대가 초상 치른 일을 생각하며 더욱 억울해했다.

"문 씨네 삼대는 그래도 시신은 온저이 모다[38] 묻었다는디… 울 아부지 시신은 정말로 맞는 기가? 아부지! 불쌍헌 우리 아부지! 이 불효를 우찌 허모 데겠십니꺼? 울 아부지 영혼이 억울허고 절통해서 이승을 떠나겠십니꺼? 아이고! 아이고! 불쌍헌 울아부지!"

용덕동네 육십여 가구 중에 거의 반이 넘는 삼십오여 가구에서 한꺼번에 초상이 났다. 그래서 우선 시신이 들어갈 관을 만드는 널빤지가 턱없이 부족했다. 어떤 집에서는 썩은 널빤지라도 구해서 엉성한 관을 만들어 쓰기도 하고 그나마 그것도 구하지 못한 집에서는 하는 수 없이 대발로 시신을 말아서 장례를 치르는 집도 있었다.

장례식을 시작한 지 사흘째 되는 날 용덕부락에서는 많은 가구가 한꺼번에 출상해야 하는 기이한 사태가 벌어졌다. 동네에는 남자들이 거의 희생되고 없는지라 상여를 옮기는 일이 이만저만 난감한 일이 아니었다.

유족들 중에 중고등학교에 다니는 아들이라도 있는 집에서는 관을 지게에 지고 갔다. 남자들이 없는 집에서는 여자들이 관을 새끼줄로 장대에 걸쳐 묶어서 서너 명이 멜빵을 만들어 어깨에 메고 가는 집도 있었다. 그도 사정이 여의치 않으면 대발로 싼 시체를 여자들이 앞뒤에서 여럿이 같이 이고 가는 경우도 있었다.

엎친 데 덮친 격으로 묘소를 한꺼번에 구하는 일도 쉽지는 않았다. 산이나 전답이 있는 집에서는 자기 땅에 묘지를 만들어서 장례를 치

---

38) 온전히 모아

렀다. 그러나 용덕부락에 자기 땅이 없는 상가에서는 상여를 메고 인근의 가덕이나 고포 쪽으로 가서 산 주인이 없는 틈을 타 남의 산에 아무 데나 묻고 돌아왔다.

장례식을 마친 뒤에 용덕에 사는 유가족들이 그냥 가만있지 않았다. 유가족들은 아무 죄도 없이 치안대에 끌려가서 눈 뜨고 볼 수 없을 정도로 처참하게 희생당한 자기들의 남편과 아버지를 생각하며 황가 치안대원들과 그들에게 협조한 사람들에게 복수해야 한다고 들고 일어났다. 그들은 황가 집안 치안대원들에게 복수하려면 힘을 합해야 한다고 하면서 유가족들이 염치수의 집으로 모여들었다. 염치수의 아내도 그들을 절대로 용서할 수 없다고 앞장서서 나섰다.

염치수의 아내는 복수하러 가기 전에 황가 집안사람들이 모여 사는 안동네로 사람을 보내 그들의 동태를 살피고 오게 했다. 김영석의 아내 덕개띠가 자진하여 황가들이 사는 집을 샅샅이 살펴보고 왔다. 그녀는 황가 남자들은 한 사람도 보이지 않는다고 말했다.

염치수의 아내는 자기 집에 모인 유가족들이 여자들뿐이었으므로 학생이라도 좋으니 남자란 남자는 다 모이도록 했다. 그녀는 힘 꽤나 쓸 수 있는 남자아이들에게 몽둥이를 하나씩 쥐어 주고 앞장서게 하여 먼저 황덕줄의 집을 찾아갔다. 그들은 떼를 지어 골목을 지나가며 분노에 차서 고함을 질렀다.

"빨갱이 놈들 다 나오이라. 인제 우리가 너뜰 사지를 다 찢어 직일 끼다."

"이 빨갱이 원수들아! 우리 아부지가 무신 죄를 짓네? 와? 따발총으로 쏴 직인 것도 모자라 사지를 찢어 직인단 말이고? 원수 갚으로 가자! 원수를 다 쎄리 잡자!"

유가족들은 두 주먹을 쥐고 양팔을 하늘을 향해 위로 뻗치고 함성을 지르면서 황덕출의 집 안으로 들이닥쳤다. 그런데 황덕출의 집 안은 조용하기만 했다. 덕출이 피난을 가면서 염가 유가족들의 보복이 두려워 가족들을 미리 삼내 외가로 피신시켜 두었기 때문이다.

염치수의 아내와 유가족들은 울분을 참지 못하여 덕출의 집에 있는 가구들을 꺼내 마구 부수고는 봉삼의 집으로 몰려갔다. 역시 그곳에도 봉삼은 없고 그의 늙은 어머니와 어린 자식들밖에 없었다.

유가족들은 온 동네를 돌며 황가 남자들을 한 명이라도 잡으려고 그들의 집을 샅샅이 뒤졌지만 단 한 명의 남자도 찾지 못했다. 그러자 제대로 복수하지 못한 유가족들은 분을 참지 못하고 살기등등하여 각자 흩어져서 온 동네를 다시 뒤지기 시작했다.

그들은 미처 피신을 가지 못하고 동네에 남아있던 황가 집안 여자들을 닥치는 대로 잡아 새끼줄로 묶어서 어업조합 창고로 끌고 갔다. 그리고 그들을 창고바닥에 모아놓고 소리쳤다.

"이 빨갱이 에편내들아! 우리가 너뜰 남정네들헌티 여거서 얼마나 맞았는지 알재? 우리 죄 읎는 남편은 와 직있내? 야 이 빨갱이 잡년들아!"

"인제 너뜰도 전에 우리맨키로 몽디 맛 좀 봐야겄다. 이 씨발년들아!"

"우리는 그때 몽디로 맞은 숭터가 아적도 궁디에 남아있다 아이가? 오늘 너뜰도 몽디 맛 좀 보고 너뜰 궁디는 쎄 궁딘가 어디 한번 보자.

이 화냥년들아!"

치안대에 희생당한 남편과 아버지의 복수를 위해 화가 머리끝까지 오른 유가족들이 학생들이 들고 있던 몽둥이를 빼앗아 황가 여자들을 두들겨 패기 시작했다. 몽둥이를 맞고 있던 황가 집안의 한 여자가 울면서 소리쳤다.

"아이고! 제발 좀 살려 주이소. 폴 몽디가[39] 다 뿔라지겄십니더. 그런디 우리가 무신 죄를 짓다고 우리헌티 몽디질을 헙니꺼?"

"우리가 뭘 어쩠는디 와 애민 여자들헌티 분풀이를 허는 깁니꺼? 하이튼 잘못 했잉깨로 인제 고만 쎄리소. 사람 죽겄십니더."

염치수의 아내는 그 말을 듣고 일리가 있다는 생각이 들었다. 따지고 보면 저 여자들에게는 남편 잘못 둔 죄밖에 없는 것이다. 그녀는 이러다가 동네 사람들이 또 피를 보고 사상자가 생겨 줄초상을 치게 될지도 모른다는 생각이 들었다. 그녀는 마음을 고쳐먹고 유가족들을 제지하기 시작했다.

"보이소, 마, 내 말 쪼깸만 들어 보이소. 궁항띠야, 네부텀 몽디 좀 내리 나라."

그녀는 궁항댁이 들고 있던 몽둥이를 빼앗아 머리 위로 높이 쳐들고는 또 소리쳤다.

"보이소, 일단 몽디부텀 좀 내리 노이소. 안 그로모 내가 가마이 안 있을 끼요."

---

39) 팔 몽둥이가

그러자 염치수 아내의 고함소리에 유가족들의 기세가 한풀 꺾였는지 잠시 잠잠해졌다. 그녀는 유가족들을 안정시킨 뒤에 자기 의견을 말했다.

"보이소, 여러분들이나 내 심정이 다 같은 처지 아입니꺼? 내는 알짱겉은 우리 남편허고 자식꺼지 저세상에 보냈다 아입니꺼? 내가 와 복수허고 잡은 맴이 없겠십니꺼? 그런디 한번 생각해 보이소. 우리가 엊그제 줄초상을 쳤다 아입니꺼? 그런디 이러다가는 또 동네 줄초상 치기 생깄십니더."

그러자 준민이의 어머니가 분을 삭이지 못하고 반발했다.

"에이, 성님! 우리도 줄초상을 당했는디 주는 머시라꼬 그런 일을 못 당헌단 말입니꺼?"

그 말을 듣고 염치수의 아내는 목소리를 낮추며 차분히 말했다.

"동숭! 동숭 말이 틀린 거는 아이재. 그런디 경사스런 일은 잦으모 좋고 궂은일은 더는 기 좋은 거 아이가? 동숭! 내가 먼첨 참을 낀깨로 우리 염가 집안 여자들이 참고로 허자. 우리가 저 황가 년들을 직인다꼬 이미 죽은 내 남편이 살아올 끼가? 내 자식이 살아올 끼가? 으흐흐…"

그녀는 말을 마치자 또 설움이 복받쳐 눈물을 흘리며 흐느꼈다. 그러자 몽둥이를 들고 있던 유가족들도 그녀의 울음에 맥이 풀렸는지 몽둥이를 내려놓고 따라 울었다. 그리고 황가 집안 여인네들도 나름대로 억울해서 따라 울었다. 어업조합 창고 안은 순식간에 울음바다로 변했다. 한참을 울고 있을 때 아들이 경찰인 김영석의 아내 덕개댁이 일어나 눈물을 훔치며 말했다.

"구장띠 성님, 고마 일어나이소. 성님이 먼첨 정신을 좀 채리이소."

"그래, 덕개띠 네 말이 맞데이. 내가 주전읎이 울었네. 자! 인제 그만 울고 다들 정신 좀 채립시더."

염치수 아내의 말에 사람들의 울음소리가 잦아들자 아들이 경찰인 덕개댁이 자기 생각을 말했다.

"아지매들, 내 말 좀 들어 보이소이. 아인 말로 내 아들이 경찰 아입니꺼? 제도 썽질대로 허자 쿠모 우리 아들헌티 총을 들고 와서 치안대 놈들을 다 쏴 직이 삐라 쿠모 속이 시원허겄십니더."

"그래, 맞는 말이다."

염치수의 아내가 맞장구를 쳤다.

"그런디 이미 다 도망가 삐린 황가 놈들을 잡아 올 수도 읎고, 우리 예편내들이 나서서 무신 재주로 원수를 다 갚겠십니꺼? 이런 일은 고마 법에 맽기고 구장 세이 말대로 동네 궂은일은 덜고로 헙시더."

"경찰 에미 덕개띠 말이 맞십니더. 복수헌다꼬 우리 자식들헌티 덕될 끼 머 있겠십니꺼? 고마 다 잊아뿌리고 퍼뜩 집에 가서 초상 치르던 일이나 시마이[40] 허고로 헙시더."

염치수 아내의 말에 하나둘씩 자리에서 일어나 집으로 돌아갔다. 황가 집안 여자들도 유가족들이 다 돌아간 뒤에 몽둥이에 맞아 아픈 다리를 끌며 집으로 돌아갔다.

---

40) 일본어로 끝내다

가을 하늘이 진회색으로 잔뜩 찌푸린 어느 날, 용덕마을에는 가랑비가 소리 없이 내리고 있었다. 용덕부락 동쪽의 나지막한 산자락에 나 있는 질척질척한 오솔길을 따라 하얀 소복을 입은 한 아가씨가 기름종이 우산을 쓰고 걸어가고 있었다.

그녀는 큰디의 너른 갯벌과 모섬과 마도섬이 한눈에 내려다보이는 동산 중턱에서 걸음을 멈추었다. 그곳에는 붉은 황토를 덮은 봉분 위에 새로 심은 잔디가 듬성듬성 나 있는 무덤이 하나 있었다. 그녀는 무덤 앞에 무릎을 꿇고 앉아서 소리 없이 흐느껴 울기 시작했다. 그녀는 용덕 황가 치안대원에게 희생당한 어업조합 염준길 전무의 딸인 염애경이었다.

그녀가 진주여중 고급반을 졸업하고 집에서 문학도의 꿈을 키우고 있을 때였다. 뜻밖에도 죄 없는 그녀의 아버지가 치안대에 무참하게 살해당하자 가정의 평화는 산산조각이 나서 온 집안이 풍비박산되었다.

그녀는 그 일로 너무도 큰 충격을 받아 집안에 틀어박혀 두문불출하고 지냈다.

애경은 오늘따라 마루에 나와 앉아 촉촉이 내리는 가을비를 바라보며 하염없이 처마 끝에서 떨어지는 낙수 소리를 듣고 있다가 아버지 생각이 간절하여 산소를 찾았다. 그녀는 우산도 쓰지 않고 비를 맞으며 무덤 앞에 엎드려서 흐느꼈다. 그녀가 울먹일 때마다 그녀의 가냘픈 어깨가 들먹거리다가 바르르 떨기까지 하였다. 그녀는 한참을 그렇게 엎드려 울었다.

투명한 밀가루를 뿌려 놓은 것 같은 가랑비 가루들이 소리 없이 그녀의 머리 위에 내려앉았다. 맑고 보드라운 가는 빗방울이 그녀의 긴 머리카락과 소복을 촉촉이 적셔 가고 있었다. 그녀는 소복이 빗물에 젖어가는 것도 아랑곳하지 않고 닭똥 같은 눈물을 흘리며 흐느끼기만 하였다.

애경은 무덤에 묻힌 망인의 죽음이 너무도 억울하고 절통하여 자기의 감정을 도저히 가눌 길이 없었는지 갑자기 자리에서 일어나 두 팔을 하늘을 향해 뻗쳐 들었다. 그러고는 간절한 마음을 담아 허공을 향해 울부짖으며 가슴속 깊은 곳에 똬리를 틀고 앉아 있던 통한의 심정을 토해냈다.

"오! 하늘이시여! 오! 천지신명이시여! 누가 이런 짐승만도 못헌 천인공노헐 살인을 저지르게 했단 말입니꺼? 오! 무심한 하늘이시여! 감정이 있다 쿠모 어디 대답 좀 해 보이소."

그녀의 절규에 화답이라도 하는 것인지 용덕을 떠난 영혼들의 목소리가 소-산 위에서 메아리처럼 들려왔다.

"공산주의를 맨딘 사람아! 말 좀 해 보거라. 우리가 언제 너뜰 보고 구원해 달라 캤내? 우리 운명을 와 누가 결정짓네 이 말이다. 그라고 먼다꼬 그런 걸 우리 동네꺼지 갖고 와서 패쌈을 붙여 놓고, 사람을 떼 죽임신단 말이고? 그래 갖고 너뜰이 우리 동네서 얻어 갈라 쿠는 기 뭐꼬?"

—

고전면에 치안대가 들어선 뒤로 아직까지 인민재판을 하여 목숨을 잃은 사람은 없을 때였다. 하루는 몽환의 집에 느닷없이 지소 치안대원인 진익설과 평소에 몽환이 친동생처럼 돌보던 김범식과 들이닥쳤다. 그리고 다짜고짜 몽환을 강제로 연행하여 지소 치안대분주소로 끌고 갔다.

김범식은 진익설이 시키는 대로 몽환을 끌고 가는데 어쩔 수 없이 협조했지만 몽환에게 너무 미안했다. 그래서 고개를 들지 못하고 진익설을 뒤따라가며 몽환을 잡아가는 시늉만 했다. 영문도 모른 채 당산에 있는 분주소로 끌려온 몽환 앞에 지소 치안대분주소장 진익형이 나타나 취조하기 시작했다.

진익형은 몽환더러 지주계급 반동분자라며 자아비판 해야 한다며 윽박질렀다. 그러나 몽환은 자신이 소규모 지주인 것은 맞지만 왜 갑자기 반동분자가 되는지 이해가 되지 않아 눈만 끔벅거렸다. 그러자 진익형은 몽환에게 고래고래 소리를 지르며 당장 인민재판을 하겠다며 겁을 주었다. 그때 몽환은 진익형의 눈빛에서 살벌한 광기를 느꼈다. 그것은 그 모진 일제시대에도 경험해 보지 못했던 섬뜩한 느낌이었다. 그날, 진익형은 무슨 생각에서였는지 더 이상 몽환을 취조하지 않고 그냥 집으로 돌려보내 주었다. 집으로 돌아오는 길에 몽환은 그제야 공산당 치하에서 자기가 처한 사태의 심각성을 깨달았다.

이러한 위기상황에서 몽환의 머리에 가장 먼저 떠오른 것은 명교 작은아들이 부산으로 피난 가고 난 뒤의 며느리 신변의 안전과 창고에 있는 곡식이었다. 몽환은 당장 밤이 깊어지기를 기다렸다가 아들 진송과 진철, 그리고 큰손자 현식이, 머슴 네 사람을 데리고 벼 가마니를 지소로 지고 오기 위해 명교로 갔다. 치안대원들에게 들키지 않기 위해 불도 밝히지 않고 논두렁길을 더듬어서 길을 나섰다.

치안대가 지키고 있는 당산을 피해 물레방앗간 앞의 징검다리를 조심해서 건넜다. 그리고 논짐이재를 넘어서 더듬고 더듬어 자정이 다 되어서야 명교에 도착할 수 있었다. 일행은 각자 자기 힘에 맞게 벼 가마니를 지게에 지고 다시 지소로 돌아왔다. 캄캄한 밤에 짐을 지고 길을 더듬어서 오느라 걸음걸이는 더욱 느려졌다.

일행이 한여름의 무더위에 땀을 비 오듯이 흘리며 겨우 논짐이재를 넘었을 때쯤 이미 동쪽 하늘이 밝아오고 있었다. 일행은 여명으로 날이 조금 밝아져서 길이 보이기 시작하자 더욱 발걸음을 재촉했다. 날이 밝기 전에 치안대가 지키고 있는 지소 당산을 피해서 집으로 벼를 지고 가야 했기 때문이다.

일행이 벼 가마니를 짊어지고 감밑을 지나 물레방아가 있는 냇가에 이르렀을 때 날이 상당히 밝아왔다. 몽환이 냇물을 건너기 전에 먼저 징검다리 건너편을 살펴보다가 그만 가슴이 철렁 내려앉고 말았다. 그곳에는 따발총을 멘 젊은 치안대 세 명이 먼저 와서 기다리고 있었던 것이다. 지소 치안대분주소장인 진익형이가 냇물 건너편에서 큰 소리로 말했다.

"강 동무, 명교 작은아들 집에서 나락 가마이[41] 지고 오는가 배요? 수고 많십니더. 퍼뜩 건네 오이소."

몽환은 할 말이 없었다. 하는 수 없이 몽환의 일행은 벼 가마니를 지고 냇물을 건너가서 냇가에 지게를 지겟작대기로 받쳐 세웠다. 그런 뒤에 몽환은 진익형 앞으로 가서 통사정했다.

"이 사람들아! 우리 작은아들이 고생해서 농사 진 걸 밤새도록 명교서 여꺼정 쎄가 빠지게 땀 흘림시로 지고 왔네. 그런디 이 귀헌 나락 가마이를 그냥 뺏아 가서야 되겠는가?"

그러자 서울대학교에 다니던 치안대원 김경진이 나섰다.

"강 동무, 아직꺼정 세상이 바뀐 걸 모리요? 공산주의 세상에 내꺼 네끼 어디 있는기요? 이기 다 강 동무 아들 기 아이고, 우리 인민들이 공평허고로 갈라 무야 헐 나락이 아인기요? 이걸 싹 다 우리 인민을

---

41) 가마니

위해 당산 창고에 갖다 놓고 가소."

"경진이 이 사람아, 자네꺼지 우찌 내헌티 이럴 수가 있단 말인가?"

그러자 분주소장인 진익형이 말을 자르듯이 쏘아붙였다.

"동무는 무신 잔소리가 그리 많소. 총알맛을 봐야 정신 체릴 끼요?"

몽환 일행은 어쩔 수 없이 벼 가마니를 당산 창고까지 지고 가서 모두 빼앗기고 허탈한 마음으로 빈 지게만 지고 집으로 돌아올 수밖에 없었다. 몽환은 젊은 놈들이 '동무'라고 하면서 하대를 하는 것도 불쾌했지만, 그보다 더 분한 것은 벼 여섯 섬을 고스란히 빼앗기고 만 것이었다.

몽환의 인생에 있어서 가장 귀하게 여기는 것은 논과 쌀이었다. 몽환은 세상이 아무리 변하고 부귀영화가 좋다고는 하지만 사람이 밥을 먹지 않고는 살 수 없다는 신념으로 살아왔다. 그래서 그는 부자로 살면서도 식구들이 식사할 때에 밥알 한 톨도 남기지 못하게 하며 절약해 왔던 것이다. 그런데 무작스러운 치안대 놈들이 그 귀한 나락 여섯 섬을 손가락 하나 까딱하지 않고 송두리째 빼앗아 가는 것은 도저히 용납할 수 없는 일이었다. 더군다나 그 치안대 놈들 대부분은 몇 년 전에 자기 집에 방깨 삼현 선생을 모셔 놓고 공짜로 공부시켜 준 놈들이어서 배신감이 더 크게 느껴졌다.

고전면에 치안대가 설치된 지 얼마 되지 않아 지소에서는 치안대원이나 인민위원들이 여자들에게 여성동맹에 가입하라고 독촉하기 시작했다. 그리고 매일 밤 여자들을 당산의 동네창고에 모아놓고 공산주의 교육과 인민 가요를 가르치고 있었다. 그리고 남자들에게는 거의 강제로 의용군에 입대하기를 독촉하고 있었다. 고하국민학교에 근무하고 있는 진철과 고전면사무소에 다니는 그의 조카 현식은 젊은 청년이었기 때문에 치안대로부터 매일 의용군에 들어갈 것을 강요받고 있었다.

진철은 의용군에 끌려갔다가 공산군의 총알받이가 될 수는 없다고 판단하여 조카 현식과 같이 자진하여 부역대에 들어갔다. 두 사람이 부역대로 가서 배치받은 곳은 노량에서 하동으로 가는 신작로 옆에 방공호를 파는 곳이었다.

낮에는 유엔군 폭격기의 폭격이 심해서 방공호를 파는 일은 주로 밤에만 실시했다. 팔월의 한여름 더위에 땀을 흘리며 땅을 파는 일은 이만저만한 고통이 아니었다. 하지만 무엇보다도 두려운 일은 밤에도 폭격기가 날아와서 부역꾼들의 일터나 숙소를 폭격하여 매일 몇 사람씩 죽어 나가는 것이었다.

진철은 아무래도 여기에 부역꾼으로 남아있다가는 언제 개죽음을 당할지 몰라 용기를 내어 조카와 같이 목숨을 걸고 야반도주를 감행했다. 두 사람은 야음을 틈타 대송고개를 넘어 산속으로 숨어 숨어서 지소동네 집으로 도주했다.

두 사람은 집에 숨어 있을 수가 없어서 낮에는 뒷산 소나무 숲에 숨어 있다가 밤이면 가족들이 갖다 주는 음식을 먹으며 피신생활을 했다. 그런데 두 사람을 괴롭히는 것은 밤마다 극성스럽게 달려드는 모기떼였다. 숲속에서 꼼짝 못 하고 피신하다 보니 모기떼가 더욱 극성을 부렸다. 그렇다고 모기를 손바닥으로 소리 내어 때려잡을 수도 없었다. 그러다가 지나가던 사람에게 손바닥 치는 소리를 들키면 큰일이었기 때문이다.

지소동네에 치안대분주소가 설치되고 나서 관공서의 공문체계에 대해 식견이 있는 사람은 조병수뿐이었다. 조병수는 고전국민학교를 졸업한 후에 강진석 선생을 따라 진양군청에 급사로 들어갔다. 그는 급사를 하면서 군청직원들의 장부정리와 잡무를 도왔다. 그리고 직원이 바쁠 때는 문서를 묵지로 복사하거나 기안문을 등사하기 위해 등사원지를 작성하는 일을 도와주기도 하였다. 병수는 이런 일을 하면서 자연스레 공문양식이나 공문수발에 대해서 어느 정도 알게 되었다.

병수는 진양군청에서 급사생활을 한 경력을 인정받아 고전면 치안대와 지소분주소에 공문을 전달하거나 치안대에 공문을 보고하는 일을 도맡아 하였다. 그런데 병수가 보기에는 배드리 치안대나 지소분주소의 치안대원 중에서 공문서양식에 대해 아는 사람은 거의 없었다.

그들이 주고받는 공문은 문서라기보다 편지글에 가까웠다. 그리고 병수가 보기에는 치안대에서 인민재판을 한다고 떠들어 대기는 했지만, 인민재판의 형식과 절차를 아는 사람은 거의 없었다. 그들이 아는 것이라고는 단지 무산대중이니 김일성 수령이니 동무니 하는 통상적인 구호와 반동분자는 죽여야 한다는 것밖에 없었다.

고전면 치안대에서는 매일 감금시킨 우익인사들에게 고문을 하면서도 자본가니 지주가 농민을 착취했느니 하는 공산주의 사상에 반하는 행동을 취조하는 방법도 잘 몰랐다. 그들은 자기들 생각나는 대로 따져 묻고 원하는 대답이 나오지 않으면 반동분자라고 몰아붙이고는 몽둥이질을 하는 것이 전부였다.

따라서 고전면에서는 공산주의식 인민재판을 제대로 하지 못하고 있었다. 더군다나 치안대장인 한양출의 모질지 못한 성격 때문에 인민재판을 서두르지도 않았고, 우익인사를 취조하면서 과한 고문으로 인명을 살상하는 일을 하지도 않았다. 그러던 중 양보면에서 우익인사들이 십여 명이나 총살당했다는 소문이 들려오더니 급기야 갈사의 용덕부락에서는 염가 집안 남자들이 한꺼번에 총살로 떼죽음 당했다는 소문이 지소부락에도 들려왔다.

이 소문으로 지소동네 남자들은 겁에 질려 치안대나 의용군에 들어가지 않으면 언제 죽을지 모른다는 공포감에 사로잡혔다. 그리하여 자원하여 부역대에 나가기도 하고 공산당에 입당하는 사람들이 늘어났다.

몽환이도 이런 소문을 듣고 이러다가는 지금까지 부자로 살아온 자신과 집안 식구들도 무슨 큰 화를 입지나 않을까 크게 걱정되었다.

실제로 몽환은 이승만 대통령이 토지개혁을 시행할 때에 자기 평생의 소원인 부자가 되기 위해 지소들판에 있는 좋은 논을 정부에서 허가하는 한도 내에서 최대한으로 사들였다. 그리하여 고전면에서는 토지를 많이 가진 부자가 되었다.

몽환이 사들인 논은 그가 평생의 은인으로 여기고 살았던 구례 김개묵의 유산이 대부분이었다. 사실 몽환은 구례 지주가 그 많은 토지를 정부정책 때문에 헐값에 채권만 받고 강제로 매각하지 않으면 안 되는 처지를 안타깝게 여기고 가슴 아파했다.

그러나 정부에서 하는 일을 자기가 걱정한다고 막을 수 있는 것도 아니었다. 그래서 몽환은 구례 지주에게는 미안한 생각이 들었지만, 정부에서 농민들에게 베풀어 주는 재산증식의 호기를 놓칠 수는 없었다. 그런데 지금은 무산대중을 위한다는 공산주의 세상이 되고 말았다. 양보면에서 들려오는 소문으로는 벌써 우익인사나 논이 많은 사람 십여 명이 치안대에 맞아 죽었거나 총살당했다고 했다.

몽환이 더 큰 충격을 받은 것은 금남면의 용덕부락에서 삼십여 명이 치안대에 떼죽음을 당했고, 조금너리에서는 치안대가 한집의 삼대 남자들을 산골짜기로 끌고 가서 한꺼번에 총살하여 한 구덩이에 묻어버렸다는 소문 때문이었다. 몽환은 이처럼 공산주의자들이 무법천지로 날뛰는 판에 고전면 치안대도 지주인 자기에게 언제, 무슨 해코지를 할지 모른다는 견딜 수 없는 불안감이 엄습해 왔다.

몽환은 얼마 전에 미군을 보살피고 치료해 주었던 일로 인민재판을 받아야 할 처지에 놓였지만, 박영모를 통해 한양줄 치안대장에게 잘 부탁해서 화를 모면하게 해달라고 통사정을 하여 지금까지는 겨우 위기를 모면했다. 하지만 그래도 앞으로 또 어떤 돌발사태가 일어날지 몰라 불안한 나날을 보내고 있을 때 이웃 면에서 치안대가 우익인사와 유산자들을 총살하여 떼죽음을 시켰다는 끔찍한 소문이 들려왔다.

'아이고! 이 일을 어쩐다? 이러다가 우리 식구들도 무신 봉변을 당헐지 누가 알겄나? 우신애 쏘낙비는 피허고, 급헌 불부텀 끄는 기 상책

아이겄나? 우짜던가 우리 식구들이 살길을 찾아 봐야겄다.'

그때 문득 몽환의 뇌리를 스쳐 가는 사람이 한 사람 있었다. 그는 진송의 동서이며 하동군 치안대장인 이만성이었다.

'그렇다. 어떻게 해서든지 그 치안대장 심을 빌리서라도 큰아들과 손자를 치안대에 가입시서 이 위기를 모면해야 허겄다.'

몽환은 생각이 여기에 미치자 급한 마음에 진송을 치안대에 가입시키는 일을 서둘렀다. 그는 급히 큰아들을 불러 물어보았다.

"야아야, 요 앞전에 하동군 치안대장이 네 친동서라 했재?"

"예, 아부지. 맞십니더."

"네도 갈사서 들리는 소문 들어 봤재?"

"예, 알고 있십니더."

"양보면에서는 논 많은 사람도 몇 명이나 직있다며?"

"예, 아부지."

"야야! 이러다가는 우리 식구들헌티도 무신 큰 화가 닥칠지 모르겄다. 그러닝께로 낼 아침 일찍 하동치안대에 동서헌티 찾아가서 네가 치안대에 들어갈 수 있는지 좀 알아보거라."

"예, 아부지, 그라내도 제도 동서를 한번 찾아볼라고 허는 참이었십니더."

"그라고 현식이 가 작은처남도 적량면 치안대라 안 했나?"

"예, 그런 거 겉십디더."

"오늘 밤에 뒷산에 가서 현식이도 불러와서 치안대에 가입허고로 낼 새벽에 적량 처가에 가서 부탁해 보고로 허거라."

"예, 알겄십니더."

다음 날, 진송은 아침 일찍 날이 새기 전에 큰아들을 데리고 도둑골 재를 넘어갔다. 진송은 신월을 지나 석교부락의 갈림길에서 자신은 하동읍으로 가고 아들 현식은 적량으로 보냈다. 진송은 서둘러서 하동치안대로 찾아갔다. 그는 보초를 서고 있는 치안대에게 자기를 소개한 뒤에 치안대장이 자기 친동서인데 볼일이 있어서 찾아왔다고 하며 면회를 청했다.

그런데 어찌 된 영문인지 대기소에서 한참을 기다려도 치안대장은 나타나지 않았다. 점심시간이 지나서야 치안대원이 자기를 치안대장실로 안내했다. 진송은 치안대장실로 들어가면서 정중히 인사했다.

"치안대장님! 안녕허십니꺼? 바쁘신 중에 이렇게 만내자고 해서 죄송헙니더."

진송은 인사하고 나서 치안대장을 보니 그는 엄숙한 자세로 커다란 책상 앞에 앉아 있었다. 그는 진송을 별로 반기는 기색도 없이 아주 사무적인 어투로 말했다.

"이 사람, 강 서방 아닌가? 그래, 어쩐 일로?"

"예, 바쁘실 거 겉어서 고마 헐 말을 바로 말씀디리겠십니더. 제도 치안대에 들어갈라꼬 치안대장님헌티 부탁드리러 왔십니더."

"뭐? 자네가 치안대에 들겠다? 강 서방, 지금 자네 처지를 알고나 하는 말인가? 강 서방이 그동안 내 안사람한테 잘해준 것이 고마워서 자네를 만나주기는 했네마는 그런 부탁이라면 그냥 돌아가게."

진송은 이만성이 자기 아내를 들먹이는 말을 듣고 그래도 부탁을 하면 혹시나 들어줄지도 모른다는 생각으로 무릎을 꿇고 앉으면서 다시 빌듯이 말했다.

"시방 양보면이나 갈사서 사람이 막 죽어 나가는디 우짜겠십니꺼? 제발 살길을 좀 찾아 주이소. 성님! 그동안에 정리를 생각해서라도 제발 좀 부탁드립니더."

그 말을 듣고 이만성은 고개를 돌리며 싸늘하게 말했다.

"자네는 세상 물정에 어두워서 처신하는 데에 항상 한 발짝씩 늦구먼. 전에는 무식해서 왜놈들한테 벌금형을 받고 죽네 사네 하더니만 이제는 지주계급 주제에 치안대에 들겠다고?"

"죄송헙니더."

"자네 아버지 동무는 예전에 구례 지주의 마름 짓을 하면서 농민들의 피땀을 빨아먹었고, 지금도 고전면에서는 제일 가는 지주 아닌가?"

"성님, 우리 아부지가 구례 지주 어른 마름을 헌 거는 사실이지만 농민들헌티 몹쓸 짓은 안 했십니더. 그라고 우리 집이 지주는 무신 지주라 캅니꺼? 토지개혁 헐 적에 논 몇십 마지 사들인 거 뿐인디요. 그러닝깨로 우리 집안이 공산당에 큰 죄 진 거는 읎다 아입니꺼? 제발 살길을 좀 열어 주이소."

이만성은 진송이 지주 집안이 아니라는 말에 자신도 만석꾼 후손 집안이어서 찔리는 데가 있었던지 화제를 돌렸다.

"그런데 자네, 이 전쟁이 무슨 전쟁인지 알기나 해?"

"북한이 남한을 차지헐라꼬 일으킨 전쟁 아입니꺼?"

"한심하긴⋯. 북한이 아니라 조선인민공화국일세. 앞으로 뭘 좀 알고 말하게. 허기사, 자네가 위대한 김일성 수령님의 공산주의 건설 사업을 위한 큰 뜻을 알 턱이 없지."

"죄송헙니더."

진송은 무조건 용서를 구했다.

"강 서방 자네, 내 말을 똑똑히 듣게. 이 전쟁은 말일세. 미 제국주의자들 앞잡이인 자본가나 지주들로부터 착취당하는 노동자와 농민과 같은 인민을 해방시키기 위한 전쟁일세. 해방전쟁? 알겠나?"

이만성은 목에 힘을 주며 큰 소리로 말했다.

"성님, 시방 성님이 허시는 말을 잘 못 알아 듣겄는디요. 우리는 일본 헌티 볼씨 해방됐는디 또 무신 해방이라 쿱니꺼? 시방 우리 농민들은 왜놈들이 빼떨아 가던 공출도 읎어서 전보담은 다 잘살고 있는디요."

"허 참! 이거 우이독경일세. 현대 세계정세를 자네가 알 턱이 없지. 각설하고 쉽게 설명허지. 자네 동생 두 명은 왜정시대 때 군청과 고전 면사무소에 근무하면서 공출실적 올리느라고 인민들이 피땀 흘려 거둔 쌀을 착취해 간 일본 앞잡이 아니었나? 일본 제국주의에 충성했다 이 말일세."

"성님, 그런디 왜놈들헌티 협조헌 기 우째서 공산당헌티 죄가 됩니꺼?"

"하 참! 나 기가 차서…. 미국이건 일본이건 제국주의에 협조한 사람은 다 반동이야. 반동분자란 말일세. 인제 어림없는 소리 그만하고 돌아가서 위대한 김일성 수령님의 처분을 기다리게. 지금 내가 바빠서 자네하고 입씨름할 시간이 없네."

"성님, 제발 부탁입니더. 저는 반동분자가 먼지 잘 모립니더. 쫄때이 자리라도 좋은깨로 치안대 자리 한 개 맨딜아 주이소.”

“자네가 자꾸 이렇게 행동하면 당에 대한 내 충성심이 의심받게 된다는 사실을 자네는 알기나 해?”

그리고는 문밖을 향해 소리쳤다.

“이봐, 당직 대원!”

“예, 치안대장님. 부르셨습니꺼?”

“손님 돌아가신다. 밖으로 모셔라.”

진송은 하는 수 없이 치안대장실을 나오는 수밖에 없었다. 진송은 치안대장이 자기의 친 동서인데도 어렵게 부탁하는 것을 두부 자르듯이 딱 잘라 거절하는 것이 몹시 서운했다.

그동안 자기는 이만성에게 세상 물정에 대한 자문을 구하기도 했지만, 성의를 다해서 그를 손위 인척으로 극진히 대접해 온 것도 사실이었다. 진송은 자기 처제를 그의 후처로 들이는 데도 도움을 주었고, 그를 친형처럼 대접해 왔다. 그런데 공산주의자들에게는 피도 눈물도 없는 것인지 아무리 생각해도 잘 이해가 가지 않았다.

진송은 이만성이 하는 가장 이해가 잘 안 가는 말은 북한 공산주의자들이 남한사람들을 해방시키려고 전쟁을 일으켰다는 것이었다. 우리는 일본으로부터 해방이 다 되었는데 우리를 또 누구로부터 해방시키겠다는 것인지 도저히 이해할 수가 없었다.

지금 어느 나라가 또 우리나라를 점령해서 왜정시대처럼 모든 것을 공출로 다 빼앗아 가려 하고 있단 말인가? 진송은 아무리 생각해 봐도 그런 말은 들어본 적이 없는 것 같은데 공산주의자들이 왜 우리를 해방시키겠다고 그런 무시무시한 전쟁을 일으켰단 말인가?

진송은 가만히 잘살고 있는 사람들을 해방시킨다는 이만성의 말이 알다가도 모를 일이었다. 지주라는 말은 알겠는데 자본가는 또 무슨 말인가? 돈 많은 사람을 두고 하는 말인가? 진송은 생각할수록 이해가 가지 않아서 고개를 살래살래 가로저었다.

이만성은 진송이 자기 사무실을 나간 뒤에 즉시 고전면 인민위원장에게 전화를 걸었다.

"여보시오, 고전면 이 위원장님! 고전면 치안대장이 누구요?"

"예, 한양줄이란 사람입니다."

"그런데 어째서 고전면에서는 인민재판을 한 건도 집행하지 않는 거요?"

"예, 신속히 진행허도록 독촉허겄십니다."

이만성은 고전면에서 인민재판이 지지부진한 데 대해 몹시 화를 냈다.

현식도 적량면 치안대로 셋째 처남을 찾아갔으나 역시 치안대 가입은 성사시키지 못하고 퇴짜를 맞고 돌아왔다. 인민군이 하동으로 진격하기 직전에 현식의 둘째 처남이 경찰과 공무원들의 강요로 보도연맹에 가입했다가 경찰에게 끌려가 처형당한 뒤에 지금까지 행방불명이 된 상태였다. 뒤이어 공산군이 하동으로 진격해 온 뒤에 세상이 공산 치하로 바뀌자 셋째 처남은 형님의 복수를 하기 위해 치안대에 가입하였던 것이다.

현식의 셋째 처남은 그 일로 공무원들에 대한 강한 적개심을 가지고

있었다. 그런 그가 고전면사무소 공무원인 현식의 청을 받고 나서

"공무원인 자형은 치안대에 들어갈 꿈도 꾸지 마이소."

고 하면서 단칼에 거절했다.

진송이 이만성을 만나고 온 다음 날, 고전면 인민위원장인 이호재와 부위원장인 김민용이 방깨로 가서 삼현 선생을 찾았다.

"삼현 선생, 안에 계시오."

문밖에서 들리는 인기척에 삼현 선생이 문을 열고 나가서 두 사람을 맞이했다.

"이 인민위원장님 아입니꺼? 자네 부위원장도 같이 오셨네? 어서 안으로 드시지요."

두 사람이 방으로 들어와서 자리에 앉자 삼현 선생이 인민위원장에게 자기를 찾아온 연유를 물었다.

"날씨도 더운디 우찌 우리 집을 다 찾아 오있십니꺼?"

이 위원장이 뜸을 들이다가 김 부위원장에게 말을 넘겼다.

"부위원장이 좀 설명을 해 드리게."

"삼현 선생님, 실은 좀 부탁드릴 끼 있어서 찾아왔십니더."

"내헌티 무신 부탁이 있다고 왔는가?"

"예, 실은 고전면 치안대장 일로 왔십니더."

"와, 잔너리 한 대장이 잘 허고 있지 않은가?"

그 말에 이 위원장이 나섰다.

"잘 허기는 허는디 그 사람 맴이 약해서 상부 기관에서 내리는 지시

사항을 강력허고로 추진을 잘 못허는 기 탈이재. 그래서 하동치안대장님이 한 대장을 별로 탐탁지 않게 보는 모양일세."

"뭐, 그만허모 잘 허는 기지. 얼매나 더 잘해야 허는 긴디요?"

"그렇기는 해도 한 대장이 공문으로 내려오는 상부 지시사항을 잘 이해도 못 허고, 보고서 작성도 시원찮은 거 겉십디더."

김 부위원장이 이 위원장의 말을 거들었다.

"그래, 한 대장은 그렇다 치고, 그래서 나를 찾아온 이유가 뭣인가?"

"실은 삼현 선생 자제분 중에서 한 분이 치안대장을 좀 맡아 주모 어떨까 해서 부탁드리러 왔십니더."

"허, 이 사람아! 그런 일을 와 내 아들이 맡아야 헌단 말인가?"

삼현 선생은 별로 마음이 내키지 않는다는 듯이 툭 쏘아붙였다. 이 위원장이 헛기침을 몇 번 하고는 정중하게 말했다.

"그래도 치안대장이라 카모 고전면 인민들헌티 존경받는 사람이 됐이모 해서 부탁허는 걸세."

"위원장님, 내는 인민인지, 뭔지? 그런 말은 잘 모르겠고요. 그 자리가 어떤 자린지는 제도 잘 알고 있십니더."

"삼현 선생, 인제 세상도 바낄는디 그래도 치안대장 자리가 상당히 높은 자릴세. 그런 자리를 아무헌티나 맡기모 되겠는가?"

이 위원장의 세상이 바뀌었다는 말에 그동안 공산주의에 대한 반감을 가지고 있던 삼현 선생이 발끈하여 말을 받았다.

"그러모 시방 내 큰아들을 두고 허는 말입니꺼? 내가 언제 내 아들 높은 자리에 앉히 달라고 헙디꺼? 어림읎는 말입니더. 내 아들은 그런

일 안 맡길 낀깨로 그리 알고 그냥 돌아가이소."

"선생님, 이 인민위원장님 체면을 생각해서라도 한번 생각해 보시지요."

"야, 이 사람아! 아무리 세상이 배꼈다고 해서 내 아들이 사람 직이는 일을 맡아 보란 말인가?"

"선생님, 그거는 공산주의 법이 그런 걸 우짜겠십니꺼?"

삼현 선생은 김 부위원장이 공산주의 법을 들먹이며 끈질기게 부탁하자 더욱 화를 내며 목소리가 높아졌다.

"이 사람이요, 보자 보자 하니 못 허는 말이 읎네. 그러모 어디 한번 따져 보세. 양보면에서는 사람이 열 몇 명이나 총살당허고 몽디에 맞아 죽지 안했나? 그라고 갈사서는 서른 명이 넘는 사람이 떼죽음을 당허지 않았는가? 그래 내 아들더러 그런 사람 잡는 일을 허라꼬? 어림 반 푼어치도 읎는 말일세."

그러자 이 위원장이 점잖게 타이르듯이 말했다.

"삼현 선생, 오늘 당장 결정해 달라 쿠는 거는 아닐세. 시간을 두고 한번 생각해 보라는 걸세."

"위원장님, 생각해 보고 자시고 헐 끼 어디 있십니꺼? 내 아들은 절대로 그런 일은 못 맡게 헐 낀깨로 그리 알고 다시는 그런 일로 찾아오지 마이소."

삼현 선생이 단호하게 거절하자 두 사람은 민망하여 더는 부탁을 하지 못하고 돌아갔다.

삼현 선생이 인민위원장과 부위원장하고 하는 대화를 문밖에서 몰래 엿듣고 있는 사람이 있었다. 그는 삼현 선생의 막내아들인 김종세였다. 그는 훈장인 아버지 밑에서 한문 공부를 하며 자랐는데 글재주가 시원치 않아 공부를 계속하지 않았다. 그는 형제간 중에서도 공부에 게을러서 고전국민학교를 졸업하고 나서 농사를 짓다가 결혼하여 가난하게 살고 있었다.

그의 바로 위 형인 김종석은 두뇌가 명석하여 진주사범학교를 나와 교편을 잡고 있었다. 종세는 이를 두고 아버지가 형은 사범학교까지 보내면서 자기는 공부를 시키지 않았다고 늘 불만이 많았다. 그는 가난하게 살면서 열심히 일해서 살림을 더 늘리려는 생각은 하지 않고, 여가만 나면 주막집에 가서 술 동냥을 하며 빈둥대고 지내는 것이 일상이었다.

해방되자 종세는 아버지에 대한 반감 때문에 몰래 공산당에 가입했다. 아버지 눈치를 보느라 드러내놓고 활동은 안 했지만, 좌익세력과 은밀히 내통하며 암약해 오고 있었던 것이다. 종세는 인민위원장과 부위원장이 돌아가고 나서 밤에 아버지 몰래 잔너리로 가서 이호재 인민위원장을 찾았다.

"이 인민위원장님, 제를 아시겠십니꺼?"

"자네는 삼현 선생의 자제분 아닌가?"

"예, 맞십니더. 삼현 선생의 막내 김종세라고 헙니더."

"그런데 자네가 어찌 나를 찾아왔는가?"

"위원장님께 드릴 말씀이 있어서 찾아왔십니더."

"그래, 무신 일인지 어디 한번 말해 보게."

"예, 실은 치안대장 문제를 위원장님께 상의 드릴 기 있어서 염치 불구허고 찾아왔십니더."

이 인민위원장은 치안대장이란 말에 내심으로 기뻐하며 물었다.

"아까 내가 자네 춘부장을 만나고 왔는디. 자네 어른은 치안대장 일은 말도 꺼내지 말라꼬 힘시로 완강이 거절허더마. 그런디 자네는 부친과 이 일을 상의라도 허고 날 찾아왔는가?"

"우리 아부지헌티 그런 말을 꺼내는 거는 어림도 읎는 일이지예. 하늘이 두 쪼가리가 나도 공산당에 관헌 일은 허락을 안 헐겁니더."

"그러모 자네는 우쩔라고 나를 찾아왔단 말인가?"

"예, 길게 설명 안 허고 바로 말씸디리겠십니더. 위원장님 제를 치안대장에 시켜 주이소. 제가 열심히 한번 해 보겠십니더."

"그러모 내가 자네를 치안대장 자리에 앉혔다가 자네 춘부장이 그 사실을 알모 가마이 안 있을 낀디. 그래도 되겠는가?"

"위원장님, 인제 세상이 배꼈다 아입니꺼? 우리 아부지는 케케묵은 한문뿌이 모립니더. 그런디 요새 세상이 공자 왈 맹자 왈 허고 살 땝니꺼? 제는 볼씨로 아부지 모르고로 공산당에 가입헌지 오래 뎄십니더. 제를 믿고 한 번만 맡겨 주이소. 열심히 해 보겠십니더."

"자네 뜻이 꼭 그렇다모 내가 부위원장 허고 한번 의논해 보겠네."

"예, 고맙십니더. 제가 꼭 기대에 안 어긋나고로 잘 허겠십니더."

고전면에 치안대가 설치된 지 달포가 되어 갈 무렵 상부의 지시에 따라 한양출이 치안대장 자리에서 퇴출되고 김종세가 그 뒤를 이었다.

한양출은 원래 인정이 많고 마음이 여린 사람이었다. 그는 치안대장이 되고 나서 자기 손으로 사람의 목숨을 뺏는 일은 할 수 없다고 생각하여 인민재판을 차일피일 미루고 있었다.

김종세는 이 일로 한양출이 경질된 것을 잘 알고 있었다. 김종세는 치안대장이 되고 나서 상부 지시에 적극적으로 호응하여 당장 공을 세워서 두각을 나타내고 싶었다. 그래서 그는 그동안 한양출이 사정을 봐주고 있던 우익인사들을 모조리 체포할 계획을 세웠다.

고전면에서 첫 번째로 잡아들여 인민재판에 넘겨야 할 대상은 응당 제일 큰 지주인 몽환이었다. 공산주의 법에도 가장 먼저 처단해야 할 대상이 지주 아니던가. 그러나 종세는 몽환을 첫 번째로 인민재판하려고 생각하니 망설여질 수밖에 없었다. 그도 그럴 것이 그는 아버지와 강몽환 사이의 친분을 너무나 잘 알고 있었기 때문이다.

만약 자기가 강몽환을 잡아들였다가 아버지가 이 사실을 알면 난리가 날 것이 뻔한 이치였다. 게다가 강몽환은 고전면민들 사이에 인심을 크게 얻고 있는 인물이기에 그를 잡아들였다가 오히려 역효과가 날수도 있는 상황이었다. 하지만 고전면 최대 지주인 몽환을 잡아들이지 않는다면 나머지 반동분자들을 잡아들이는 데 명분이 서지 않는다는 사실을 그는 잘 알고 있었다.

종세는 내내 고민하다 좋은 생각을 떠올렸다. 몽환 대신 그의 장남 진송을 잡아들이는 것이다. 진송은 미군을 도주시켜 주는 반동질을 한 장본인이기도 하지 않은가. 종세는 치안대원들을 데리고 당장 몽환의 집으로 쳐들어갔다. 마침 진송은 논일 보러 나가고 집에 없었기에 몽환이 종세와 맞닥뜨렸다.

"자네 삼현 선생 막내 종세 아이가?"

"네 맞십니더. 그런디 제가 고전면 치안대장이 뎄십니더. 지금 제가 반동분자 강진송을 잡으로 왔씅께 퍼뜩 강진송이를 내노이소."

종세의 말에 몽환은 깜짝 놀랐다.

"지금 자네가 진송이 세이를 잡으로 왔단 말인가?"

"예, 강 동무."

"머시, 동무? 네가 시방 내보고 동무라 캤나?"

몽환은 종세가 하는 말이 너무 당돌하여 기가 막혔다. 그러나 공산주의자들은 사람을 부를 때 동무란 말을 쓴다는 소문이 생각났다. 몽환은 세상을 탓할 수도 없고 하는 수 없이 종세에게 예의 따지기를 포기하고 그의 말대로 응해 주었다. 몽환은 지금 진송이가 집에 없는 게 다행이란 생각을 했다.

"지금은 일 보러 나가고 집에 읎다! 이담에 오게."

"오데 일 보러 갔심니꺼?"

그때 집 밖에서 저벅저벅 발자국 소리가 들려왔다. 몽환은 가슴이 철렁 내려앉았다. 그 소리는 귀에 익숙한 게 진송의 발자국 소리가 확실했기 때문이었다.

몽환은 자기도 모르게 진송을 도망시켜야 한다는 다급한 생각이 들어 대문 쪽으로 달려갔다. 종세도 낌새를 눈치챘는지 몽환의 뒤를 따랐다. 몽환이 대문을 열고 집 밖을 내다보니 분명 진송이 집으로 오고 있었다. 몽환은 저도 모르게 소리쳤다.

"진송아, 빨리 도망치거래이!"

"이놈의 영감탱이가!"

종세와 치안대원들이 몽환을 순식간에 넘어뜨리고 진송을 잡으려고 한꺼번에 달려들었다. 진송은 처음엔 영문을 몰라 멀뚱거렸으나 이내 눈치를 채고 도망가려 했다. 하지만 진송은 곧바로 재빠른 젊은 치안대원들에게 붙잡히고 말았다. 진송이 종세에게 옛정을 생각해서 제발 봐달라며 통사정을 했다.

사실 지금까지 종세가 금전적으로 어려울 때나 춘궁기에 식량이 부족할 때 도움을 가장 많이 준 사람이 진송이었다. 그뿐만 아니라 진송이 친구들과 술집에서 술을 마시고 있을 때 종세가 옆자리에 끼어들어 술을 얻어 마셔도 싫다는 내색 한번 하지 않았다. 그리고 종세가 원하는 대로 술을 사 준 사람도 진송이었다.

"종세야, 니가 내한테 이럴 수 있나? 제발 한 번만 봐주라. 부탁이다, 종세야."

하지만 종세의 눈빛은 그전의 눈빛이 아니었다. 그것은 마치 며칠 굶주린 살쾡이의 눈빛이었다. 종세는 인정사정없이 진송을 끌고 가려 했다. 그러자 종세에게 넘어져 있던 몽환이 무릎 아픈 것도 잊고 벌떡 일어나 종세의 다리를 붙잡고 내 아들 살려달라고 매달렸다.

몽환은 종세가 밀어서 넘어질 때 무릎이 돌부리에 찧어 크게 다친 상태였다. 하지만 종세는 그런 몽환을 매정하게 걷어차 버렸다. 몽환은 다시 한번 나뒹굴어 떨어지고 말았다.

진송은 그런 아버지 모습을 보고 도리어 아버지가 걱정되어 눈물을 쏟아내며 종세와 치안대원의 손에 붙잡혀 억지로 치안대로 끌려갔다. 그렇게 진송은 종세가 고전면 치안대장이 된 후 첫 희생양이 되었다.

종세는 뒤이어 전직 경찰관이었다가 퇴직하여 지소에 와서 살고 있던 정찬현과 김성철을 체포하였다. 그리고 자기 동네에 살고 있는 사돈 어른인 정연기와 국회의원 출마 경력이 있었던 잔내에 살고 있는 정순화를 비롯하여 이십여 명의 우익인사를 잡아들였다.

다음으로 종세는 이미 치안대 유치장에 구금되어 있던 정도화에게 대한청년단장을 했다는 이유로 가혹한 고문을 가하기 시작했다.

정도화는 명교에서 농사를 짓고 살면서 의협심이 강하고 신망이 두터워 지역민들의 존경을 받는 인물이었다. 그래서 한양출은 그를 취조하면서 치안대원에게 너무 가혹한 고문을 하지 말라고 비밀리에 일러두기도 했었다. 이 때문에 정도화는 그런대로 치안대의 고문을 견뎌오던 중이었다.

그런데 종세가 치안대장이 되고 나자 그는 정도화에게 그야말로 인정사정없이 몽둥이세례를 가하며 가혹한 고문을 가하기 시작했다. 결국, 정도화는 가혹한 고문으로 며칠을 견디지 못하고 절명하고 말았다. 이에 종세는 일말의 양심이라도 있었던지 이 사실을 비밀에 부쳤다.

그는 정도화의 가족들에게 젊은 치안대원이 그에게 고문을 좀 심하게 했더니 고통을 견디지 못하고 그만 자기 스스로 치안대에 있는 우물에 뛰어들어 자살했다고 하며 거짓말로 둘러댔다. 이것이 고전면에서는 치안대에 의해 목숨이 희생된 첫 사례였다.

정도화는 몽환의 친구 아들이기도 했다. 정도화가 치안대에 잡혀가서 죽었다는 소식을 전해 들은 몽환은 아들의 목숨이 위태롭다는 불안감에 휩싸였다. 그는 곧바로 삼현 선생을 찾아갔다. 몽환은 삼현 선생을 만나자마자 다짜고짜로 따지듯이 대들었다.

"성님, 세상에 종세가 치안대장이 되고 나서 우리 진송이 뭘 그리 잘못 했다꼬 맨 먼침 잡아가서 생사람을 잡는단 말입니꺼?"

"동숭, 자네가 얼매나 속이 상했는지 내도 잘 알고 있네. 그라내도 내도 시방 종세 그놈 땜에 복장이 터질 지경일세. 내는 그놈이 내 자식새끼지만 절대로 그냥 두지 않을 길세."

"성님, 제발 우찌 좀 해 보이소. 명교 친구 아들 정도화가 치안대에 잽히가서 몰매를 맞고 죽었다는 소문을 성님도 들어서 알고 있지요?"

"그래서 내가 그놈 만날라꼬 시방 배드리로 갈라고 허는 참일세."

"성님, 제발 내 아들 좀 살려 주이소."

"그놈이 아무리 무작시럽다 해도 진송을 죽이기야 허겄는가? 서로 성아, 동숭아 허던 샌디… 내가 시방 바로 배드리로 가서 종세 고놈을 만나서 사생결단을 내고 말걸세. 그리 알고 집에 가서 기다리게."

"예, 알겄십니더. 성님만 믿고 집에 갑니더이."

몽환이 돌아가자 삼현 선생은 의관을 갖추고 배드리장터에 있는 치안대로 찾아갔다. 그가 정문으로 들어가자 보초를 서던 치안대원이 삼현 선생을 알아보고 경례를 붙였다.

"내 아들놈 좀 만내야 허겠는디 시방 오데 있는가?"

삼현 선생은 분노를 참지 못하여 인사를 하는 보초에게 퉁명스럽게 물었다.

"예, 쪼깸만 기다리이소. 제가 퍼뜩 알아보고 오겠십니더."

보초가 치안대 안으로 들어갔다가 나와서 삼현 선생을 안내했다.

"치안대장님이 시방 치안대장실에 계신다고 들어오시랍디더."

삼현 선생이 치안대장실로 들어서자 종세는 자리에서 일어서며 말했다.

"아부지 동무, 오십십니꺼? 자리에 앉으시지요."

"머시라? 애비 보고 동무? 야, 이런 호로자슥이 있나? 이놈아, 이 애비가 우째서 네 동무고? 삼강오륜이 시퍼러이 살아 있는 세상에 호로자슥도 유분수지, 네놈이 미쳤냐?"

삼현 선생이 화를 참지 못하고 고함을 질렀다.

"아부지 동무, 인제 세상이 바뀠십니더. 인제 공산주의가 뎄다 이 말입니더. 인제부터는 내겉이 넘헌티 무시당허고 못살던 사람들 세상이 왔다 이 말입니더. 쥐구멍에도 볕 들 날이 있다 안쿱디꺼? 그런깨로 아부지도 공산주의로 변헌 새 세상에 맞차서 공산주의 법을 따라야지요."

"그래, 야 이 불효막심헌 놈아, 공산주의 법이고 머시고 내는 알 바 아이다. 그런디 니가 치안대장이 되더이마 눈에 뵈는 기 읎능가 배?"

"아부지 동무, 제도 인제 세상이 배뀠씽깨로 출세 한번 해 볼라꼬 치안대장이 된 거 아입니꺼? 그런디 아부지 동무는 제가 치안대장 될 적에 머 헌 기 있다고 그리 큰소리를 처 쌌십니꺼? 내는 지금꺼정 아부지 동무 덕 본 기라꼬는 눈꾸 반만치도 읎십니더."

"그래? 그러모 내가 네헌티 못 해준 거는 또 머시고?"

"전에 제가 그러코롬 중학교에 보내 달라꼬 통사정은 했을 때 아부지는 제 부탁을 들어줬십니꺼? 아부지는 종석이 성님은 사범학교꺼지 보냄시로 제는 농사꾼으로 맨딜았다 아입니꺼? 그렇다꼬 어디 제헌티 제금으로 논이라도 마이 내 줬십니꺼?"

"머시라? 이놈이 인제 못허는 소리가 읎고나. 그래 내가 네 말대로 해 준 거는 읎다마는 그렇다꼬 세상에 할 짓이 읎어서 빨갱이 치안대장을 해? 야, 이놈아! 그 자리가 죄 읎는 사람 잡아다가 직이는 자리가 아이고 머시고?"

"아부지도 참, 와 죄 읎는 사람을 직인다꼬 헙니꺼? 무산대중을 위하는 공산주의 법에 따라 반동분자를 처단허는 긴디요. 그라고 제는 세상에 할 짓이 읎어서 치안대장이 된 기 아이고 위대헌 김일성 수령님의 명에 따라 인민을 해방시는 공산주의 혁명을 수행허고 있는 깁니더. 뭘 좀 알고 이야기를 허시소."

"그래? 네가 그러코롬 위대헌 사업을 허는지는 미처 몰랐고나? 그래, 그거는 그렇다 치고, 그러모 지소 진송이 세이는 와 잡아 들있내?"

"아부지, 제가 공산주의 법대로 과업을 수행허다 보니 그리된 깁니더."

"그래? 네 이놈아! 네가 법대로 헌다는 핑계로 내허고 월운 아재가 어떤 사인지도 암시로 부래로[42] 그런 기가? 그라고 네놈이 진송이 성

─────────────

42) 일부러

헌터 신세 진 기 얼맨지는 네가 더 잘 알고 있을 거 아이가? 이 배은망덕한 놈아!"

"진송이 성님헌티는 좀 미안허지만서도 공산주의 법은 지주나 반동분자는 다 처단허고로 되어 있십니더. 상부에서 인민재판을 해서 이 사람들을 모두 처단허라는 지령이 볼씨 내리와 있었십니더. 그런디 한 대장이 상부지령을 안 따라 허다가 쫓겨난 거 아입니꺼? 제도 잘못허모 모가지가 날아갈 판인디 젠들 우찌 허겠십니꺼?"

"그래, 네 모가지 지킨다꼬 생사람을 잡아 들여서 목숨을 처단헐 끼다 이 말이가?"

"그래도 월운 아재를 안 잡아들인 걸 다행이라 생각허이소. 다른 디 같았이모 월운 아재도 볼씨로 인민재판을 받고 무신 일이 터졌을 낍니더."

"머시? 아재를 안 잡이들인 기 다행이라꼬? 네놈이 못허는 말이 읎고나. 그러모 진송이 세이를 정녕코 직이고 말것다 이 말이가? 이 천벌을 받을 놈아!"

"아부지 동무, 제보고 함부로 이놈, 저놈 허지 마이소. 제 부하들이 보고 있십니더. 진송이 성은 법대로 허는 수뿌이 없십니더. 그리 알고 돌아가이소."

"네놈이 기어코 애비 말을 거역헐 참이고나. 오냐, 이놈아, 인제부텀 부자간의 연을 끊자. 그라고 앞으로 내는 네 겉은 자식 하나 읎는 셈치고 사마. 다시는 내 집구석에 발 댈 생각은 허지 마라. 그래 치안대장 잘해 묵고 잘 살아라. 이 호로자슥아."

삼현 선생이 자리를 박차고 일어났다. 그래도 종세는 기가 꺾이지 않고 자기주장을 계속했다.

"이기 다 아부지 업보지요. 그런깨로 아부지가 진작에 제헌티 좀 잘
했이모 제도 이러지는 안 했을 거 아입니꺼? 인제 아부지도 세상이 배
낀 걸 알아야 헐 낍니다. 안녕히 가시소."

삼현 선생은 혹 떼러 갔다가 혹 붙이고 온 꼴이 되어서 도저히 분을
참을 수가 없었다. 그리고 몽환이 동생의 부탁을 들어줄 수 없는 자기
의 처지가 야속하기만 했다.

진송은 매일 몽둥이로 고문을 당했다. 치안대가 처음에는 상부에서
하달한 지시대로 지주의 아들로 피땀 흘려 고생하는 인민들을 얼마나
착취했는지를 따지면서 고문을 시작했다.

진송이 그런 사실이 없다고 하자 그들이 공산주의 취조 방식에 익숙
하지 않았던지 다른 것을 트집 잡아 혹독한 고문을 했다. 그들은 자기
들 생각에 더 큰 죄로 보이는 진송이 미군을 도운 사실과 진영이가 면
사무소 금고 열쇠를 가지고 도주했다는 사실에 초점을 맞추어 고문하
며 취조 했다.

"반동분자 진송이 네놈이 먼다꼬 미군 새끼들헌티 먹을 것도 주고
다친 놈 치료도 해줬내? 미군 새끼들은 인민의 적인 걸 몰랐나? 그라
고 미군 놈들을 노량꺼지 메다 줬담시로… 맞아, 안 맞아?"

"그리 헌 일은 있었십니다."

"그때 그놈들이 총을 갖고 가기 싫은깨로 네헌티 총을 주고 간 거 아
이가? 미군 놈 새끼들이 두고 간 총은 어디에 감찼내? 바른대로 말 안

헐 끼가?"

"총은 미군들이 다 갖고 갔십니더. 내가 먼다꼬 거짓말을 허겠십니 꺼?"

"이 반동우 새끼가 또 거짓말을 허네. 몽디 맛 좀 더 봐야겠다. 어이, 장 동무, 이 새끼가 정신이 들게 몽디 맛 좀 단디 비 조라이."

"예! 알겠십니더."

그러면서 몽둥이로 허벅지를 두들겨 팼다.

"퍼뜩 바른대로 말 안 허모 당장 인민재판을 해서 직이삘 끼다. 그라 고 고전면 재무계장 허던 네 동생이 얼매나 돈을 떼먹고 부산으로 도 망갔냐? 금고 열쇠는 어디 숨겨 놓고 갔는지 말 안 해?"

"내는 그런 열쇠는 구경도 못했십니더."

"이 반동분자 새끼가 더 맞아 봐야 정신을 채릴 끼가? 에이, 몽디 맛 좀 더 봐라. 에잇!"

그들이 고문할 때는 보자기로 진송의 눈을 가리고 구타를 했기 때 문에 누가 자기를 때리는지 알 수가 없었다. 고문과 구타를 당한 지 하 루가 지나지 않아 허벅지와 엉덩이에 멍이 터져 피가 나기 시작했다.

이틀째 되는 날은 젊은 사람이 취조를 했다. 그는 취조를 시작하면 서 자기는 예전부터 진송이 부자행세를 하는 것이 감정이 안 좋았다고 하면서 고압적인 자세로 윽박질렀다.

"진송이 이 반동분자 새끼야! 네놈이 전에 배드리 술집서 우리 치안 대장님허고 술 묵시로 돈 많다고 거드름 피웠던 놈이재? 인제 세상이 바깠잉께 뜨건 꼴 좀 당해 봐라. 이 개새끼야."

그러면서 미군이 총을 두고 간 것과 동생이 고전면 금고 열쇠를 가지고 도망간 것을 따지며 계속 고문하며 취조했다. 진송이 그들이 취조하는 내용을 부인하자 이번에는 발로 가슴을 걷어차며 욕설을 내뱉었다.

"이 반동우 새끼는 말로 해서는 안 될 놈이네. 개 패디 몽디로 두들겨 패야 말이 통헐 놈이구마."

그때 진송은 갈비뼈가 나갔는지 가슴에 참을 수 없는 통증이 왔다. 진송은 그때부터 옴짝달싹할 수가 없었고, 제대로 걸을 수도 없게 되었다. 그런데도 다음 날이 되자 치안대원 네 명이 진송의 사지를 붙들고 취조실로 끌고 와 더욱 잔인한 고문을 계속하였다.

고전면 치안대는 종세가 치안대장이 되고 나서야 비로소 인민재판을 서두르기 시작했다. 종세는 하동치안대에 가서 인민재판의 절차와 방법을 교육받고 와서 인민재판을 준비했다. 그는 우선 상부 기관에서 하달된 공문 지시에 따라 인민재판을 받을 대상을 결정하고 인민재판의 형식과 절차를 치안대원들과 의논해서 정했다.

김범식이 지소치안대에 들어온 지 벌써 두어 달이 다 되어가고 있었다. 범식은 글자를 몰랐기 때문에 그가 하는 일은 반동분자를 잡아오거나 고문하는 일이었다.

그런데 원체 심성이 착했던 범식은 사람을 고문하는 일은 죽어도 하기 싫어했다. 그래서 자기가 사람을 고문하는 일을 맡게 되면 아프다는 핑계를 대고 치안대에 나오지 않았다. 그러면 치안대장은 그에게 근무에 태만하다고 질책하기는 했지만, 그의 형이 독립군이었다는 행적이 고려되어 치안대에서 쫓아내지는 않았다.

오늘은 범식이 치안대 정문에서 보초를 서는 날이다. 보초를 서면서도 치안대 취조실에서 우익인사들을 반동분자라고 하며 고문하는 소리를 들으면 마음이 편치 않았다. 범식은 특히 진송의 신음소리가 취조실 창틈으로 새어 나올 때마다 마음이 괴로워서 어찌할 바를 몰랐다.

범식은 그날 해 질 녘에 보초를 마치고 치안대 사무실에 근무하는 김천수와 같이 배드리 뒷산의 성터재를 넘어 집으로 돌아오고 있었다.

그는 방깨에 사는 종세의 조카뻘 되는 사람인데, 치안대 일을 마치고 집으로 올 때 동행하는 경우가 많았다. 범식은 인적이 뜸한 산골짜기의 밭둑길을 걷다가 천수에게 넌지시 물었다.

"어이, 천수, 친구는 사무실서 근무 헌깨로 편해서 좋재? 내는 땡볕에 총 들고 보초 섰더니 덥어 죽겠더라."

"그래, 구월이 다 넘어가지만 아직은 땡볕인디 얼매나 덥겄내?"

"그런디 내는 덥운 거보다 맴이 더 아푸고 씨린 기 있어서 죽겠다 아이가?"

"와 그러는디? 또 지소 강진송이 그 사람 땜에 그러나?"

"진짜 그 땜에 그렇다 아이가? 내헌티 월운 성님은 친 헹제 겉은 사람인디… 그런 성님 큰아들 진송이 조카가 치안대헌티 몽디 찜질 당허는 비명 소리를 들으모 가슴이 다 떨린다. 그런디 네는 사무실에 있으닝깨로 머 좀 알 거 아이가? 진송이 조카헌티 무신 일이 있는 거는 아이재?"

그 말에 천수가 갑자기 하던 말을 멈추고 잠자코 걷기만 했다. 범식은 천수가 뭔가 알고 있다는 것을 직감으로 느꼈다.

"와, 갑자기 말이 없노? 무신 일이 있는 기재? 맞네, 친구야, 내헌티만 살짝 말해 바라. 니캉 내캉 못 헐 말이 어디 있노?"

천수는 사방을 둘러보고는 마지못해 말을 꺼냈다.

"어디 딴 사람헌티는 내가 말했다고 허모 절대로 안 덴데이."

"그래! 내가 어디 입이 헤픈 사람은 아이다 아이가?"

"실은 인민재판헐 차례를 정했는디, 맨 첨에 인민재판을 받을 사람이 지소 사는 경찰 출신 정찬현이, 김성철이 두 사람허고 강진송이라 쿠더라. 또 잔내 정순화가 세 번째다 카이. 그리만 알고 있거래이. 이거는 절대로 비밀이데이."

"그래, 알겠다. 그런디 인민재판은 언제 열리는 기고?"

"낼부텀 연다더라."

"낼? 그래 알겠다. 내가 비밀은 꼭 지켜주마."

범식은 천수의 말을 듣고는 심장이 뛰어서 말문이 막혔다. 범식은 방깨 뒤의 갈림길에서 천수와 헤어진 뒤에 급히 몽환의 집으로 헐레벌떡 뛰어갔다.

"성님! 성님, 어딨십니꺼?"

범식의 다급한 목소리를 듣고 몽환의 며느리가 부엌에서 손에 묻은 물을 닦지도 않고 서둘러 나오며 물었다.

"와 그러는디요. 무신 일이 있십니꺼?"

"조카며느리야, 급허다 급해. 성님은 어디 간 기고?"

"물꼬 둘러보로 씨기로 갔일깁니더."

"씨기? 알았네."

범식은 밭들을 지나 씨기로 논 사이의 좁은 논두렁길을 뛰어서 급히 달려갔다. 가다가 보니 몽환이 물 괭이를 메고 냇가 둑 위에서 건네들로 걸어가고 있었다.

"성님! 성님! 내 좀 보이소."

범식은 계속 고함을 지르며 몽환을 불렀다. 몽환이 뒤돌아보자 범식은 손을 휘저으며

"성님! 그서 기다리이소. 큰일 났십니다."

몽환이 영문도 모르고 논둑길에 서서 기다렸다. 범식이 잰걸음으로 몽환에게 다가와 울먹이면서 말했다.

"성님! 인제 우짜모 좋십니꺼?"

"와 그라노? 숨넘어가겠다. 빨리 말이나 해 봐라."

"저, 진송이 조카가, 조카가 말입니더."

"무신 말을 그리 더듬거리나? 퍼뜩 말을 해 보거라."

"조카가 낼 인민재판을 받는답니더. 성님! 이 일을 우짜모 좋겠십니꺼?"

"머시? 인민재판이라? 분명히 낼이라 쿠더나?"

"예! 성님, 진짜 그렇다 쿤깨로요."

"아이고! 하늘도 무심타. 인네 우리 진송이가 죽고로 생겼네. 내 아들이 몹쓸 짓을 당허기 생겼어."

"성님! 그런깨로 무신 수라도 써 봐야 안 허겠십니꺼?"

몽환은 갑자기 당한 일이라 어찌할 바를 모르고 맥없이 풀밭에 주

저앉아 울먹이며 한탄만 하고 있었다. 그러다가 그는 문득 정신이 들었는지 풀밭에서 벌떡 일어나며 범식에게 말했다.

"내가 이러고 있을 때가 아이재. 동숭, 이 괭이 좀 집에 가져가게. 내가 방깨로 퍼뜩 갔다 올 낀깨로… 우리 식구들헌티는 아무 말도 허지 말거래이."

"예, 성님, 잘 알겠십니더."

몽환은 그 길로 방깨로 바로 달려가서 삼현 선생을 만났다.

"성님! 제발 내 아들 좀 살려 주이소. 으흐흐, 내 아들 진송이 좀 살려 주이소."

"동숭! 갑자기 와 그러는디? 와? 무신 말을 듣고 이러는 기고?"

"성님, 우리 가가 낼 인민재판인가 뭣인가 허는 걸 받게 생겼답니더."

"머시라? 인민재판을? 그놈의 자식이 기어이 일을 저지르고 말았구마. 내 이놈의 자식을 그냥 두어서는 안 되겠네? 동숭, 내가 낼 아침에 그놈헌티 가서 우짜던지 인민재판을 못 허고로 헐 낀깨로 일단 집에 가서 기다려 보게."

"성님, 정말로 그리해 주실랍니꺼?"

"내가 우리 집안 멩예를 걸고 막아낼 길세. 이 무작헌 놈을 내가 절대로 용서치 않을 길세."

"성님, 고맙십니더. 제발 그리 좀 해 주이소."

"이놈 자슥이, 미쳐도 유분수재. 내가 낼 아침에 그놈을 만나서 다리 몽뎅이를 분질러 놓고 말길세. 동숭! 그리 알고 돌아가게."

"예! 제는 성님만 믿십니더. 제발 내 아들 꼭 좀 살려 주이소이."

다음 날, 삼현 선생은 날이 새기 바쁘게 집을 나섰다. 그는 이번에는 아들과 사생결단을 낼 요량으로 마음속으로 단단히 벼르고 뒷산 재를 넘어 배드리 치안대로 갔다.

삼현 선생이 치안대 옆을 돌아 정문에 이르렀을 때 이상한 낌새를 느꼈다. 치안대 정문과 마당에 사람이라고는 흔적도 없고 램프불만 훤히 켜져 있었다. 치안대는 너무도 조용하여 적막감마저 들었다. 삼현 선생이 치안대 안의 분위기가 심상치 않아서 신경을 곤두세우고 정문을 지나 치안대 안으로 들어갔다.

그는 먼저 아들이 근무하는 치안대장실로 가 보았다. 그런데 그곳에는 아무도 없고 서류만 어수선하게 나뒹굴고 있었다. 사무실 역시 마찬가지로 비어 있었고 유치장 안쪽에서 사람들의 신음소리만 들려오고 있었다. 삼현 선생은 그제야 상황판단을 제대로 했다.

"이놈들이 다 도망가고 쥐새끼도 안보이네."

삼현 선생은 간밤에 무슨 큰 변동사건이 일어났음을 직감했다. 그는 치안대에 있던 공산당이 한 사람도 없이 모두 사라진 것으로 보아 이 전쟁 상황이 크게 역전된 것이 틀림없다고 짐작했다. 삼현 선생은 치안대가 없어졌으니 이제 인민재판을 하지는 못할 것이고, 때문에 진송의 목숨도 구하게 된 것을 무엇보다도 다행이라 생각했다.

삼현 선생은 우선 치안대에 갇혀서 고문당한 진송과 우익인사들의 안위가 걱정되어 얼른 유치장으로 가 보았다. 그곳에는 강진송과 정순화, 정찬현 등 십여 명이 피투성이가 외어 콘크리트 바닥에 나뒹굴며 고통을 참지 못하여 신음하고 있었다.

그때 삼현 선생의 친구인 정연기가 얼굴에 피범벅이 된 채로 그를 알아보고 손을 내저으며 신음소리로 무슨 말을 하려고 했다. 삼현 선생이 친구의 목소리를 알아듣고 급히 다가가 손을 잡으며 놀란 얼굴로 말했다.

"이게 친구 연기 아인가? 이 사람아, 얼매나 고생을 했는고? 이기 다 내가 못난 탓일세. 자식 교육 잘못 신 내가 직일 놈일세. 어디 크고로 상헌 디는 읎는가?"

정연기가 누운 채로 허리를 만지며 말했다.

"친구야! 내 허리 좀 보게. 어찌 된 긴고 꼼짝헐 수가 읎네."

삼현 선생이 정연기의 허리 상태를 살피기 위해 몸을 옆으로 뉘려고 하자 그는 기겁하며 말했다.

"아이고! 아이고 죽겄다. 친구야! 고만 고만…. 손대모 안 되겄네. 가마이 놔 두게."

"알겄네, 우신애 참고 가마이 누 있게. 내가 곧 자네 집에 기별을 헐 낀깨로 쪼깸만 기다리게."

그때 그의 귀에 익은 가느다란 신음소리가 들렸다.

"훈장님 오이십니꺼? 제 좀 살려 주이소."

삼현 선생이 신음소리가 나는 쪽으로 고개를 돌려보니 진송이었다. 그가 진송을 살펴보니 옷은 온통 피투성이가 되어 있었고, 얼마나 고문을 당했는지 옴짝달싹도 하지 못한 채 누워 있었다. 삼현 선생이 진송의 몸을 살펴보다가 소스라치게 놀라 신음소리를 내며 말했다.

"아이고! 진송아! 이게 무신 꼬라지고? 아이고! 세상에 허벅지 뼈가

다 들났고나. 으흐흐, 무작헌 종세 이놈!"

삼현 선생이 진송의 다리를 다시 자세히 살펴보니 허벅지 살이 갈기 갈기 찢어지고 그 속에 양쪽 허벅지 뼈가 드러나 보였다. 그는 그 모습이 너무 끔찍하여 어찌할 줄을 모르고 울면서 말했다.

"으흐흐, 세상에 치안대 놈들이 우찌 사람헌티 이러코롬 무작헌 짓을 헌단 말이고? 진송아! 이 일을 어쩌모 좋겠내? 그런디 쎄리 직일 종세 그놈은 어디 갔는지 모라나?"

"오늘 새벽에 다 도망갔십니더. 훈장님! 우시내 물 좀 갖다 주이소. 나 죽겠십니더."

"그래, 그래, 알겠다. 퍼뜩 물 갖다 주마."

삼현 선생은 곧 우물로 가서 큰 바가지에 물을 떠 와 진송에게 먹였다. 그리고 옆으로 고개를 돌려보니 지소에 사는 전직 정 순경과 김 순경도 고문으로 피범벅이 된 채로 초주검이 되어 바닥에 쓰러져 신음하고 있었다.

삼현 선생은 두 사람을 부축하여 겨우 물을 먹이고 다른 부상자들에게도 돌아가며 물을 먹여 주었다.

그런 뒤에 그는 치안대에서 나와 배드리장터에 사는 사람들을 불러 모아 도움을 청했다.

삼현 선생은 그들 중 일부는 부상자들을 돌보게 허고, 다른 사람은 고문당한 사람들의 집에 급히 연락을 취하도록 했다. 그리고 자기도 친구 연기 집과 지소 몽환에게 두 사람의 위급한 소식을 알렸다.

몽환은 삼현 선생한테서 공산당은 물러갔고, 진송이 치안대에 당한 고문으로 큰 부상을 입고 있다는 다급한 소식을 들었다. 그는 즉시 대나무로 들것을 만들어 메고 머슴 넷을 데리고 치안대로 달려갔다.

몽환이 치안대 안에 들어가서 진송을 살펴보고는 몸 상태가 너무 처참하여 그만 울음을 터뜨리고 말았다.

진송은 허리를 다쳐서 일어나 앉지도 못하였고, 허벅지에는 몽둥이로 얼마나 맞았던지 피범벅이 되어 있었고, 피부 속이 깊이 패어 뼈가 다 드러나 보일 지경이었다. 진송은 고통을 참지 못하여 두 손으로 가슴을 움켜쥐고 눈물을 흘리며 신음하고 있었다.

몽환은 아들을 부축하여 겨우 들것에 태운 뒤에 머슴들이 들것을 메고 집으로 돌아왔다. 몽환은 급한 대로 집에 있는 조약으로 진송을 치료했다. 그리고 급히 사람을 잔내 문 약국에게 보내서 집으로 치료하러 와 줄 것을 청했다. 그리고 그는 논두렁으로 가서 쑥을 한 소쿠리 뜯어 와서 아내더러 절구에 찧도록 했다. 그는 생된장을 부드럽게 찧은 쑥과 섞어서 진송의 상처 난 부위에 붙였다.

그는 또 대나무 통을 여러 개 만들어서 변소의 똥오줌이 섞인 오물에 담가 똥물을 받도록 했다. 얼마 뒤에 잔내 문 약국이 집으로 왔다. 문 약국이 진송이 상태를 살펴보고는 혀를 내둘렀다.

"어쩌다가 사람을 이 꼴로 맨딜았단 말이고? 이 천벌을 받을 공산당 놈들 같으니라고… 동숭, 그런디 살점이 떨어져 나간 데는 된장만 볼라서는 안 되겠네."

"그러모 우짜모 뎁니꺼? 약국이 알아서 잘 낫고로 해 주이소."

"인두허고 숯불을 준비허게."

몽환이 화로에 숯불을 피워서 인두를 달구기 시작했다. 진송이 자꾸 가슴을 움켜쥐고 신음하자 문 약국이 진송의 가슴을 만져보고 말했다.

"아이고, 세상에 갈비뼈가 세 대나 뿔라졌내. 뿔라진 뼈는 만지모 큰일 나네. 내가 부목을 대 줄 낀깨로 절대로 만지지 말게."

문 약국은 먼저 부드러운 무명천으로 가슴을 몇 바퀴 둘러 감은 뒤에 뼈가 부러진 곳에 얇은 널빤지를 부목으로 대고는 다시 무명천으로 동여맸다.

"가슴에 미영배로 맨 뒤에 땀이 나모 한본썩 새 걸로 갈아주고, 절대로 손으로 몬지서는 안 데네. 그라고 절대로 움직이서도 안 데네이."

몽환이 인두를 숯불에 달구어 오자 문 약국은 허벅지의 깊은 상처를 인두로 지지기 시작했다. 문약국이 인두로 상처를 지질 때마다 허벅지에서는 허연 수증기가 피어올랐다. 진송은 너무도 고통스러워 신음하다가 그만 정신을 잃고 말았다.

문 약국은 인두로 상처를 지지고 나서 다시 쑥과 된장 버무린 것을 상처에 바르고 천으로 동여맸다. 그리고 나서 진송이 깨어나거든 똥물을 먹이라고 일러주고는 돌아갔다.

그동안 뒷산에 숨어 피신하고 있던 진철과 현식은 인민군이 물러갔다는 소식을 듣고 집으로 돌아왔다. 진철은 집에 돌아오자마자 집에 상비해 두고 있던 머큐로크롬과 소독약과 항생제와 주사기를 가지고 큰집으로 갔다. 그는 큰형의 상태를 살펴보고는 상처 부위가 너무 참혹하여 그만 눈물을 쏟고 말았다.

"성님, 우쩌다 이 지경이 된갑니꺼? 아이고, 불쌍헌 우리 성님! 이 무작시런 빨갱이 놈들이 우리 성님헌티 이러코롬 숭악헌 짓을 했단 말이고? 내가 꼭 이놈들 원수를 갚고 말 낍니더. 그냥 두는가 보이소. 이 원수놈들!"

진철은 눈물을 흘리며 큰형의 온몸에 난 상처를 소독하고 머큐로크롬을 발랐다. 그리고 형에게 항생제를 먹이고 페니실린 주사를 놓아주었다. 진철은 아직도 늦여름 더운 날씨에 형님의 상처 부위가 곪아 썩지 않도록 하기 위해 매일 아침 일찍 큰집으로 가서 큰형에게 페니실린 주사를 놓고 항생제를 먹이고 나서 정성을 다해 곪은 상처를 치료하였다.

공산당이 물러난 지 며칠이 안 되어 진철에게 고하국민학교에서 출근하라는 통지가 왔다. 그는 학교에 출근하게 된 뒤에도 퇴근하는 대로 큰집으로 와서 큰형의 치료에 전념했다.

몽환이네 가족들의 정성스런 치료에도 불구하고 진송의 상처가 잘 아물지 않았다. 진송은 고문으로 인해 갈비뼈와 허리를 다친 곳과 허벅지 상처가 워낙 깊어서 하루 종일 고통에 시달려야만 했다. 낮에는 가슴팍과 허리와 허벅지의 뼈마디에서 전해오는 고통에 시달렸고, 밤이면 온몸의 통증으로 잠을 이룰 수가 없었다.

고전면에 치안대가 설치된 지 두어 달이 지난 구월 말에 하동군 치안대로부터 서울이 적의 수중에 떨어졌으니 치안대원들은 각자 피신하여 지하에서 비밀리에 활동하라는 지령이 떨어졌다. 고전면 치안대원들은 즉시 각자 흩어져서 도망가거나 피신해 버렸다. 더러는 멀리 진주나 삼천포로 도망가는 사람도 있었고, 어떤 이는 아는 친척 집으로 피신했다.

고전면에서 공산주의자들이 물러갔다는 소식이 순식간에 온 동네로 퍼졌다. 그러자 치안대에 붙잡혀 가서 고문당한 우익인사 가족들은 그들에게 보복하기 위해 혈안이 되어 치안대원들을 찾아다녔다. 그런데 종세는 평소에 주위 사람들과 친분을 쌓은 인맥이 별로 없었다. 그래서 그는 하는 수 없이 자기 집 구석방에서 숨어 지낼 수밖에 없었다.

그런지 며칠 뒤에 같은 동네에 사는 정연기의 아들인 정완영이 종세의 집을 샅샅이 뒤져서 결국 그를 찾아냈다. 그는 종세 처가집안의 손아래 처남이었다. 정완영은 동네 사람들을 타작 마당으로 불러 모아 놓은 뒤에 그곳으로 종세를 끌고 나왔다. 그리고 동네 사람들이 모두 보는 앞에 종세를 꿇어 앉히고는 몽둥이로 두들겨 패기 시작했다. 그는 그동안에 한이 맺혔던 분한 마음을 거친 말로 토해냈다.

"야, 이 개새끼야, 자형이고 나발이고 네깐 게 머시 그리 잘났내? 와 죄 읎는 우리 아부지를 잡아가서 허리에 골병이 들고로 고문을 헌단 말이고? 이 개새끼만도 못헌 놈아, 네놈도 어디 몽디 맛 좀 봐라. 이 새끼야, 몽디 맛이 어떻노? 네놈도 몽디 맞고 똥물 한번 처무 바라. 이 씨발놈아."

정완영은 온갖 욕설을 하며 종세를 안 죽을 만치 두들겨 팼다. 종세는 동네 타작 마당에서 정완영에게 몽둥이세례를 받아 온몸에 상처를 입고 엉금엉금 기다시피 하여 집으로 돌아왔다. 그런데 종세는 집에 앉아서 상처를 치료하고 있을 겨를이 없었다.

다음 날이 되자 명교 정도화의 유가족과 치안대에 심한 고문을 당한 지소, 잔내에 사는 가족들이 자기에게 복수하러 온다는 소문이 들려왔기 때문이다. 그는 어떻게 하든지 이 위기를 모면할 방도를 찾아야만 했다.

진영은 부산으로 피난 와서 남포동의 자갈치 시장에서 옹기장사를 하는 큰형님의 큰사위 집에 기거하게 되었다. 진영이 부산으로 피난 온 뒤에 공산군이 뒤따라 부산 근처까지 물밀 듯이 쳐들어왔다. 진영은 이러다가는 부산도 공산군에 점령당하여 제주도까지 피난 가야 하지 않을까 몹시 불안했다.

그런데 다행히도 공산군은 낙동강 전선에서 군사력을 재정비한 국군과 유엔군의 강력한 저항을 받고 진격을 멈추었다. 진영은 부산마저 적의 수중에 떨어지지 않게 된 것을 다행으로 여기고 비로소 안도의 한숨을 내쉬었다. 그는 앞으로 전쟁 상황의 추이를 자세히 알아보기 위해 매일 오전에 전차를 타고 부민동에 있는 임시수도 정부청사를 출근하다시피 찾아갔다.

그는 그곳에서 게시판에 나붙은 전쟁 상황에 관한 소식이나 정부에서 발행하는 국방부기관지 등을 살펴보며 행정명령이나 정부조치사항 등을 꼼꼼히 살폈다. 그리고 아는 도청직원을 통해 공문 지시사항이나 관보 등의 내용을 알아보고 전황을 제대로 파악하기 위해 노력하였다. 진영은 여가가 있으면 여객선이 드나드는 부두나 영도다리 근처에 가서 고향 사람들을 찾아보았다. 그들을 통해 고향에 두고 온 가족과 부모 소식을 듣기 위해서였다.

그리고 자기가 부산에 무사히 피난을 와서 잘 지내고 있다는 소식을 고향의 가족들에게 전하기 위해 백방으로 알아보았다. 하지만 낙동강 전선에서 교통편이 가로막혀 소식을 전할 수가 없어서 애가 탔다.

진영이 피난생활을 한 지 두 달쯤 지났을 때 그는 신문을 통해 유엔군이 인천상륙작전에 성공하여 서울이 곧 수복될 것이라는 반가운 보도를 보았다. 그런지 며칠이 지나지 않아서 신문 전면에 대문짝만한 글씨로 서울이 수복되었다는 호외가 길거리에 뿌려졌다. 그는 즉시 임시수도 정부청사가 있는 부민동으로 달려갔다.

진영은 서울이 수복되었으니 정부에서는 틀림없이 수복지역에 대한 무슨 행정조치가 있을 것이라고 예상하고 경남도청에서 여러 가지 정보를 알아보았다. 며칠이 지나지 않아서 도청 게시판에 전쟁 수복지역에 임시로 공안과 치안유지를 수행할 후방 필수요원을 모집한다는 공고가 나붙었다. 그는 즉시 후방 필수요원 가입신청서를 도청에 제출했다. 진영은 공무원 경력을 인정받아 곧바로 후방 필수요원으로 채용될 수 있었다.

그는 약 일주일간에 걸쳐 도청에 가서 사전교육을 받았다. 진영은 교육을 마친 뒤에 고향에 부임하기를 희망하여 하동군 고전면 후방 필수요원으로 배치받게 되었다. 그는 도청에서 지급되는 후방 필수요원 증과 권총을 배분받고, 서부 경남지역에 배치될 후방 필수요원들과 같이 도청에서 제공하는 트럭을 타고 진주로 출발했다.

진철은 공산군이 물러간 뒤에 고하국민학교에 출근하여 그동안 사용하던 공산주의 교재를 폐기처분을 하였다. 그리고 종전의 자유대한민국 교육과정을 재편성하여 학생들을 가르칠 수업준비를 하느라 바빴다.

진철은 점심시간이 다 되어갈 무렵 고전지서에서 자기를 찾는 전화가 걸려왔다는 말을 듣고 교무실로 갔다. 그는 교무실에서 전화를 받다가 너무도 놀라 하마터면 전화기를 떨어뜨릴 뻔했다. 전화 걸어온 사람은 뜻밖에도 그동안 죽은 줄로만 알고 있었던 진영 형님이었기 때문이다.

그동안 진영 형님은 부산으로 피난 간 뒤로 깜깜무소식이었다. 그러다가 삼천포에 사는 이상기로부터 진영 형님이 삼천포에서 피난선을 탄 뒤에 그 배가 폭탄을 맞아 침몰했다는 소식을 듣고, 가족들은 모두 그가 죽은 줄로만 알고 있었다. 그런데 뜻밖에도 진영 형님이 전화를 걸어온 것이다. 전화기에서 작은 형님의 낯익은 목소리가 생생하게 들려왔다.

"야아야! 내 너 진영이 세다. 그 새 잘 있었나?"

진철은 작은형의 목소리를 듣고 너무도 기뻐 말문이 막혀서 그만 울음을 터뜨리고 말았다.

"아이고! 형님! 으흐흐, 그래, 형님이 참말로 살아 계셨습니꺼? 집에서는 우리 식구들이 다 형님이 돌아가신 줄로만 알고 있었다 아입니꺼? 형님! 형님이 살아 계셔서 정말 고맙십니더."

"그래, 아부지는 별고 없으시재? 어머이허고 식구들도 다 잘 있었고?"

"예, 다 별고 없십니더. 모두 형님 걱정만 허고 있었십니더. 형님, 제가 시방 바로 지서로 내려가겠십니더."

"그래, 시간이 되모 왔다 가거라."

진철은 곧바로 고전지서로 내려가서 형을 만났다. 그는 너무도 반가워서 형을 부둥켜안고 울었다. 그리고 그동안의 안부와 못다 한 지난 이야기를 하느라 시간 가는 줄 몰랐다. 진철이 꿈에도 그리던 진영 형이 수복지역의 치안과 질서유지를 위한 고전면 후방 필수요원으로 파견되어 온 것이다.

진영은 고전면의 치안과 질서유지를 위한 행정조치권한과 즉결심판권뿐만 아니라 좌익세력에 대한 생살여탈권도 가지고 있었다. 진영은 동생을 학교로 돌려보낸 뒤에 지서에서 고전면의 치안과 질서유지를 위한 급한 사무를 정리했다.

그는 제일 먼저 치안대에 의해 희생당한 우익인사들의 실태 파악에 나섰다. 그는 우익인사 희생자에 관한 서류를 검토해 본 결과 고전면 대한청년단장을 지냈던 정도화가 고문으로 사망한 사실을 알았다. 그는 자기와 같은 동네에 사는 절친한 친구이며 집안 먼 고종뻘 되는 사람이었다. 그리고 고문으로 큰 부상을 당해서 거의 반신불수가 되다시피 한 큰형님과 지소 정 순경과 김 순경, 그리고 방깨 정연기가 허리를 크게 다친 사실도 알게 되었다.

진영은 공산당의 만행으로 기어이 자기 친구가 죽고 큰형님과 우익인사들이 고문으로 크게 부상당한 사실을 알고 울분을 참지 못하여 치를 떨었다. 진영은 지서에서 업무를 마친 뒤에 먼저 명교 정도화 집의 빈소에 들러 고인의 명복을 빌고 유족들을 위로했다. 그는 유족들에게 그동안 고인이 치안대에 잡혀가서 고문을 당하면서 겪은 고초에 관한 이야기를 들었다.

진영은 유족들의 이야기를 들으면서 하잘것없는 이념의 차이로 인해 끔찍한 고문과 살상이 자행되고 있는 현실이 안타깝다는 생각이 들었다. 진영은 유족들에게 이제는 공산군이 물러갔으니 그런 불상사는 일어나지 않을 것이라고 안심시키고 유족들의 마음을 위로한 뒤에 그들과 헤어졌다.

그는 오래간만에 반가운 아내와 가족들을 만나 감격의 눈물을 흘렸다. 그는 가족들이 모두 무사한 걸 알고 안도의 한숨을 쉬었다. 그리고 가족들이 그동안에 겪었던 고충을 듣고, 위로하며 가족 간의 정담을 나누었다. 그는 오랜만에 아내가 지어주는 밥을 먹으면서 진하디진한 가족의 정을 느꼈다.

식사하고 나서 서둘러 아버지를 만나 뵈러 성터고개를 넘어 큰집으로 향했다. 그가 지소동네에 이르니 들판에서는 벼가 누릇누릇 탐스럽게 익어 가고 있었다. 진영은 부산으로 피난 간 지 거의 두 달이 넘어서야 고향의 부모 집으로 돌아오게 되었다. 그동안 죽을 고비도 몇 번이나 넘겼지만 이렇게 살아 돌아와서 고향의 풍경을 다시 볼 수 있게 되어 감개가 무량했다.

진영이가 큰집에 들어서니 아버지는 머슴들과 같이 여름 내내 소에게 밟혀서 쌓아 모은 두엄을 꺼내 작두로 썰어서 쟁여 쌓고 있었다. 진영은 아버지 앞으로 달려가서 마당에 무릎을 꿇으며 큰절을 올렸다.

"아부지, 제가 살아왔십니더. 그동안 제 땜에 얼마나 근심 · 걱정을 허싰십니꺼? 이 불효자식을 용서해 주이소."

"오냐, 그래, 네가 성한 몸으로 살아왔구나! 내는 네가 살아올 줄 알았다. 퍼뜩 너 에미헌티 가서 인사 올리고 사랑방으로 나오이라."

몽환은 아들이 무사히 살아온 것을 보고 너무 기뻐서 울음이 터져 나오려는 것을 참느라 목소리가 떨렸다. 하지만 겉으로는 태연한 척했다. 그렇지만 진영이 어머니에게 인사하러 간 사이에 몽환이 눈꺼풀을 한번 껌벅거리자 자기도 모르게 두 눈에서 눈물이 좌르르 흘러내렸다. 그는 아무도 몰래 기쁨 반, 반가움 반이 섞인 눈물을 손등으로 훔쳤다.

진영이 어머께 인사를 올리자 어머니는 너무도 기뻐서 울음을 터뜨리고 말았다. 진영의 어머니는 살아서 돌아온 자식의 손을 잡고 만지고 또 만지며 어쩔 줄을 몰랐다. 이제는 절대로 아들을 놓치지 않으려는 듯이 두 손으로 아들 손을 꼭 쥐었다. 진영도 어머니를 바라보며 어느새 눈물을 흘리고 있었다. 어머니는 그런 아들의 뺨을 어루만지고 눈물을 닦아주며 진영에게 말했다.

"너 큰세이헌티 가 보거라. 시방 작은방에 누워 있니라."

진영이 작은 방으로 가 보니 큰형이 온몸에 약을 바르고 흰 천으로 가슴통을 감싼 채로 누워 있었다.

"성님! 이 못난 동생이 살아왔십니더. 세상에 우리 성님을 방깨 종세 그놈이 이 모양 이 꼴로 맨딜았단 말입니꺼? 내 그놈을 당장 찾아내서 다리 몽뎅이를 뿌질라 놓고 말낍니더."

진영은 그리웠던 형님의 온몸이 눈 뜨고 볼 수 없을 정도로 망가진 것을 보자 울분을 참지 못하여 눈물범벅이 된 얼굴로 격한 감정을 토해냈다.

"진영아! 내 동생이 살아 왔내? 삼천포 상기 친구헌티서 네가 죽었다

는 말을 듣고 내가 얼매나 울었는지 모른데이. 네가 이러코롬 살아 왔
씽깨로 내 아푼 디가 고마 다 낫는 거 겉다. 내는 괜찮은깨로 얼른 아
부지헌티 가 보거라."

저녁때가 되자 온 식구들이 모여 저녁을 먹으면서 오랜만에 밥상머
리 분위기가 활기를 되찾았다. 가족들 모두가 진송의 건강을 걱정하면
서도 그동안 진영이 피난생활 동안 겪었던 고초와 가족들이 고전면의
공산당 치하에서 당한 만행을 이야기하느라 시간 가는 줄을 몰랐다.

"내는 작은아 네가 죽었다는 소식을 듣고 얼매나 놀랬는지 하늘이
노랗더라."

"예, 어부지 죄송헙니다."

"그래도 내는 삼천포 상기 그 사람 말을 안 믿었니라. 인명은 재천이
라 했는디. 사람 목숨이 어디 소문대로 되는 기더나?"

몽환은 그제야 아들이 살아 돌아온 것이 실감이 나는지 식구들에게
자기의 본심을 드러내어 말했다.

"아이고, 우리 명교 작은아야, 내는 지금꺼정 네 걱정허니라 밤을
지샜단다. 아무리 맴을 추스릴라 캐도 삼천포서 들리온 그 소문이
맴에 걸려서 어디 잠이 와야재? 시방 성키 살아온 네를 봉깨로 꿈만
같다야."

"부모님께 걱정을 끼쳐 드린 불효자식을 용서허시소. 그런디 이 무섭
운 전쟁 통에도 모다 무사히 잘 견뎌 내서 큰 다행입니다. 그런디 큰성
님이 당헌 걸 보고 내는 도저히 분을 참을 수가 없십니다. 내는 절대로

종세 그놈을 그냥 두지 않을 낍니더."

그 말에 퇴근 후에 진영이 형을 보러 중땀에서 올라온 진철이 말했다.

"형님을 저 모양으로 맨딘 방깨 종세 치안대장 놈은 볼씨로 주 집안 처남헌티 두딜겨 맞아서 반 골병이 들었다 쿱디더."

"종세 그놈이 죄 읎는 성님헌티 짐승만도 못헌 짓을 헌 거뿌이 아이고, 명교 도화 성님도 고문해서 직인 놈 아이가? 그런 놈을 절대로 용서 허모 안 되지."

진영은 복수심에 불타 두 주먹을 불끈 쥐며 말했다.

"큰형님헌티 저러코롬 반신불수가 되도룩 몹쓸 짓을 헌 종세 그놈은 죽어도 싸지요. 작은형님은 시방 그런 놈을 직일 수 있는 권한을 갖고 온 거 아입니꺼?"

"그래, 그건 맞는 말이다. 그런디 아부지 생각은 어떻십니꺼? 종세 그놈을 그냥 놔둘 수는 읎는 거 아입니꺼?"

진영이 묻는 말을 듣고 몽환은 한동안 말이 없었다. 모든 식구들도 몽환의 표정에서 심각한 분위기를 느끼고는 말없이 저녁만 먹고 있었다. 한동안 무거운 침묵이 흘렀다. 잠시 뒤에 몽환이 무겁게 입을 열었다.

"내도 너 세이가 갈비뼈가 뿔라지고 허복지 뼈가 다 들나도룩 고문을 당헌 일을 생각허모 분해서 치가 다 떨린다. 그런디 너그들 시방부텀 내가 허는 말을 잘 듣거래이. 저 속등 산소에 계시는 자헌대부 할아버지께서 남긴 유훈이 머신지 다 알고 있재?"

몽환이 하는 말의 뜻이 무엇을 의미하는지를 눈치챈 가족들이 의아

한 표정을 지으면서도 아무도 말을 하지 못했다. 그러자 몽환이 큰손자인 현식에게 물었다.

"현식아, 네는 너거 대부 고조부님의 유훈을 잘 알고 있재? 어디 네가 한번 말해 보거라."

현식은 아버지의 일을 두고 할아버지가 묻는 질문이라 함부로 말을 할 수가 없었다. 몽환은 큰손자 현식이 망설이고 있는 것을 눈치채고 다시 물었다.

"야야, 괜찮다. 어디 말해 보거라."

현식은 할아버지의 지엄한 말씀을 듣고 망설이다가 떨리는 목소리로 말했다.

"적선여경으로 알고 있십니더."

"그 뜻도 새겨 보거라."

"예, 남을 위해 좋은 일을 허모 자신뿐만 아이고 후손들꺼정 복을 받는다는 뜻으로 알고 있십니더."

"그래, 맞다. 명교 작은아야. 인제부텀 내 말 잘 들어라이. 적선여경이란 말은 너그 증조부님의 유훈이기도 허지만 내도 그 말의 뜻을 깊이 새김시로 시방꺼정 살아왔단다. 몇십 년 전 왜정 시절에 우리가 작두 땜에 재판이 붙어서 나락 백 사십 섬이나 되는 벌금을 물게 뎄을 적에 구레 김 개묵 어른의 도움이 읎었이모 우리 집안이 우찌 뎄겠느냐?"

"예, 하늘 겉은 은혜를 입었지요."

진영이 아버지의 말을 받았다.

"그래, 맞다. 그 어른의 덕으로 우리가 잘 살고로 뎄싱깨로 우리도 인제 넘헌티 좋은 일 베품시로 살아야 안 허겄나? 그래서 내는 그때 범새 홍 영감헌티 빌붙어서 내가 살인헐라 캤다고 위증을 헌 사람들도 다 용서해 준 기다. 사람이 원수를 갚으모 그거로 끝나는 기 아이고 또 다린 원수를 더 키우는 기다."

"예."

현식이 목소리를 낮추어 대답했다.

"그라고 그때 우리가 그 사람들을 용서했기 땜에 우리 가족이 동네에서 인심을 얻고 대접받고 살았다는 걸 명심해야 헐 끼다."

"아부지, 그래도 성님이 저러코롬 고문을 당해서 시방 사경을 헤매고 있는디. 종세 그놈을 그냥 둘 수는 읎지 않십니꺼?"

진영은 아버지의 말씀을 들으면서 그래도 울분을 참지 못하고 토를 달았다. 그 말에 몽환은 진영이 자기 말을 잘 알아들으라는 듯이 말에 힘을 더 실어서 천천히 말했다.

"야아야, 내 말 잘 들어 보거라이. 사람들이 돈을 빌렸다가 갚을 때 원금만 갚는 거 봤나? 이자를 붙이서 안 갚더냐? 사람 일도 마찬가진 기라. 억울헌 일을 당헌 사람들이 원수 갚음시로 자기가 당헌 거 만치만 갚아 주는 일은 절대로 읎는 기라."

몽환은 진영이를 보면서 잠시 뜸을 들인 뒤에 다시 말을 이었다.

"너뜰 이번에 갈사서 일어난 일 다 알고 있재? 황가 중에 경찰헌티 한 사람이 잽히가서 죽은 걸 갖고 그 집안사람들이 원수 갚는다고 엉뚱헌 염가 집안사람들을 서른 명도 넘고로 직있다 안 쿠더나? 인명은 재천이라 캤는디. 원수 갚는다고 사람을 그리 떼죽음을 시켜야 되겄나

이 말이다. 그런 식으로 원수 갚는 일이 되풀이 되모 세상에 살아남을 사람이 어디 있겠냐? 내 말을 알아들었느냐?"

그제야 진영은 한숨을 내쉬고 고개를 끄덕이며 말했다.

"예, 아부지."

"너뜰 지게가 두 다리로 서 있는 거 봤나? 바작대기[43]로 받쳐야 지게가 안 넘어지고 바로 서재? 이때 원수지간이 지게 두 다리허고 비슷헌 관계니라. 그러닝께 작은 아 네가 그 바작대기 역할을 허라 이 말이다."

"아부지, 그러닝께 제가 성님 복수헐 생각은 말고 상생의 방도를 찾아보라 이 말씀이지요?"

"그렇다. 이제사 네가 내 말을 알아듣는구나."

"예, 잘 알겠습니다."

"작은아야, 너 세이헌티는 안 됐다마는 내가 허는 말을 멩심허고 악을 덕으로 갚도록 허거라. 아매도 그리 허는 기 네 큰세이도 위허고 우리 집안을 위허는 일이 될 기라 굳게 믿는다."

진영은 아버지의 의도를 눈치채고 심호흡을 한번 하고 나서 말했다.

"예, 아부지께서 허신 말씀이 무신 뜻인지 잘 알겠습니다. 멩심허고 아부지 뜻을 따리겠십니다."

"그래, 그리 해야재. 원수를 덕으로 갚도록 허거라. 절대로 복수는 안 된데이. 이것이 묵은 원한에서 벗어나 훗날 더 큰 복을 찾는 길이니라."

"예."

---

43) 지겟작대기

"네가 사람을 직이고 살리는 권한도 나라로부텀 받아 갖고 왔다고 허닝깨로 더 잘 뎄네. 우짜모 덕을 베풀 수 있을지 잘 생각해 보거라. 그라고 우리 식구들 중에 누구도 복수헐 생각은 꿈도 꾸지 말거라."

식구들이 말이 없자 몽환은 다짐하듯이 다시 물었다.

"다들 알아들은 기가?"

"예, 할아부지 말씀을 명심허겠십니더."

저녁을 먹고 나서 진영은 동생과 같이 형님의 병구완을 하였다. 진영은 아버지의 말씀을 따라야겠다고 마음은 먹었지만 처참한 형님의 상처를 보고 있으면 다시 분이 머리끝까지 치솟아 올라왔다.

형님의 엉덩이와 허벅지의 깊은 상처에서는 계속하여 피고름이 번져 나오고 있었다. 진영은 뼛속 깊이 파고드는 고통을 참지 못하여 몸을 뒤틀며 질러 대는 형님의 신음 소리를 들으면 지금 당장 방깨로 달려가 세종이 그놈을 불러내서 어떻게든지 혼쭐을 내주고 싶었다.

그날 밤, 진영은 잠자리에 들었지만, 분이 풀리지 않아서 좀처럼 잠이 오지 않았다. 아버지의 적선여경 정신을 지키라는 추상같은 엄명이 뇌리를 떠나지 않았기 때문이다.

진영은 아버지의 말씀을 지키기 위해 우선 이번 전쟁 중에 고전면에서 공산당에 참가하여 만행을 저지른 사람들에 대해 생각해보았다.

'그들은 과연 진정한 공산주의자들이었던가? 그들이 공산주의에 대해 얼마나 알고 있었을까? 그들 중에 칼 마르크스나 레닌의 공산주의 사상에 대해 제대로 아는 사람이 몇이나 될까?'

진영은 그런 사람은 한 사람도 없을 것이라는 확신이 들었다. 왜냐하면, 고전면에 사는 그들 대부분이 일제 식민치하에서 가혹한 착취에 신음하다가 신식 공부도 제대로 받지 못했고, 공산주의에 대한 경험도 전혀 없었던 사람들이었기 때문이다.

'그들은 평생을 가난에 찌들어 살다가 일제 말기에 그 아까운 곡식을 공출로 수탈당하며 보릿고개에 겨우 목숨만 부지해온 사람들이었다. 그런데 공산주의자들이 부자들의 재산을 몰수해서 그들에게 무상으로 배분한다는 말에 현혹되어 공산주의 세력에 가담한 것이 틀림없을 것이다. 견물생심이란 말이 있지 않은가? 그들은 단지 가난한 생활을 면하기 위해 공산주의자가 되었다가 레닌의 추종자인 북한 공산당이 쥐여 준 양날의 칼을 멋모르고 휘두른 것은 아니었을까?'

이런 생각이 들었다. 또한, 진영은 고전면처럼 특이하게 물 위아래 양 지역으로 좌우익이 나뉜 것도 공산주의 사상과 거리가 멀다고 보았다. 왜냐하면, 고전면 인민위원장인 이호재는 물아래서는 가장 잘사는 부자였고, 부위원장 김민용은 일제강점기 때부터 공무원을 했던 사람이었는데, 그들이 공산당의 중책을 맡았기 때문이다.

이 두 사람은 원래 공산주의자가 아니라 단지 지역주민들이 추대로 본의 아니게 그 자리에 앉은 사람들이다. 진영은 그런 사람을 굳이 보복하여 처단해야 할 필요성이 있을까? 하는 생각이 들었다. 한편으로 자기가 일본에서 공부한 공업발달의 역사와 공산주의를 관련지어 생각해보았다.

'과연 공산주의를 우리나라가 받아들여야 할 좋은 정치제도인가?

우리나라가 일본에 나라를 빼앗긴 원인 중의 하나가 실사구시의 학문을 소홀히 하여 과학 문명과 공업발달이 뒤떨어졌기 때문이 아니었던가? 그런 뼈아픈 과거의 역사를 되풀이하지 않으려면 우리나라는 서구의 선진 문명을 받아들여 공업화를 빨리 이룩하여야 할 시점이다. 그런데 현재의 공산주의는 후진 농업국인 소련에서 일어난 정치제도가 아닌가? 그런 공산주의 제도가 후진국인 우리나라의 공업을 발전시켜 부강한 국가를 만들 수 있는 최적의 정치제도일까?'

그는 아무리 생각해 보아도 후진 농업국인 러시아에서 발생한 공산주의 정치제도가 조국의 공업발전에 기여할 제도는 아닐 것이라는 생각이 들었다. 그리고 현재 이승만 대통령의 정치성향에 대해서도 생각해보았다.

'이승만 대통령은 오랫동안 미국에서 생활했기 때문에 서구의 자본주의와 공산주의 제도의 발전과정과 사상에 대해서는 우리나라 정치인 중에서는 가장 잘 알고 있을 것이다. 그리고 그는 독립운동을 하면서 우리나라 장래의 정치제도에 관해 많은 고심을 했을 것이다. 그러한 그가 만약 공산주의가 지구 상에서 가장 좋은 정치제도라고 판단했다면 그는 우리나라의 미래를 위해 누구보다 앞장서서 공산주의를 받아들이려고 하지 않았을까? 그런데도 그가 친일파들까지 중용해서 공산주의를 막아내려고 하는 것을 보면 분명히 공산주의는 세계적인 시대 흐름에 적합하지 않은 정치제도임을 알고 있었기 때문은 아닐까?'

진영은 또 온 나라를 참혹한 전쟁의 지옥으로 빠뜨리게 한 6·25전쟁의 원인에 대해서도 생각해보았다.

'우리나라는 외세에 의해 일제 식민 지배로부터 해방되었기 때문에 민족자결권을 제대로 행사하지 못하고 미·소에 의해 나라가 남북으로 분단되었다. 이로 인해 남북한에는 미·소 두 나라의 정치제도가 동시에 들어왔다. 이 당시에 내가 사는 고전면은 자본주의 발달단계에 이르지도 않은 농촌사회여서 공산주의 사상이 생성할 조건을 전혀 갖추지 못한 지역이다. 만약 고전면에 공산주의 세력이 외부에서 침투하지 않았다면 고전면 주민들은 세상에 공산주의라는 제도가 있는지도 모르고 평화롭게 살았을 것이다. 그런데 북한 공산정권은 허황된 공산주의 팽창이론을 신봉하여 우리 민족과 내 고향의 운명을 자기들 마음대로 결정해 놓고 노동자도 별로 없는 곳에 와서 노동자를 해방시킨다고 일으킨 전쟁이 6·25전쟁인 것이다'

진영은 또 이 전쟁이 내 고장 고전면에 미친 영향에 대해서도 생각해보았다.

'평화로운 농촌사회인 고전면에 공산주의 외부세력이 개입하지 않았다면 이번과 같은 대참사는 일어나지 않았을 것이다. 이번 참사는 김일성이 공산주의 세력을 팽창시키려고 돌발적으로 일으킨 회오리바람을 고전면에까지 불어 닥치게 하여 막대한 인적, 물적 희생을 가져온 것이다. 따라서 고전면에서 공산주의에 가담하여 잔인하게 인명에 상해를 입힌 사람들은 어찌 보면 가해자이면서 또한 이념의 외풍에 휘말린 피해자이기도 한 것이다'

진영의 생각이 여기에 이르자 작은아버지가 강조하시던 동도서기의 정신이 생각났다.

'고전면에서 이러한 이념으로 인한 참사가 발생한 것은 서양의 물질문명의 유물인 공산주의의 잘못된 유입에 기인한 것이다. 앞으로 이런 비극적인 사태를 수습하고 예방하기 위해서는 보복만이 최선의 해결책이 아닐 것이다. 최선의 수습책은 서구 문화인 갈등과 투쟁을 배격하고 동양사상인 적선여경과 상생의 정신으로 해결의 실마리를 찾는 것이다.'

진영은 자기 역량이 닿는 데까지 아버지께서 오늘 가족들이 모였을 때 '악을 덕으로 갚으라'고 하신 말씀을 실행에 옮기기로 결심하고 잠을 청했다.

진영은 날이 밝는 대로 아침 일찍 고전면사무소로 출근하여 후방요원 직책으로 직원들을 소집했다. 그리고 전쟁 수복지역의 민생에 대한 시급한 업무를 먼저 처리했다. 그는 내일 고전면 주민대표와 유지들을 고전면사무소에 소집하여 공산당에 가담했던 사람들의 사후처리를 위한 주민회의를 열기로 하고 직원들을 통해 각 부락마다 그 사실을 통보했다.

진영은 퇴근길에 고전면 치안대에서 가장 큰 희생을 당한 정도화와 정연기의 집을 찾아가서 가해자인 공산당을 용서하고 싶다는 아버지의 뜻을 전하고 유가족들의 의중을 물어보기로 했다. 그는 먼저 방깨에 사는 정연기의 집을 찾아갔다. 그런데 그의 가족들은 이미 정완영이 김종세를 타작 마당으로 끌고 와 동네 사람들이 보는 앞에서 몽둥이찜질을 하여 반은 분풀이한 뒤라 진영이의 제안을 순순히 받아들였다. 다음으로 명교의 정도화 집을 찾아가서 아버지의 뜻을 전했다. 그랬더니 다행히 정도화의 아들 정연복도 긍정적인 반응을 보였다.

"아재! 우리 집안 종조할머니가 강 씨다 아입니꺼? 그래서 아재 허고 우리 아부지는 친형제 겉이 지내오십지요. 월운 어른도 자기 친자식이 그런 숭악헌 일을 당험시로 넒은 아량으로 용서허겠다는디 우리 아부지 일도 한번 깊이 생각해 보겠십니다. 아재, 걱정 말고 돌아가시소. 나중에 우리 가족들이 항캐 모이서 의논을 허고 결론이 나모 내일 제가 면사무소에 가서 답변을 디리겠십니다."

"조카, 우리 아부지의 뜻을 이해해 조서 고맙네. 그러모 내일 보세."

다음 날, 진영은 출근하면서 배드리 지서에 들러 고전면 치안대원의 신상이나 행적에 관련된 서류를 챙겨서 자전거에 싣고 고전면사무소로 갔다. 그는 고전면사무소 직원들에게 당일 업무를 지시했다. 그리고 인민위원회 관련 서류도 챙겼다.

그는 지역유지들이 회의실에 거의 다 모이자 지역유지회의를 속개했다. 먼저 전임면장이 인사말을 했다. 뒤이어 진영이 단상으로 올라가 지역유지들을 소개하고 나서 회의를 개최한 경위에 관해 설명했다. 그리고 자기의 직책인 후방 필수요원의 지위와 역할에 관해서도 설명을 덧붙였다.

그는 회의를 개최하기 전에 여러 유지들에게 확인해 보일 것이 있다고 하면서 단상에서 내려와 사무실 금고 앞으로 걸어갔다. 그는 금고 앞에 서서 6·25전쟁으로 자기가 피난 가기 전에 경리업무를 처리한 사항에 관해 설명하기 시작했다.

"저는 고전면에 공산군이 쳐들어오기 전꺼지 면사무소 재무계장으로 근무했던 강진영입니다. 제가 전쟁이 일어나 부산으로 피난 감시로 공금에 돈 한 푼 손 안 대고 경리장부허고 금고를 다 정리해 놓고 갔십니더. 그런디 제가 부산으로 피난 간 뒤에 치안대 놈들이 내가 면사무소에 있는 돈을 다 챙겨 묵고 금고 열쇠도 갖고 도망갔다고 모함한 거로 알고 있십니더. 고전면 유지 여러분! 저는 공금을 일 전 한 푼도 손 안 댔십니더."

진영이 설명하는 동안 지역유지들은 조용히 듣고 있었다.

"그래서 지금 여러분들이 보는 앞에서 제가 피난 가기 전에 정리해 놨던 금전출납부 잔금허고 금고에 남아있는 현금이 맞는지 확인해 드리도록 허겠십니더. 참고적으로 말씀드리모 제가 금고에 현금을 두고 갈 적에 돈에 손 안 댄 걸 표시해 둘라고 현금다발 위에 물을 찰찰허이 채운 중발을 놓고 갔십니더. 그것도 같이 확인해 드리도록 허겠십니더."

진영은 말을 마친 뒤에 그동안 피난을 다니면서도 신줏단지 모시듯이 지갑 속에 단단히 보관하고 다니던 금고 열쇠를 면사무소 직원에게 건네주었다. 그리고 지방 유지들이 보는 앞에서 금고를 열고 장부와 현금을 대조하여 확인하도록 했다.

면사무소 직원이 금고로 다가가자 그곳에 모여 있던 사람들의 시선이 모두 금고로 향했다. 금고에는 그동안 치안대나 인민위원들이 금고 문을 열려고 총을 쏘아서 총알구멍이 숭숭 뚫려 있었다. 직원이 금고 문을 여니 장부 옆에 현금이 쌓여있고 그 위에는 진영이가 말한 대로 물이 담긴 중발이 그대로 놓여있었다.

만일 누군가가 현금다발 위에 물이 담긴 중발이 놓여 있는 줄을 모르고 돈이나 서류를 꺼냈다면 물이 쏟아진 흔적이 남아있었을 것이다. 그런데 면사무소 직원들과 유지들이 확인해 본 결과 중발의 물은 그동안 자연적으로 증발한 것 외에는 거의 본래대로 담겨 있었다. 그리 돈이나 서류에는 물이 쏟아진 흔적이 전혀 없고 멀쩡했다.

그것을 본 유지들이 진영에 대한 신뢰의 박수를 보냈다. 직원이 다시 금전출납부와 현금을 일일이 대조해 본 결과 한 푼도 틀리지 않고 정확하게 일치하였다. 직원이 그 사실을 알리자 참관하고 있던 직원과 지방 유지들은 한 번 더 박수 쳐서 그를 칭찬하였다. 진영은 다시 사회대 앞으로 가서 자기 의견을 개진했다.

"여러분! 지금꺼지 제가 헌 일을 믿어 주셔서 감사헙니다. 그런디 시방 우리 농촌서는 가을걷이를 허니라 바쁘실 낀디 이렇게 모이시라 캐서 죄송헙니다. 오늘 제가 여러분들과 모이서 의논헐 일이 우리 고전면민들헌티는 너무도 중요해서 그리 헌 깁니다. 그러닝깨로 제 말을 들어 보시고 깊이 생각들 허셔서 좋은 의견을 말해 주시기 바랍니다. 그러모 여러분, 인제 제가 허고 싶은 말을 해 보겄십니다."

진영은 지방 유지들을 한 번 둘러보고 나서 천천히 말을 계속했다.

"여러분들이 잘 알다시피 공산당이 우리 고전면에 들어와 치안대를 설치했십니다. 그라고 나서 치안대 놈들이 죄 읎는 사람들을 마구잽이로 잡아다가 고문허고 그러코롬 멋진 내 친구 정도화의 목숨을 뺏어 직이기꺼지 했십니다."

진영의 말에 회의장에 모인 사람들이 뒤쪽에 앉아서 눈물을 흘리고 있는 정도화의 아들 정연복을 돌아보며 안타까운 표정을 지었다. 진영은 계속 말을 이었다.

"그라고 우익인사 중에는 치안대 놈들헌티 모질기 고문당해 반신불수가 된 사람도 있십니더. 시방 우리 큰형님도 얼매나 몽디에 맞았던지 엉덩이허고 허벅지살이 다 찢어져 뼈가 들나고, 허리도 다치서 똥물을 몹시로 밤낮으로 고통에 시달리고 있십니더. 제도 성질대로 허자쿠모 그놈들을 제가 차고 온 이 권총으로 다 쏴 직이 삐리고 싶은 맴이 꿀떡 겉십니더."

진영은 지방 유지들을 빙 둘러보고 나서 말을 이었다.

"그런디 어제저녁에 우리 아부지께서 제헌티 말씀허시기를 저 숭악헌 빨갱이 놈들을 용서허라꼬 허십디더. 여러분! 여러분들도 아시다시피 우리 아부지는 구레 김 개묵씨 마름험시로 여러분들헌티 조금이라도 더 도와 드릴라꼬 노력허싰다 아입니꺼?"

그러자 회의장에 모인 사람들이 한마디씩 했다.

"예, 맞십니더. 그거는 맞는 말이지요."

"그런디 종세 그놈이 우리 아부지 대신에 우리 큰성님을 잡아가서 반신불수로 맨딜았다 아입니꺼? 그런디도 우리 아부지는 원수를 악으로 갚으모 새 원수를 맨딜게 되고, 또 더 많은 희생자가 생겨날 것 아니냐고 허십디더. 그래서 우리 아부지께서는 자기도 치안대와 공산주의 놈들을 용서헐 낀깨로 여러분들도 모도 그놈들을 용서해 주자고 꼭 부탁디리라 캤십디더. 흐흑."

진영은 마음이 울컥하여 자기도 모르게 흐느끼며 말했다.

"그러고 우리 아부지는 옛말에 적선여경이라는 말을 들이밈시로 여러분들이 치안대를 용서허모 여러분들 집안에 좋은 일이 생길 낀깨로 그들을 용서허자꼬 신신당부 했십니다. 여러분! 자기 자식 원수 갚는 것도 포기허고 여러분들헌티 부탁허는 우리 아부지 심정을 찬차이 좀 생각해 주시기 바랍니다."

진영은 회의실 뒤쪽에 앉아 있는 연복과 완영을 한번 보고 나서 말을 계속했다.

"여러분들이 결정을 내리기 전에 먼첨 이본에 제일 숭악헌 일을 당헌 고전면 청년 단장이던 제 친구 정도화 아드님이신 정연복이 허고 방깨 정연기 씨 아들 정완영이 의견부터 들어보는 기 어떻겠십니꺼?"

"예, 그리 헙시더."

"그러모 먼첨 완영이 동승이 먼첨 앞으로 나와서 자네 생각을 기탄없이 말해 주시겠는가?"

완영이 자리에서 일어나 좌중을 둘러보며 자기 의견을 말했다.

"예, 죄 읎는 우리 아부지는 이승만 정부에 협조헌 우익 인사라꼬 해서 치안대 놈들헌티 잡혀가서 모진 고문을 당했십니다. 시방은 허리를 너무 마이 다쳐서 꼼짝달싹도 못 허고 누우 계십니다. 우리 집안 자형뻘 되는 치안대장 김종세 그놈이, 인제 마 놈이라고 허겄십니다. 그놈은 살림살이도 읎어서 찌질이도 몬살던 놈인디요. 우리 아부지가 삼현 선생 아들이라꼬 그동안 얼매나 도와준 지 압니꺼? 동네 사람들은 다 알고 있십니다."

그는 울분을 참지 못하고 두 주먹을 부르르 떨며 말했다.

"그런디 개똥도 아인 그놈이 치안대장 감투 쓴 기 무신 하늘 대원군이라도 되는 긴 줄 알고 설치댄 거 아입니꺼? 배은망덕도 유분수지요."

그는 말을 하면서도 주먹을 부르르 떨었다.

"여러분! 아무리 그렇다고 죄 읎는 사람을 아무나 잡아다가 개 패듯이 패도 되는 깁니꺼? 개백정이 아이고서야 사람 탈을 쓰고 우찌 그리 무작헌 짓을 할 수 있단 말입니꺼? 그래서 제는 도저히 분을 참을 수가 읎어서 제도 괴뢰군이 쫓겨 간 뒤에 그놈을 잡아다 우리 동네 타작마당서 개 패듯이 패 줬십니더."

"잘했십니더."

자리에 앉아 있던 누군가가 말했다.

"감사헙니다. 그래서 제는 반분이라도 분을 풀었십니더. 그라고 우리 가족들도 모여서 의논헌 결과 지소 월운 어른 뜻을 따르기로 했십니더. 자기 아들 원수를 먼첨 용서헌다는디 우찌 우리 집안 입장만 고집 허겠십니꺼? 우리 식구들은 우리 고전면 주민들이 인심 좋게 잘 살로 허는디 협조허기로 했십니더."

완영이 말을 마치자 동석하고 있던 지역유지들이 박수로 그의 의견을 받아들였다.

"다음은 젤로 상심이 큰 명교 정도화 아들 연복이 의견을 듣도록 허겠십니더."

회의가 진행되는 동안에도 지역유지들 옆에 앉아 눈물을 흘리며 흐느끼고 있던 연복이 자리에서 일어나 사회대 앞으로 나왔다.

"여러분들 앞에서 자꾸 눈물을 보이서 제송헙니더. 그런디 여러분, 우리 아부지가 어떤 분입니꺼? 불의를 보고는 못 참고, 에룹운[44] 사람들헌티 인심 쓰기를 두 번째 가라카모 서럽운 분 아이었십니꺼? 우리 아부지헌티 그기 꼭 죄라 카모 죄라꼬 칩시더. 그런디 우리 아부지가 고전면 청년 단장 험시로 보도연맹허고 공산주의자를 손톱 반만치라도 다치고로 허거나 다치게 헌 일이 있었십니꺼? 그런 우리 아부지를 제놈들이 무신 원수가 졌다고 나무 몽디로 고문해서 골병을 들여 직인단 말입니꺼?"

그는 잠시 하던 말을 멈추고 손등으로 눈물을 훔쳤다. 그리고 차분히 하던 말을 이어갔다.

"그라고 여러분! 한번 찬차이 생각해 보이소. 옛날에도 전쟁이나 난리가 나모 사람을 죽이는 일은 있어도 우리 고전면 사람들이 언제 이런 일로 서로 직이고 살리고 했던 일이 있었십니꺼? 공산주의가 뭣입니꺼? 인명은 재천이라 캤는디. 아무거또 아인 것들이 저승사자 행세 험시로 죄 읎는 사람을 잡아 직이는 기 공산주입니꺼? 지는 마 아무리 생각해 봐도 분이 안 풀리고 가슴을 찢고 싶은 심정이라예. 제는 꼭 원수를 갚고 싶은 맴을 지아 뻘 수가 없었십니더."

좌중이 그의 말에 공감하여 연신 고개를 끄덕였다. 그는 계속 말을 이어갔다.

"그런디 고전면 후방요원이신 강진영 아재가 어젯밤에 우리 집에 오

---

44) 어려운

시서 여러 가지 말씀을 허싰십니다. 사실은 아재가 후방요원으로 고전면 주재소에 처음 오싰을 적에 치안대에 우리 아부지가 희생당했다는 걸 알고는 맨 먼침 우리 아부지 빈소를 찾았십니다. 그라고 눈물을 흘리심시로 우리 아부지 위패 앞에 술잔을 올리고 우리 가족을 위로하신 분입니다. 그런 아재가 자기 형님이 당헌 일을 들이밈시로 원수를 덕으로 갚으라는 자기 아부지의 큰 뜻을 실천허구 잡다고 헙디다. 그래서 아재가 가신 뒤에 우리 가족들이 모이서 깊이 생각험시로 의논해 보았십니다. 우리 가족들 맴 같애서야 원수를 갚고로 종세 그놈을 꼭 직이고 말겠다는 심정이었십니다. 그런디 그러고 나모 우리 가족들이 얻을 기 머시 있겠나 허는 생각도 듭디다. 그래서 우리 가족들도 아재의 뜻에 따르기로 허고 큰 맴을 묵고 용서허자고 의견을 모았십니다. 우리 가족들의 뜻을 순수헌 마음으로 받아 주시모 고맙겠십니다."

연복의 말이 끝나자 자리에 앉아 있던 사람들이 모두 일어나 박수를 보내면서도 위로의 말을 한마디씩 건넸다. 진영은 다시 사회대 앞으로 가서 말을 계속했다.

"치안대에 억울헌 희생을 당헌 두 분이 넓은 도량으로 큰 맴 묵고 용서해 주신 데 대해 감사드립니다. 그래서 우리 고전면 사람들허고 아무 상관도 읎는 사상문제로 이웃에 살던 사람들끼리 사람을 직이고 살리는 일이 다시는 없도록 허기 위해 제가 한 가지 제안을 허겄십니다."

"강 계장이 어디 존 의견이 있으모 말해 보이소."

회의장에 있던 사람들이 진영이 피난 가기 전의 면사무소 직원 호칭을 쓰며 진영의 의견을 구했다.

"이번에 고전면에 공산당이 들어오고 나서 인민위원장이나 치안대장 허고 공산당에 들어가 활동헌 사람들이 모도 우리 이웃 아입니꺼? 잔너리 이 인민위원장은 우리 고전국민학교를 지을 적에 많은 땅을 희사헌 분이고, 부위원장은 저허고는 같은 면사무소 직원이었고, 또 내허고 친헌 친구 성님이기도 헙니다. 이런 분들헌티 꼭 원수를 갚아야 허겠십니꺼? 그런깨로 원수를 용서허는 마당에 우리 고전면서 치안대나 인민위원회에 가입했던 사람들을 모두 한쿤에[45] 용서허기로 허모 어떻겠십니꺼?"

그 말에 이번에 면장으로 임명될 예정인 정쾌현이 일어서서 자기 의견을 말했다.

"그거참 좋은 생각 겉십니더. 제가 엊그지 들은 소문인디요. 잔너리 건너편 삼내동네서는 치안대가 들어섰을 적에 좌익인 신가 허고 천가 집안사람들 주동으로 인민재판을 해서 우익인 문가 집안사람들을 떼죽음 시켰고, 공산군이 물러간 뒤에는 문가 집안사람들이 좌익 집안사람들한티 마구잡이로 보복해서 많은 목숨이 희생되고 병신이 된 사람도 많다고 헙니더."

정 면장의 말에 회의장에 앉아 있던 사람들이 웅성거렸다.

"그때 김가허고 문가들이 피를 본 뒤로 눈이 뒤집히서 시방도 만내몬 서로 주먹질을 허고 싸운다 쿠더마."

또 누군가가 그 말을 받았다.

---

45) 한꺼번에

"맞아, 내도 그 소문을 들었는디 그래도 죽은 사람은 문가 사람들이 더 많다 쿠더마."

정 면장이 좌중이 조용해지기를 기다렸다가 말을 이었다.

"맞십니더. 이 전쟁이 일어나기 전꺼지 사이좋게 잘 지내던 삼내 사람들이 무신 이유로 그 귀헌 목숨을 걸고 피를 흘림시로 싸워야 헌단 말입니까? 여러분 우리 고전면 사람들도 다 이웃사촌 아입니꺼? 우리도 삼내 사람들맨키로 보복헌다고 이웃끼리 서로 피를 흘리는 보복을 꼭 해야 허겠십니꺼?"

그 말에 누군가라 할 것도 없이 이구동성으로 말했다.

"아이구, 숭칙해라. 우리가 사람을 직인다고? 그라모 안데지예."

"우리는 다 같은 고전면 사람인디 누가 누굴 직인단 말입니꺼?"

정 면장이 좌중을 둘러보고 보복을 주장하는 사람이 없다는 것을 확인하고 나서 말을 이었다.

"예! 그렇고 말고요, 우리는 조상 대대로 미운 정 고운 정 나눔시로 살아온 이웃사촌 아입니꺼? 그런깨로 인제 우리 서로 다 용서허고 옛날매이로 배드리장날 만내서 막걸리도 같이 묵고 서로 정도 주고 받음시로 오순도순 사이좋고로 사는 기 안 좋겠십니꺼?"

"예! 정 면장 말씀이 옳십니더. 장날 인심이 어디 가겠십니꺼? 그리 허고로 헙시더."

회의장 앞쪽에 앉아 있던 배드리장터에서 싸전을 하는 김경필이 찬동했다. 그리고 다른 유지들도 모두 자리에서 일어나 서로 손을 잡으며 정 면장의 의견에 찬성했다. 진영은 주민들이 자기 제안에 동의해 주는 것을 보고 반색하며 또 한 가지 제안했다.

"싸전 아재, 감사헙니다. 그라고 여러분 모도 저의 제안에 찬성해 주시서 정말 감사헙니다. 우리 아부지도 이 소식을 들으모 만족해 허실 낍니더. 제가 또 이 일을 잘 마무리 짓고로 한 가지 더 제안을 허겄십니더."

"예. 그기 뭣인지 퍼뜩 말씀해 보이소."

정연기가 진영의 제안을 독촉했다.

"공산당 사람들을 확실히 용서해 줄라모 그 사람들허고 관계있는 서류를 다 불태아 읎애 삐리는 기 어떨지 여러분들의 의견을 구헙니더."

진영의 제안에 정 면장이 찬성 의견을 내놓았다.

"제도 강 후방요원님의 제안에 찬성입니더. 실제로 그런 서류를 남겨 노우모 언젠가 정부로부터 조사를 받게 될 끼고, 그들의 과거 행적이 발각되모 죗값을 치르게 될 기 틀림 읎십니더. 그런 숭악헌 일이 또 벌어지모 고전면민들끼리 새가 더 나빠져서 원수가 되지 않겠십니꺼? 그래서 그런 서류를 다 읎애 삐리모 이본 일로 다시는 시비가 새로 생기지 않을 거 겉십니더. 저는 그런 서류들을 다 불태아 읎애 삐리고 다 같이 용서허고 우리 고전면의 앞날을 위해 새 출발허는 걸 찬성헙니더."

정 면장의 말에 거의 대부분의 사람들이 동의했다. 진영이 다시 말을 이었다.

"그래서 제가 오늘 아침에 출근험시로 고전지서에 가서 치안대 조직허고 그 사람들 신상에 관헌 서류들을 다 챙겨 왔십니더."

진영이 서류함으로 가서 아침에 지서에서 가져온 치안대원 명단과 관련 서류를 꺼내 책상 위에 올려놓았다. 그리고 다른 직원에게 면사무소에서 보관하고 있던 인민위원회에 관련된 서류도 같이 꺼내 오게 했다.

"여기 있는 이 서류가 치안대 허고 인민위원회 명단과 관련 서류들입니더. 여러분들의 의견에 따라 우리 모두가 보는 앞에서 이 서류들을 다 불살라 삐리도록 허겄십니더. 다시 한 번 여러분들 의견은 구헙니더. 모도 이 서류를 불살라 읎애는 디 동의허십니꺼?"

그 자리에 있던 모든 사람들이 진영의 제안에 다시 동의하였다. 그리하여 면사무소 직원들이 인민위원회와 치안대의 조직 및 인적사항과 좌익활동 행적에 관련된 모든 서류를 꺼내어 면사무소 앞마당에 내놓았다. 진영은 고전면 유지들이 증인으로 보는 앞에서 모든 서류를 불살랐다. 그리고 서로 너그러운 마음으로 용서하고 우리 고전면에서 다시는 이런 불상사가 일어나지 않도록 노력하자고 다짐했다.

진영은 공산당 관련 서류를 소각하고 아버지의 뜻대로 고전면민들의 화해를 구하게 되어 기분이 흐뭇했다. 진영은 홀가분한 마음으로 사무실로 돌아왔다. 그는 인근 면사무소에 파견된 후방요원에게 전화해서 아버지의 뜻에 따라 자기가 주도하여 고전면 유지들이 좌익세력을 용서하고 그들의 흔적을 지운 사례를 알려 주었다. 그리고 그는 가능하면 후방요원이 주도하여 면민들 간에 아무 소용없는 좌우익 간의 이념 갈등으로 서로 사람을 죽이고 복수하는 악연의 고리를 끊고 화해의 길을 열 수 있도록 노력하자고 권했다.

다음 날, 양보면과 금남면의 후방요원은 자기 관할 지역은 좌익세력에 의해 희생당한 주민들이 너무 많아서 용서를 구하기가 어렵다는 연락을 해 왔다. 그런데 진교면에 파견된 후방요원은 고전면처럼 치안대에 희생당한 사람이 적어서 지방 유지들과 의논하여 보겠다고 했다.

며칠이 지난 뒤에 진교면 후방요원이 전화했다. 그는 진교면에서도 지방 유지들이 자기의 의견에 동의하는 사람이 많아서 좌익세력에 가담한 자들의 명단을 모두 불사르고 화해했다는 반가운 소식을 전해왔다.

이로 인해 6·25전쟁이 끝난 뒤에 고전면과 진교면에서 좌익 활동을 한 사람이나 그의 친인척들이 공무원시험이나 각종 고시, 사관학교 등에 응시할 때에 연좌제로 인해 불이익을 당한 사람은 한 사람도 없었다.

진영의 주도하에 좌익세력에 대한 보복을 막았다는 미담 사례는 삽시간에 하동군 일대에 퍼져 나갔다. 진영이 공산당 관련 문서를 소각한 후 며칠이 지나지 않아 한밤중에 삼현 선생이 자기 아들을 데리고 몽환의 집으로 찾아왔다.

"동숭, 집에 있는가? 방께 날세."

몽환이 삼현 선생의 목소리를 알아듣고 문을 열고 나왔다.

"성님이 이 밤중에 우짠 일입니꺼? 진지나 자이십니꺼? 어서 안으로 들어오이소."

그러자 삼현 선생이 자기 아들의 손을 끌듯이 하여 방으로 들어오며 말했다.

"동숭, 동숭헌티 내가 헐 말이 읎네. 제발 내가 새끼 잘못 키운 죄라 생각허고 날 용서해 주게."

그러고 나서 자기 아들을 억지로 무릎을 꿇리며 말했다.

"야이 짐승만도 못 헌 놈아, 퍼뜩 무릎 꿇고 죽을죄를 졌잉깨로 목숨을 살려 달라고 손이 발이 되도록 빌어라. 이 무작헌 놈아."

몽환은 두 사람이 방에 들어올 때부터 삼현 선생이 치안대장을 한자기 아들을 데리고 온 것을 직감으로 눈치챘다.

"월운 아재! 제가 죽을죄를 졌십니더. 제발 용서해 주이소. 제가 무신 귀신헌티 씌었던 것 갑십니더. 한 번만 용서해 주이소. 그러모 그 은혜는 평생 안 잊아 삐리겠십니더."

몽환은 한동안 잠자코 있다가 말문을 열었다.

"일어나게. 이 사람아, 자네가 자네 말대로 무신 귀신헌티 씌었던 게지. 안 그러고서야 우찌 자네가 짐승만도 못헌 그런 짓을 했겠는가?"

"동숭, 염치없는 말이지만 그동안 내허고 정리를 생각해서라도 제발 내 못난 자식 놈을 좀 용서해 주시게."

"성님, 그런디 제가 용서허고 안 허고가 머 그리 중헙니꺼? 무신 허고 잡은 말이라도 있이모 말해 보이소."

몽환의 누그러진 말에 삼현 선생이 안심되었는지 속마음을 드러내 놓고 말했다.

"실은 자네 아들 진영이가 부처 겉은 너그러운 맴으로 공산당에 협조헌 사람들을 용서허기로 했다는 말을 들었네. 그 말을 듣고 내가 얼매나 마음속으로 고맙아 했는지 모리네."

"성님, 내 아들 공치사는 그만 허시고 헐 말씀이 있이모 해 보이소."

"그리험세. 동숭! 실은 내가 염치없지만 부택헐 기 하나 있어서 찾아

왔네."

"예."

"실은 이놈이 진 죄가 하도 커서 집에 있다가는 밤에 무신 일을 당헐지 몰라 내가 불안해서 죽을 지경일세. 그래서 이놈이 암디도 피신헐 디가 읎어서 그러닝깨 며칠만이라도 자네 집에 좀 싱카주모 안 되겄는가? 제발 내 못난 아들놈 좀 살려주게."

"성님, 내 작은아들을 시켜서 공산당을 다 용서허라꼬 헌 마당에 우찌 성님 청을 모른 척 허겠십니꺼? 그러모 우리 큰아들이 저리 아파서 사경을 헤매고 있어서 안방은 안 될 끼고, 부석 우에 있는 다락방 구석이라도 괜찮으모 그리 허고로 허이소."

"아이고, 동승, 고맙네. 내헌티는 참말로 동승뿐이 읎네. 야 이놈아 뭐허느냐? 퍼뜩 살려 줘서 고맙다고 인사 안 드리고…."

몽환은 종세를 안채에 있는 다락방에 올려보내고는 침구와 요강도 함께 챙겨주었다.

그런데 다음 날 밤에 또 한 사람이 찾아와서 피신을 부탁했다. 그는 다름 아닌 진송의 처조카인 양보면 치안대장을 했던 이형오였다.

그는 양보면 치안대장을 하면서 면장이나 청년단을 비롯한 우익인사들을 많이 처형했다. 그뿐만 아니라 치안대가 해산된 직후에도 그의 수하가 이 면장의 아버지를 살해하는 사건이 벌어져서 목숨이 위험했던 것이다.

이 면장의 아버지는 양보면이 공산당 치하에 들어가면서 면장을 지냈던 아들과 청년 단원이었던 손자의 목숨을 한꺼번에 잃었다. 그런데도 그는 치안대의 서슬이 무서워 말 한마디 못하고 지냈다. 그러다가 그는 마을 사람들로부터 공산당이 물러갔다는 소식을 듣게 되었다. 그는 그동안 참았던 치안대원들에 대한 울분을 참지 못하고, 온 동네를 쏘다니면서 울부짖는 목소리로 복수를 외쳤다.

"내 아들, 손자가 세상에 무신 죄지은 기 있다고 사람 목숨을 한꺼번에 다 뺏아 간다 말이고? 동네 사람들아! 이래 갖고 어디 억울해서 살겠나? 사람 목숨이 어디 파리 목숨이가? 아이고, 억울해라. 이 억울헌 분을 우찌 참는단 말이고? 동네 사람들아, 어디 입이 있이모 말 좀 해 보거래이."

그는 이렇게 고함치며 동네를 돌아다니다가 아는 사람들 만나면 붙잡고 하소연했다. 동네 사람들은 그를 위로하느라 자기 집으로 데려와서 술을 권하면서 달래기도 하였다. 그는 술에 취하면 취할수록 울분을 참을 수가 없었다.

"내는 그놈들을 절대로 용서헐 수가 읎다. 날만 새면 두고 보거래이. 내가 그 무작헌 놈들을 잡아다가 낫으로 사지를 갈기갈기 찢어 직이 삐릴 끼다. 절대로 용서 못허고 말고…"

이 면장의 아버지가 복수한다고 외치면서 돌아다닌다는 소문은 곧 몸을 피해 숨어 지내던 치안대원들의 귀에도 들어갔다. 그들은 아직도 자기들의 세상이 끝났다는 사실을 인정하기가 싫었던지 다음 날 새벽에 치안대에 가서 총을 몰래 꺼내왔다. 그들은 곧바로 이 면장의 아버지 집으로 찾아가서 그를 납치하여 개고개 아래에 있는 배바구로 끌고가 총살해 버렸다.

이형오와 양보면 치안대원들은 양보면에 남아있다가는 도저히 목숨을 부지하기가 불가능하게 되었다. 그래서 이형오는 부랴부랴 진송의 집으로 피신을 왔던 것이다.

그리고 며칠이 지나지 않아서 밤에 두 사람이 또 몽환의 집으로 피신하러 왔다. 한 사람은 진송의 사촌 처남이며 친동서인 하동군 치안대장 이만성이었고, 다른 한 사람은 작량면 치안대였던 현식이의 셋째 처남이었다. 몽환은 이들을 모두 받아들여 다락방에 피신시켜 주고 숙식을 제공하였다.

그런데 진송에게 직접적으로 고문을 가했던 종세는 하루 종일 안방에서 들려오는 진송의 신음소리를 들으며 지내기가 여간 고통스러운 일이 아니었다. 종세는 자기 때문에 고통받는 진송에게 양심의 가책을 느꼈던지 며칠을 참지 못하고 야반도주하고 말았다.

몽환은 종세가 야반도주했다는 말을 듣고 가족들에게 다락방에 사람들이 몰래 피신하고 있다는 소문이 퍼지지 않도록 엄하게 입단속을 하였다. 그리고 다락방에 음식이나 필요한 물건을 내고 들이는 일은 그의 아내가 도맡아 하도록 했다.

치안대장은 며느리의 제부인데 며느리가 자기 남편이 고문으로 반신불수가 된 것이 제부 탓이라 여겨 소란피울까 봐 걱정되었기 때문이다. 그리고 손주 며느리도 자기 친동생이 와 있었으므로 서로 관계가 얽히는 것이 득 될 것이 없다고 생각했다.

그들이 다락방에서 피신생활을 한 지 달포쯤 지나서 이만성은 시국이 평안해졌다고 판단하여 하동장에 볼일을 보러 간다고 집을 나섰다. 그는 하동 근처에 있는 할미부락을 지나다가 행방불명이 되고 말았다. 그 이후로 그가 죽었는지, 아니면 지하 조직망을 이용하여 월북하였는지, 아니면 지리산 빨치산에 들어갔는지에 대해 아무도 아는 사람은 없었다.

진영은 점심시간이 되어 도시락을 먹고 나서 신문을 펼쳐보고 있었다. 신문보도 내용은 6·25전쟁 소식으로 가득 차 있었다. 국군과 유엔군이 압록강까지 북진했다가 중공군의 개입으로 수도 서울이 다시 공산군의 수중에 떨어질 위기에 처했다는 급박한 내용의 신문기사가 실려 있었다.

진영은 신문지를 들고 일어서며 옆자리에서 기안문을 작성하고 있는 잔내 정 서기에게 걱정스럽게 말했다.

"어이, 정 서기, 이 신문 봤나? 휴전협정이 잘 안 되는 모양이제?"

"지금꺼지 이 년이 넘고로 싸운 전쟁인디 그기 그리 쉽게 끝나겠십니꺼?"

"그렇재이, 내는 마 휴전이고 머시고 다 쎄리치우고 이승만 대통령 말대로 이참에 북진통일을 했이모 좋겠는디."

"강 계장님, 그리만 되면 얼매나 좋겠십니꺼?"

그때 면사무소 앞마당에서 자동차 엔진 소리가 들려왔다. 진영이가 창문 밖을 내다보니 웬 지프 한 대가 현관 앞으로 들어와서 멈추었다. 잠시 뒤에 육군 소령 배지를 단 군인 한 사람이 차에서 내려 서류봉투를 들고 현관문을 열고 사무실로 들어왔다. 그는 현관 쪽에 앉아 있는 직원에게로 와서 진영이를 찾았다.

"강진영 씨가 여기 계십니꺼?"

진영이가 자기를 찾는 군인을 보고 다가가서 자세히 살피고는 깜짝 놀랐다. 그는 바로 죽전에 살던 김현수 형이었다.

"아이고! 이기 현수 성님 아인기요? 이기 얼매만입니꺼?"

"그래, 오랜만일세."

"성님이 고등고시 합격허고 나서 군법무관이 됐다는 소식을 아재헌티 들어서 알고 있었습니더. 인제 보니까 그 말이 진짜내요이. 참말로 반갑십니더."

"동숭도 잘 지냈는가? 동숭이 이번에 후방요원이 되고 나서 고전면에서 헌 일은 아부지헌티 들어서 잘 알고 있네."

"그 이야기는 찬차이 허시고 우시내 면장님헌티 인사부터 드리고로 허시지요."

진영은 현수와 같이 면장실로 들어가서 면장에게 현수를 소개했다.

"면장님, 전번에 우리 고전면에서는 처음으로 고등고시에 합격헌 현수 성님입니더."

진영이 현수를 소개하자 현수는 공손히 인사를 올렸다.

"면장님, 안녕허십니꺼? 제는 죽전에 살던 김현수입니더."

"아이고, 그래 이 사람이 죽전에 사시는 김경필 씨 자제분 아니신가? 자네 소식은 고전면에서 모르는 사람이 읎재. 군 업무도 바뿌실 낀디 이러코롬 고향을 찾아 준깨로 참말로 고맙네이. 어서 자리에 앉으시게."

"면장님, 말씀은 고맙십니더마는 제가 사무에 좀 바빠서 진영이 동숭허고 잠깐 이야기 좀 나누고 가겄십니더."

"아, 그래요? 바뿌모 그리 해야재. 강 계장 퍼뜩 같이 요 앞에 나가서 요기라도 좀 해 드리게."

"예, 면장님, 그리 허겄십니더."

진영은 현수와 같이 면사무소 앞에 있는 주막으로 들어갔다.

"아적 점심도 안 자셨지예? 아지매, 여거 퍼뜩 밥 한 상 차려 주이소. 그라고 우시내 막걸리부텀 한 잔 갖다 주이소이."

두 사람은 주막 아주머니가 차려 주는 밥상을 마주하고 앉았다.

"성님, 참말로 대단헙니더. 우찌 그 에롭운 고등고시에 다 합격했십 니꺼?"

"동숭도 참 내, 그래 싸모 내가 부끄럽다 아인가 배."

"성님은 군대 일로 여러 가지로 바뿔 낀디요. 우찌 여기 면사무소꺼 지 다 들리셨십니꺼?"

"요 앞전에 지리산 피아골에서 우리 국군이 빨치산을 몇 명 생포했 다네. 그 빨치산 군사재판 땜에 구례로 출장 왔다가 고향에 잠시 들린 길세."

"하이튼 성님이 군법무관으로 금의환향 했씽깨로 아재 소원이 다 풀 맀겄네요. 진심으로 축하헙니더."

"동숭, 공치사는 그만 허시게. 그런디 이번에 동숭이 우리 고전면 좌 익인사들을 다 용서했담시로?"

"우리 아부지 명도 있고, 지방유지들 허고 의논해서 그리 했십니더."

"참 동숭도 대단허네이. 우찌 그런 너그러운 생각을 다 했일꼬? 지소 진송이 성님이 치안대 놈들헌티 고문을 당해서 시방도 고생이 이만저만이 아이라쿠던디. 내가 미처 병문안도 못 드렸네. 그래 시방은 좀 어떤가?"

"말도 마이소. 허리를 크게 다치고 갈비뼈도 몇 개 뿔라지고, 허벅지 뼈가 들나도록 몽둥이에 맞아서 옴짝달싹 못 허고 계십니더."

"무작헌 놈들, 성님이 무신 죄가 있다고 그러코롬 사람을 반송장으로 맨딜아 놨단 말이고? 천벌을 받을 놈들이지. 그래 다친 곳 치료는 잘허고 계신가?"

"여는 병원도 읎고, 조약 치료뿐이 더 허겠십니꺼? 성님허고 우리 큰성님허고는 친형제맨키로 참 친허고로 지냈지예. 하이턴 우리 성님 걱정을 해 주셔서 고맙십니더."

"그런디 그러코롬 성님이 당헌 걸 보고도 우찌 그놈들이 용서가 되던가?"

"우리 아부지 명인걸 어쩝니꺼?"

"허기사, 월운 아재 아이모 그리 통 큰일을 헐 수 있었겠는가? 내는 평소에도 상생이 젤로 중요허다고 생각했는디, 이번에 월운 아재허고 동숭이 좌익을 용서헌 걸 본깨로 정말 존경스럽네."

"성님헌티 칭찬을 들은깨로 기분은 좋십니더. 그런디 내는 지금도 우리 큰성님이 뼈마디가 쑤시서 신음허는 소리를 들으모 분이 안 풀립니더."

"그래, 자네 심정이야 오죽허겠는가?"

"우리 아부지 엄명이 없었이모 시방 당장 방깨 종세 그놈의 다리 몽뎅이를 뿌질라삐고 싶은 맴이 꿀떡겉십니더. 그건 그렇고예. 성님, 하동군 치안대장을 했던 이만성이라 쿠는 사람 잘 알지예?"

"알다마다, 재작년 여름에 우리 집에서 서로 공산주의 사상에 대해서 한바탕 논쟁을 벌이고는 서로 의견이 안 맞아서 갈라섰다네."

"그런 일도 있었십니꺼?"

"하모, 그때 내가 그 선배님헌티 동양 음양 사상의 상대적인 가치와 무위자연無爲自然의 도가 정신도 현대사회에 중요헌 정신적 소양이 될 수 있다고 그리 말씀 드렸는디도 막무가내더마. 그런 좌익인사들은 한번 공산주의 사상에 빠지모 도저히 못 헤어 나오는 거 겉네."

현수는 이만성과 과거에 얽힌 정 때문에 아직도 그에 대한 경칭을 쓰고 있었다.

"그 사람들은 공산주의 사상이 머시라고 조상 신주 모시듯이 그리 허는 긴디요?"

"내 생각에는 아매도 자기들헌티는 공산주의 사상이 이 세상의 최고 진리라고 믿기 땜에 평생 그 속에 갇혀 산다고 보네. 비유를 허자모 우물 안에서 진리를 캐는 개구리 겉은 사람들일세."

"우물 안에서 진리를 캐는 개구리라고요?"

"그렇다네, 제 딴에는 진리를 캔다고 자꾸 우물 밑으로 파고들어 가지만 그럴수록 자기 눈에 비치는 우물 바깥세상은 자꾸 좁아 보이지 않겠는가?"

"관중지천인 셈이네요."

"허허, 그래, 그 말이 딱 어울리는 말일세. 그런데 자네, 혹시 중국소설 중에 서유기라는 책을 읽어 봤는가?"

"아니예, 아적 안 읽어 봤십니더."

"그 소설에 보모 손오공이 제 잘난 재주만 믿고 감히 석가여래헌티 싸움을 건 대가로 오행산이라 쿠는 바위산에 오백 년 이나 갇혀 살았다네. 내 생각에 이 선배님이 진리를 캐고 있는 그 우물 벽은 아매도 오행산의 바위벽보다 더 단단헐 거 겉다는 생각이 드네."

"그 사람 마음속에 있는 사상의 벽이 그만치 뚜껍다는 말이네예? 그래서 공산주의 사상에 한 번 빠진 사람은 절대로 못 빠져나오는 기네요."

"맞는 말이네."

"그러모 그 사람들이 그런 오행산에서 빠져나오는 길은 없는 깁니꺼?"

"내 생각에 스스로 빠져나오기는 에롭지만 꼭 빠져나오는 길을 찾을라 쿠모 온고지신의 정신으로 심문審問보담 박학博學허모 도움이 될 끼라 보네."

"그기 무신 뜻입니꺼?"

"과거 우리 역사를 통찰해서 우리 문화와 전통에 대헌 자긍심을 가지고 국제정세와 미래 세계를 개방적인 자세로 탐색허모 다양허고 창조적인 세계관을 가질 수 있지 않을까 허는 생각일세."

"공산주의자들이 미래에 대헌 그런 개방적인 자세를 갖출 수 있을지가 문제겠네요."

"그래서 우리나라의 미래가 캄캄헐 뿐이네."

현수는 이만성의 경우를 보면서 좌익 사상가들이 지닌 외연의 벽이 얼마나 견고한지를 새삼스럽게 느끼고 입가에 쓸쓸한 미소를 지으며 말했다.

"시방 우리 민족이 치르고 있는 지옥 겉은 이 전쟁도 그런 허황된 몽상가들이 온 세상을 자기들 세상으로 맨딜아 볼 끼라고 일으킨 전쟁일세. 자기들 딴에는 노동자 해방전쟁이라고 쿤다는 구마. 허, 참, 기가 차서…"

현수는 어이가 없다는 듯이 혀를 차고 나서 술잔을 들이켰다.

"민심이 천심인 거를 그자들이 언제나 깨달을지 모르겠네요. 아 참, 그거는 그렇고요. 이만성이 그 사람이 내 큰성님허고 친동서다 아입니꺼?"

"맞네, 그런디 그 치안대장이 너 집에 피신해 왔담시로?"

"예, 맞십니더. 성님, 그런디 치안대장 그 사람 참 피도 눈물도 없십니더."

"와 무신 일이 있었는가?"

"아! 글씨, 얼매 전에 고전면뿌이 아이고 금남면 갈사서 공산당 놈들이 죄없는 우익인사들을 마구 잡아 직있다 아입니꺼?"

"그 소문은 내도 들었네."

"그때 우리 큰성님이 그 소문을 듣고 하도 겁이 나서 치안대에 들어가 화를 면해 볼 끼라고 하동 치안대로 이만성 치안대장을 찾아갔답니더."

"그래서?"

현수는 무슨 짐작 가는 것이 있는 것처럼 물었다.

"우리 성님 딴에는 그 사람을 친동서 믿고 자기를 치안대에 넣어서 목숨을 살려달라고 통사정을 했답디더."

"그 선배가 그런 청을 들어줬을 리가 만무헐 낀다…"

"말도 마이소, 그 사람은 성님 부택이를 들어주기는커녕 데따[46] 고전면 치안대장을 무작헌 종세 놈으로 바까 갖고 바로 우리 큰성님을 잡아들이라 불호령을 내렸답니더."

"능히 그리 헐 위인일세."

"그래 갖고 종세 그놈이 우리 큰성님헌티 모진 고문을 해서 시방 사경을 헤매고 있다 아입니꺼? 그래 놓고는 자기도 목숨이 위험해진깨로 뻔뻔시럽고로 염치 불구허고 큰집으로 피신 왔다 아입니꺼?"

"그런 사람들헌티 염치가 있을 리 있겠는가? 그런디 고래 쌈에 새우 등 터진다쿠더이… 그놈우 사상이 뭣인지 진송이 성님 겉은 생사람을 잡아 족친단 말인가? 우리나라서 진송이 성님맨키로 억울허기 당허는 희생자가 어디 한둘이겠는가?"

"우리 큰성님은 순전히 공산주의자들이 일바씬 그 씰디없는 전쟁 땜에 반신불수가 된 깁니더. 그런디도 우리 아부지는 절대로 보복허모 안된다 하시니 답답해 미칠 지경이지예."

"그렇것재이. 그래도 월운 아재 심정이 오죽허겠는가? 아재는 참 대단헌 분이네. 자기 자속이 그리 당했는디도 그 사람을 거둬 주는 걸 보모… 그런디 그 선배가 요새는 우찌 지내고 있는고?"

"볼씨 행방불명된 지 제북 뎄십니더."

"그래? 그렇다 쿠모 그 사람은 아매 틀림없이 빨치산에 들어갔일 걸세."

"와 그리 생각허는디요?"

---

46) 도리어

"그 선배님은 죽을 때꺼지 자기가 생각허는 진리의 지상낙원에서 못 벗어날 걸세."

"그 사람이 생각허는 진리의 지상낙원이 먼디예?"

"공산주의자들이 반드시 이루어진다고 확신허는 노동자들의 지상낙원인 공산주의 세상일세."

"그거는 허황된 꿈 겉은 세상 아입니꺼?"

"맞는 말이네. 그들은 그런 세상이 오는 거를 보리 씨가 썩어야 새싹이 나서 보리가 대량으로 번식허는 현상으로 보고, 자기들이 원허는 새로운 세상을 건설허기 위해 목숨도 초개겉이 버리는 지독헌 사람들이네."

"그 사람들이 그리 지독헙니꺼? 그러닝깨 공산주의자들이 우리 남한도 공산주의 맨딜 끼라고 목숨 걸고 이 전쟁을 일으켰단 말입니꺼?"

"자네 말이 맞네. 그래서 그 사람들은 우리나라를 적화통일을 헐라꼬 이 전쟁을 일바씨서 수많은 사람들 목숨을 뺏아 삐고 재산을 다 파괴해 놓고도 조금도 죄의식을 느끼지 않는다네."

"허, 참, 그러모 우리 큰성님은 그런 전쟁 통에 그만 썩은 보리 씨 신세가 되고 말았네예? 그런디 공산주의자들이 뭐가 잘났다고 앞날이 창창헌 우리 큰성님 같이 멀쩡헌 사람을 잡아서 마구 직이는디요?"

"그거는 공산주의 사상이 세계각지로 전파됨시로 더 숭악허고로 변질돼서 그런 것이네."

"그기 무신 말인디요?"

"태풍이 발달허는 현상을 예로 들모 이해가 갈 걸세."

"태풍요?"

"원래 태풍이 생기날 적에는 약헌 바람이었지 않은가? 그러다가 주위의 바다에서 힘을 얻어 그 세력이 점차 커지서 큰바람과 폭우를 동반허는 세력으로 발달허지 않는가?"

"예, 그런 걸로 알고 있십니더."

"문화나 종교나 사상도 비슷한 현상을 보이지. 원래 마르크스는 영국에서 대규모 공업발달로 자본가가 생기고 그 폐단이 심해지모 공산주의로 발전헌다고 주창했네. 그런디 그 사상이 후진 농업국으로 전파되면서 극단적인 사상으로 변질되고 영향력도 커진 게지."

"그러모 공산주의가 먼첨 생긴 영국에는 공산주의자들이 별로 읎고 그리 무작시럽지도 않다 이 말입니꺼?"

"맞네. 마르크스는 자본주의가 발전해서 그 모순이 극한 상황에 이르모 공산주의로 발전헌다고 했네. 그런디 현재 가장 자본주의가 발전헌 유럽이나 미국서는 공산주의가 발전헐 기미도 안 보이고 있다네."

"그러닝깨 자본주의로 발전허지도 못헌 쏘련서 엉뚱허고로 공산주의 혁명이 먼첨 일어났다 이 말이네요?"

"그렇지. 그럼시로 공산주의 사상은 더 극단주의로 변질되어 우리나라로 들어온 길세."

"쏘련서는 공산주의가 우찌 변질 됐는디요?"

"쏘련서 무장봉기로 볼셰비키 혁명을 일으킨 레닌은 자본가에 더해서 자본주의와 별로 상관도 읎는 지주와 황제, 귀족, 부르주아를 가해자로 몰아 처단했다네. 이거는 마르크스 이론허고 다르단 말일세."

"그러닝깨 레닌이 공산주의 이론을 변질시킨 기네예?"

"맞네."

"그런디 북한에는 자본가뿐이 아이고 황제도 읎고 귀족도 부르주아도 읎다 아입니꺼?"

"그렇재. 그런디 북한 김일성이는 또 인민재판으로 자본주의허고 아무 상관도 읎는 지주나 부자와 유산자, 친일파뿐이 아이고 당에 충성허지 않는 사람, 심지어 인민회의서 자기편이 아니라는 이유로 반동분자로 판명된 사람들을 마음대로 처단허고로 해 줬다네."

"그러닝깨 공산주의가 완전히 극단적으로 변질됐다 이 말이네예?"

"그렇지. 북한에 들어온 공산주의는 마르크스 공산주의허고는 상구[47] 거리가 멀어졌다 이거지."

"예, 인제 잘 알겄십니더. 그런디 북한 공산주의자들이 돈 많은 부자나 지주허고 경찰을 처단허는 거는 이해가 가는디요. 친일파는 그들허고 무신 원수가 졌다고 씨를 밀릴라 쿠는 깁니꺼?"

"동숭은 그 이유가 머시라고 생각허는가?"

"일제 때 친일파들이 우리 민족에게 극심헌 고통을 주었고 또 우리나라 철천지원수 일본에 충성헌 매국노라꼬 그러는 거 아입니꺼?"

"물론 그런 점도 있네만 진짜 이유는 따로 있네."

"그기 뭔디예?"

"공산주의자들은 일본이 자기 나라 땅덩이를 넓힐라고 우리나라를

---

47) 훨씬

침략헌 기 아니고 식민지로 맨딜라꼬 침략했다는 걸세."

"성님, 그래도 그 말은 맞는 말 아입니꺼?"

"물론 그렇지만 사실 우리나라는 자원이 부족한 나라일세. 그런 우리나라를 일본이 식민지로 삼기 위해 찬탈했다는 것은 제국주의 역사 발전의 논리에 잘 맞지 않는다네."

"그렇십니꺼?"

"일본이 우리나라를 강제 합병시킨 것을 임진왜란과 같은 역사적 사실에 비추어 보면 오히려 일본이 동양의 맹주가 되고 싶어 하는 패권주의적 탐욕이 더 큰 원인이었을 걸세."

"그거는 그렇네예."

"그런데도 북한 공산주의자들은 우리나라 역사를 공산주의 발전사의 관점에서 보고 있다네."

"일본이 제국주의가 될라고 우리나라를 식민지로 맨들었다 이 말입니꺼?"

"그렇다네, 자네는 역시 이해가 빠르군. 그리고 그들이 유독 친일파를 강력히 처단허는 이유를 말해 보겠네."

"예, 제는 그기 궁금헙니더."

"그러닝깨 그들이 생각허는 국가권력은 노동자를 착취허는 자본가의 권리를 보장해 주는 세력이라 캐서 철저히 배격허는 입장일세. 그래서 그들은 애국심이나 충효 정신은 인민을 국가권력에 순응허고 자본주의에 필요헌 순종적인 근로의식을 조장허기 위해 불평등의식을 고착시키는 제국주의나 유교적 잔재라꼬 해서 금기시 헌다네."

"아, 그렇십니꺼? 그러모 공산주의자들은 강헌 애국심으로 매국노 친일파를 단죄허는 것보다는 인민의 적인 일본 제국주의에 충성헌 반동분자를 처단허는 기 더 큰 목적이라 이 말입니꺼?"

"딱 맞는 말이네. 그놈들은 이 전쟁을 겉으로는 민족 통일을 위헌 전쟁이라고 허지만 실제로는 공산주의 세력을 팽창시키기는 데 혈안이 되어 한반도에서 미 제국주의 세력을 몰아내려고 일으킨 민족상잔의 전쟁일세. 그래서 그놈들은 이 전쟁을 노동자와 농민들의 해방전쟁이라 쿠는 기네."

"예, 알겠십니더. 그렁깨로 그놈들은 우리의 독립정신이나 주체성을 해친 매국노를 처단허는 기 아이고, 공산주의 세상 맨딜 끼라꼬 무식헌 사람들헌티 법을 맽기서 제국주의에 충성헌 친일파를 마구 처단허는 기네요?"

"맞네. 북한 공산주의자들은 친일파만 직이는 기 아이고 자본가도 없는 남한을 공산주의로 맨딜라고 우리 삼천만 민족을 온통 전쟁의 재앙 속으로 빠뜨리고 있는 것일세."

"아이구! 북한 공산당 놈들이 허는 행우지를 생각허모 치가 떨리네요. 그런디 그런 무작시런 공산주의자들이 일본도 아이고 와 우리나라서 그리 활개를 지는디요?"

"그거는 우리나라 사람들이 일본 식민지지배를 받음시로 우리 역사와 전통, 문화에 대헌 주체성이 약해진 탓도 있네."

"그러모 주체성이 강헌 일본서는 공산주의자들이 대놓고 설치지는 못 허겠네요?"

"왜정 때 보지 않았는가? 공산주의자들이 어디 끽소리나 허던가? 시방도 마찬가질세."

"그러고 보니까 우리나라 사람들이 주체성이 역헌 빈틈으로 공산주의자들이 침투헌 기네요."

"그렇지. 그리고 그들은 돈도 별로 읎는 부자들 재산을 빼앗아 서민들헌티 공짜로 나누어 주는 구세주 행세 험시로 지상낙원 맨딘다고 거짓 선전허고 있네. 그런디도 국민들이 속아 넘어가니까 주 맘대로 설치는 것일세."

"우리나라 서민들이 그놈들의 거짓 선전에 속아 부재들 재산 공짜로 차지허모 잘 살기 될 거로 믿는다 이 말이네예."

"그런 셈이지, 그런디 우리나라 부자들 재산이 얼매나 된다고 그걸 여러 서민들이 갈라서 차지허모 그들 몫이 얼매나 되겠는가?"

"맞네예, 우리나라 부자들이 일본 식민지배 받고 삼시로 재산을 모았이모 얼매나 모았겠십니꺼?"

"그렇다네, 그래서 우리나라에는 공산주의자들이 궤멸해야 헐 대상인 대자본가도 없었다네. 그러고 부자들 재산을 뺏어 서민들에게 갈라 주는 경우를 동굴 속에 있는 새미[48]물에 비유허모 설명이 쉽겠네."

"새미 물요?"

"그렇네. 부자들이 차지헌 재산을 새미물이라 생각해 보게. 공산주의자들은 부자들이 동굴 속 새미를 독차지허고 자기들 맘대로 물을

---

48) 샘

물 쓰듯이 쓰고 있다고 비난험시로 자기들이 가난헌 사람들을 위해 이 새미를 뺏아 골고루 나노 주겠다고 선심 쓰듯이 선전허지."

"그러모 그거는 가난헌 사람들헌티는 좋은 거 아입니꺼?"

"그런디 그기 함정이라는 걸 서민들이 잘 모르는 기 탈이재."

"함정요?"

"그렇네. 새미물이 공짜라는 말에 속아 한꺼번에 많은 사람들이 새미가로 모여들모 새미서 나는 한정된 물로 감당이 되겠는가?"

"그래서 결국 물이 모지래서 거기 모인 사람들이 다 목마르게 된다 이 말입니꺼?"

"그렇재. 그런디 그보다 더 무서운 일은 사람들이 새미가로 들어가는 순간 동굴 속에 갇히게 되고 만다는 게지."

"와 그리 되는디요?"

"가난헌 사람들헌티 동굴 밖에 나가모 물을 안 준다고 위협험시로 자기들은 오직 가난한 사람들을 위해 물을 반드시 골고루 나눠 주겠다고 그들을 안심시키지. 가난한 사람들은 그들의 말에 속아 목말라 죽을 고생을 하면서도 그곳이 지상낙원인 줄 알고 살게 덴다는 길세."

"우신애 묵기는 꼬깜이 달다 쿠더마 그 말이 꼭 맞는 말이네요."

"그래 놓고 그들은 자기들이 공산주의를 건설허는 정의의 사도 행세를 험시로 동굴 밖에 있는 사람들을 자기편이 아니라고 무식헌 사람들 손을 빌리 처단허는 기 인민재판이고, 전쟁으로 궤멸실라 쿠는 기 노동자 해방전쟁일세."

"제는 공산주의가 그러코롬 무서운 건지 미처 몰랐네요. 성님 말을 들고 봉깨로 치안대장 그 사람이 우리 큰성님을 저 지경으로 맨딜아 놓고도 뻔뻔시럽고로 우리 큰집에 피신헌 그 사람 심보를 알만 허네요."

"공산주의자들의 본색이 뭣인지 이해가 가재? 그 사람들은 공산주의를 맨딜어서 노동자들을 구헌다는 거는 핑계고, 실은 자기들이 권력을 잡는 기 더 큰 목적일세."

"예, 아이고! 불쌍헌 우리 성님!"

진영은 지금도 방안에 드러누워서 참을 수 없는 고통에 신음하고 있을 큰형님 생각이 나서 눈물이 핑 돌았다. 현수는 진영의 마음을 눈치채고 화제를 돌렸다.

"동승, 월운 아재가 그런 무작시런 사람들을 다 용서허고 선행을 베풀었는디 진송이 성님도 곧 쾌차 안 허겠는가? 심지를 단디 묵고 치료를 잘해 드리게."

"예, 성님, 말씀만 해도 고맙십니다."

"그런디 참, 동승, 면서기가 헐만 헌가? 인제 공학도로서의 꿈은 접은 긴가? 이 말일세."

"성님, 이 난리 통에 성허고로 남아 있을 공장이 어디 있겠십니꺼? 그거는 전쟁이 끝난 뒤에 생각해 볼 일이지예."

현수는 진영과 점심을 먹고 나서 지프에 몸을 싣고 피아골에 있는 빨치산 토벌대 주둔지로 향했다. 현수는 지프가 자갈이 깔린 신작로 위를 덜컹거리면서 달리는 차창 밖에 펼쳐진 고향 산천을 바라보며 곰곰이 생각해보았다.

유럽에서 마르크스가 일으킨 회오리바람이 여기 하동까지 불어와서 갈사의 용덕부락에서는 죄 없는 주민들을 수십 명이나 떼죽음을 시켰다. 그리고 평소에 친형님처럼 사귀어 오던 진송이 형님에게 고문을 가하여 사경을 헤매는 고초를 겪게 했다.

현수는 평화롭기만 하던 고향에서 왜 이런 일이 일어나야 했는지 생각할수록 마음속 깊은 곳에서 진한 울화가 치밀어 올랐다. 현수가 탄 지프가 전도를 지날 때 보슬비가 내리기 시작했다. 신방촌의 작은 고개를 넘으니 신작로 밑으로 옥같이 푸르게 흐르는 섬진강이 보이고 강 건너 전라도의 오사리 들판과 옹기종기 솟아 있는 산들이 아름다운 풍경으로 다가왔다.

섬진강 북쪽 저 멀리 매부리코같이 생긴 백운산이 보슬비를 맞으며 측은한 자태로 주변 산천을 내려다보고 있었다. 현수가 탄 지프 차창에 맺힌 빗방울이 현수의 착잡한 심정을 아는지 사랑에 상처 입은 여인의 두 볼에 흐르는 눈물처럼 줄줄이 흘러내리고 있었다.

현수는 석교 앞의 돌미강을 건너서 신작로를 따라 달리다가 비파삼거리에서 방향을 돌려 쇠고개로 올라갔다. 작년에 벌어졌던 쇠고개 전투 현장을 둘러보고 싶었기 때문이다.

현수가 지프에서 내려 적량 북쪽의 181고지 주변을 살펴보았다. 산등성이의 이곳저곳에 폭격으로 파인 구덩이들이 벌건 황토를 드러내고 널브러져 있었다. 그리고 소나무들이 뿌리째 뽑혀서 나뒹굴거나 가지가 찢어진 채 앙상한 모습으로 서 있었다. 현수는 자기 주변에서 아직도 포탄 터지는 소리와 총 쏘는 소리, 피아간의 장병들이 피를 흘리고 싸우면서 비명을 지르는 소리가 들려오는 것 같았다.

그리고 산골짜기에서는 병사들이 흘린 피가 개울을 붉게 물들이고, 시체 썩는 냄새가 천지를 진동하고 있는 것 같은 착각에 빠졌다. 현수는 끔찍한 광경을 상상하다가 너무도 두려워 자기도 모르게 온몸을 파르르 떨었다. 현수는 하동의 고향 산하가 폭격으로 마구 파헤쳐진 모습을 보고 마치 자신의 피부에 생긴 갈기갈기 찢어진 상처로 온몸이 극심한 고통에 빠져드는 느낌이 들었다.

현수는 머리 위에서 아무런 의미도 없는 전쟁에 휘말려서 헛되이 죽어간 피아간의 젊은 장병들의 영혼이 구천을 떠돌며 비명을 지르는 소리가 들리는 듯하였다. 현수는 마음속으로 절규했다.

"도대체 이 전쟁은 누구를 위한 전쟁인가? 한 사람의 몽상가가 일으킨 회오리바람 때문에 내 고향 산천에서 벌어진 전장에서 헛되이 사라진 수많은 젊은 영혼들에게 어떤 위로의 말이 통하겠는가?"

업보^{業報}

적량국민학교 앞에 있는 너른 들판에서는 벼 이삭이 누렇게 익어 가고 있었다. 적량면에서 공산당이 물러난 지 얼마 안 되어 적량국민학교 교문 앞에 낯선 부부가 나타나 풀빵을 구워서 하교하는 어린이들에게 팔고 있었다.

남자는 벙거지를 눌러 쓰고 풀빵 틀에 장작을 쪼개 넣고 불을 피우거나 풀빵을 굽는 아내의 잔 일거리를 도와주고 있었다. 그는 늘 말이 없었으며 일을 하다가도 틈틈이 날카로운 눈초리로 주위를 둘러보며 지나가는 사람들을 살폈다. 그러다가 이상한 낌새를 느끼면 학교 옆길을 따라 관동마을 쪽으로 볼일 보러 가는 사람처럼 바삐 걸어갔다. 그러다가 으슥한 곳에 이르면 재빨리 숲속으로 몸을 숨기곤 하였다.

키가 조그만 부인은 서투른 솜씨로 밀가루 반죽을 만들어 빵틀에 붓고 단팥을 넣어 굽다가 아이들이 지나가면 어색한 미소를 띠며 빵을 팔았다.

그녀는 아이들에게 빵값을 계산할 때 더듬거리는 것으로 보아 예전부터 빵 장사를 했던 사람은 아닌 것 같았다. 벙거지를 쓴 남자는 이상하리만큼 경찰의 근무실태를 잘 파악하고 있는 것 같았다. 적량면 지서 순경이 순찰을 나갈 때면 그는 이 사실을 어찌 알고 있는지 어김없이 그의 모습이 보이지 않았다. 그리고 지서 순경이 불심검문을 할 때면 그런 정보를 미리 알고 있었는지 한 번도 검문에 걸리지 않았다.

적량국민학교 주변에 사는 사람들 중에 이들을 알아보는 사람은 별로 없었다. 이들 부부는 빵을 다 팔고 나면 학교 옆에 나 있는 신작로를 따라 관동마을로 갔기 때문에 관동 사는 누군가의 친척이 아닌가 하고 짐작하였을 뿐이었다. 그들은 바로 황봉삼 부부였다.

국군과 유엔군이 서울을 수복한 뒤에 금남면에 있던 인민위원회와 치안대가 해산되었다. 이때 용덕부락에서 활개를 치고 다니던 황가 집안 치안대원들과 그들에게 협조했던 사람들은 삼천포나 부산지역으로 배를 타고 야반도주하여 잠적했다.

황봉삼은 일가친척이 별로 없어서 황덕출의 가족을 따라 삼내에 있는 덕출의 외가로 급히 피신했다. 그러나 삼내부락은 용덕에서 그리 멀지 않은 곳이어서 안전한 피신처가 못되었다. 덕출은 봉삼과 의논 끝에 자기 가족을 외가에 남겨두고 자신은 부산에 있는 친척집으로 피신하기로 하고, 밤에 노량에서 배를 타고 부산으로 떠났다. 봉삼은 부산에 사는 친인척이 없어서 하는 수 없이 덕출의 외가 친척이 산다는 적량면의 관동부락으로 몸을 피하기로 했다.

봉삼은 피난생활을 하려면 아무래도 아내의 도움이 필요할 것 같아 한밤중에 몰래 용덕으로 다시 돌아갔다. 그리고 늙은 어머니와 아이들은 같이 다니면서 피신생활을 할 수가 없어서 그냥 남겨두고, 덕출이 어머니에게 가족들을 돌봐 달라고 부탁했다. 그리고 아내를 데리고 적량 관동으로 도망쳐 왔던 것이다.

적량면 관동마을은 해방 후부터 하동군 공산당조직을 주도했던 박승호를 비롯하여 좌익세력이 활발하게 활동했던 곳으로 6·25전쟁이 일어나기 전에 보도연맹으로 희생된 유가족들이 제법 살고 있는 동네였다. 그래서 경찰의 감시가 심한 곳이었는데 황봉삼 부부는 덕출이 소개한 집에 피신해 있으면서 경찰의 동태를 살피기 위해 풀빵 장수로 위장하여 빵을 팔고 있었던 것이다.

하동지역이 수복되고 나서 행정, 치안이 안정되어 가고 좌익세력의 색출을 위한 감시망이 점점 좁혀져 오자 봉삼은 불안해지기 시작했다. 봉삼은 밤이 되면 관동부락에 사는 공산당 지하조직원과 접촉하여 백방으로 안전한 피신처를 다시 찾고 있었다.

봉삼은 금남면과 적량면의 인근 지역에는 안전한 피신처가 없다는 것을 그의 동물적인 감각으로 판단했다. 그래서 그는 고심 끝에 백운산 일대에서 활동하고 있는 빨치산에 들어가기로 결심했다.

봉삼은 관동에서의 생활을 정리하고 백운산으로 가기 며칠 전에 관동에 사는 빨치산 연락책을 만났다. 그가 전하는 말로는 이틀 뒤에 백운산에서 활동하고 있는 빨치산 부대가 야밤을 이용하여 금남면 일대로 침투하여 민가 기습작전을 개시한다고 했다.

봉삼은 연락책에게 자신이 금남면 일대의 지리와 조수 흐름을 가장 잘 알고 있어서 자기의 안내를 받으면 작전상 큰 도움이 될 것이라고 말했다. 그러니 자기도 이번 작전에 꼭 동참할 수 있도록 신신당부했다.

봉삼에게는 아직까지 한 가지 해결하지 못한 일이 남아있었다. 그것은 자기와 일제 때부터 감정의 골이 깊었고, 조금너리에서 문세경이 아내와의 간통 문제가 터졌을 때 문수필과 의논하여 동네매를 맞게 했던 전명길에 대한 복수였다.

봉삼은 백운산 빨치산이 금남면 서부지역으로 작전을 나가는 기회에 꼭 동참하여 복수해야겠다고 결심했다. 그리고 복수를 하고 나면 아내는 가족들을 위해 집으로 돌려보내고 자신은 백운산 빨치산에 들어가서 한 번 더 재기의 기회를 노리기로 작정했다.

봉삼이 연락책을 만난 이틀 뒤에 백운산을 근거지로 활동하고 있던 빨치산이 금남면 침투작전을 개시했다. 봉삼은 빨치산 연락책을 따라 관동 뒤의 소재를 넘어 신기마을 아래에 있는 섬진강 기슭으로 갔다.

날이 어둑어둑해지자 고깃배로 위장한 배 한 척이 소리 없이 강가로 다가왔다. 뱃사람과 연락책이 암호를 주고받았다. 봉삼은 연락책을 따라 재빠르게 배에 올라탔다.

배 안에는 어부로 가장한 빨치산 대원 십여 명이 날카로운 시선으로 사방을 경계하며 오늘 밤에 펼칠 작전을 의논하고 있었다. 연락책이 봉삼을 그들에게 오늘 길 안내를 맡을 사람이라고 소개했다. 그들 중에 대장인 듯한 사람이 봉삼에서 몇 가지 질문하고는 총을 다룰 줄 아느냐고 물었다. 봉삼이 고향에서 치안대에 들어가서 총을 다루어 보았다고 하자 따발총을 한 자루 건네주었다.

잠시 뒤에 빨치산 대장이 대원들을 모아놓고 봉삼에게 자기들이 확보한 이 지역에 사는 경찰과 그 가족, 그리고 공무원, 유산자들의 정보를 제시하며 이들이 사는 지역과 인적사항, 재산 정도, 빨치산들의 생필품으로 약탈할 가축과 식량 등에 관한 정보에 대해 자세히 설명하라고 지시했다.

봉삼은 먼저 주교천과 진정천 주변의 물길과 조수가 바뀌는 시간, 인근에 있는 마을의 지형 등에 관해 설명했다. 그리고 마음속으로 덕천에 사는 도가 주인 전명길에 복수할 기회가 온 것을 기뻐하며 먼저 그에 대해 일부러 과장해서 설명했다.

"맨 먼첨 덕천으로 올라가서 전명길이란 사람부텀 처리허고로 헙시더. 이 사람은 왜정 때 친일험시로 돈도 마이 벌었고 가난헌 사람들헌티 못된 짓을 밥 묵듯이 저지른 악질 분잡니다. 그라고 그 동네 안에 사는 친일경찰 가족들을 모두 처단허고로 헙시더. 그럼시로 필요헌 양석이나 소, 돼지허고 옷가지를 빼띨아 오모 될 낍니더."

봉삼의 말을 듣고 있던 대장이 날카로운 눈초리로 일행을 둘러보며 전라도 사투리로 다시 물었다.

"전명길이라는 사람이 유산자 반동분잔기여?"

"예, 맞십니다. 그놈은 왜정 때 술 도개 험시로 금남면에서는 돈을 젤로 마이 모았십니다. 그라고 그놈 아들도 일본 경찰질 험시로 인민을 억수로 괴롭힌 놈입니다."

연락책이 봉삼의 말을 거들었다.

"황 동무는 수령님에 대헌 충성심이 강헌 동뭅니다. 이 사람 말이 틀림없일 낍니다. 그러모 그다음은 어디로 갈 끼요? 황 동무."

"그다음은 진정학교로 가서 선생 놈들을 족치고 조금너리에 사는 문 순경 가족들을 처단해야 헐 낍니다. 그라고 …."

계속하여 봉삼은 이 일대에 사는 부자들이 사는 동네와 재산 등에 대해 자세히 설명해 주었다. 그런 뒤에 뱃전에 몸을 기대고 앉아 담배를 피우며 혼잣말로 중얼거렸다.

"전명길이 이놈, 전번에는 미꾸라지매이로 잘 빠져 나갔지마는 오늘 밤에는 꼭 본때를 뵈 주고 말끼다."

빨치산 대원들을 태운 배는 소리 없이 노를 저으며 썰물을 이용하여 강 하구를 향해 빠르게 떠내려갔다. 조금 뒤에 배가 신방촌 앞을 지날 때 초소 앞 나루터에서 총을 멘 지역경비대 청년 몇 사람이 횃불을 들고 불심검문을 하고 있었다.

"보소, 보소, 그 배는 어디 가는 배요?"

봉삼이 뱃전으로 나서며 큰 소리로 대답했다.

"이 배는 하동장에서 전어 팔고 시방 갈사로 가는 배요."

봉삼이 하동지역 사투리로 지명을 대며 말하자 보초가 의심이 조금 풀렸는지 말소리를 조금 낮추어 다시 물었다.

"그라모 장꾼들이 와 그리 조용헌 기요?"

그러자 봉삼이 술잔을 들어 램프 불빛에 비쳐 보이고 나서 술잔을 들이키며 말했다.

"아! 예, 모도 술에 취해 곯아떨어졌다 아이요. 우리가 갈사꺼지 갈라모 물 때가 바뿐깨로 퍼뜩 좀 보내 주이소."

"그러모 그 배에 탄 사람이 다 갈사 사람들이요?"

"예, 맞십니더. 다 갈사, 용덕 사는 뱃놈들입니더. 걱정 마이소. 우리도 빨갱이가 무섭아서 빨리 가야 되겠소."

검문을 하던 청년들이 빨갱이가 겁난다는 말과 봉삼이 사투리로 갈사와 용덕동네에 산다는 말에 안심되었는지 배를 세우지 않고 그냥 보내 주었다.

"그러모 조심해서 가이소. 빨갱이들 조심허이소이."

"예, 모도 수고허이소."

신방촌 아래에서 섬진강으로 흘러드는 작은 강이 주교천이다. 봉삼은 배를 주교천 하구로 몰도록 안내했다. 배가 주교천에 들어서자 썰물이 빠르게 흘러 내려와서 배가 강물을 거슬러 올라갈 수가 없었다. 그들은 하는 수 없이 배를 강가에 대고 뭍으로 내렸다.

그들은 뱃사공에게 조수의 방향이 바뀌기를 기다렸다가 밀물이 들어오면 배를 몰고 올라와서 계항마을 앞의 갈대밭에 숨어서 대기하도록 했다. 빨치산 대원들은 주교천을 따라 목적지를 향해 걸어서 올라갔다. 그들은 계항마을에 이르러 주교천의 지천인 진정천을 따라 조금 너리로 올라갔다.

하늘에는 달이 떠 있었지만, 비가 오려는지 구름이 끼어서 지척에 있는 사람의 형체와 밤길을 겨우 구분할 수 있을 정도의 밝기였다. 그러나 백운산 일대에서 활동하며 밤을 낮 삼아 걸어 다녔던 그들인지라 모두들 구름을 뚫고 내려온 희미한 달빛 속에서도 능숙하게 밤길을 걸어갔다. 그들이 걸어가는 길가에서 귀뚜라미와 풀벌레 우는 소리만 들려왔다. 그들은 한 줄로 서서 냇가를 걸어가다가 마을 가까이에 이르자 어둠 속에서도 눈빛이 살아서 날카롭게 번뜩였다.

봉삼은 진정국민학교 아래에서 빨치산 대원들을 신작로로 길을 안내하며 덕천마을로 걸어갔다. 덕천마을에 이르러 신작로 옆에 있는 주막 앞을 지나 골목길로 접어들었다. 그때 동남쪽 산 너머에서 갑자기 총성이 들려왔다.

그들은 깜짝 놀라 무의식적으로 재빠르게 몸을 낮추며 담벼락에 붙어 동태를 살폈다. 봉삼이 조심스럽게 고개를 내밀어 사방을 살펴보니 소송 쪽 고개 너머에서 여러 대의 자동차 전조등 불빛이 어지럽게 교차하며 밤하늘 위로 뻗쳐 나가는 것이 보였다.

그 불빛은 덕천 쪽으로 점점 가까워지고 있었다. 봉삼은 여러 대의 자동차가 노량에서 출발하여 이쪽으로 달려오고 있다는 것을 금시 알아챘다. 그들이 꼼짝 않고 주위를 살피고 있을 때 소송고개 너머에서 또 '따따따따, 따따따따 땅' 하고 총성이 들려왔다. 총소리는 따발총 소리와 소총 소리가 섞여서 들려왔다. 빨치산 대장은 직감적으로 자기 동지들과 군경 간에 교전이 벌어졌음을 감지하고 손짓을 하여 일행을 자기 곁으로 불러 모았다. 그는 목소리는 작았지만 날카로운 음성으로 말했다.

"으메, 노량 쪽으로 간 우리 동지들이 경찰 새끼들허고 교전이 벌어진 거 겉소이. 철수! 황 동무! 우리 동지들을 오던 길로 다시 인도허시오."

"예, 대장님, 잘 알겄십니더."

봉삼은 재빠르게 앞장서서 그들을 신작로를 따라 진정 쪽으로 안내했다. 그는 신작로를 따라 걸어가면서 전명길이에게 복수하지 못한 것이 분해서 아무도 모르게 어금니를 꼭 깨물었다.

'꽁 대신에 닭이라 안 캤나? 암캐도 진정학교 선생 놈들은 잘사니까 돈허고 시계 겉은 기 안 있겄나?'

봉삼은 빨치산 대장 곁으로 다가가서 자기 생각을 말했다.

"대장님! 노량서 경찰들이 이쪽으로 온다고 아무리 급해도 그냥 돌아갈 수야 있겄십니꺼?"

"그래, 황 동무헌티 무신 좋은 생각이라도 있는 기여?"

대장은 대원들의 철수를 감행하고 있는 급박한 상황임에도 침착하면서도 조그만 실수도 용납할 수 없다는 듯이 전라도 사투리로 날카롭게 질문했다.

"예, 대장님, 여디서 조금만 내려가모 진정국민학교가 있는디요. 거기를 습격해서 반동분자 선생 새끼들을 족치고 가모 안 데겄십니꺼?"

대장은 봉삼의 말을 듣고 잠자코 걸어가다가 무슨 결심이라도 했는지 명령조로 짧게 내뱉었다.

"좋소, 걸로 안내허시오."

진정국민학교에 근무하는 전경문 교사는 진주사범학교를 졸업하고 교직에 들어선 지 얼마 되지 않은 혈기왕성한 젊은 교사였다.

그는 학교 건너편 신촌에 있는 집을 나서서 휘파람을 불며 즐거운 마음으로 출근했다. 오늘은 학교에서 수요일 오후마다 실시하는 직원 체육이 있는 날이기 때문이다. 그래서 그는 아침부터 기분이 들떠 있었다. 그는 진주사범학교에 다닐 때부터 체육에 특기가 있어서 항상 체육을 좋아했다.

그가 첫째 시간이 되어 교실에 들어서자 70여 명의 제자가 교실 가득히 빽빽이 앉아서 똘망똘망한 눈빛을 반짝이며 그를 기다리고 있었다. 그는 젊은 데다가 이 학교에서는 유일하게 음악 시간에 아동들의 정서에 맞는 동요를 오르간으로 신나게 연주하며 가르치는 교사였기 때문에 학생들에게 인기가 대단했다. 그런데 그에게 더 신나는 공부시간은 국어 시간이었다. 그는 일제강점기에 진주사범학교에 입학하였다가 1학년 때에 해방을 맞이했다.

평소에 민족 자긍심이 강했고 일제에 대한 반항심이 컸던 그에게 조국의 해방은 그야말로 온몸에 전율을 느낄 정도의 기쁨이었다. 그래서 그는 사범학교에서 남은 학년 동안 국어공부를 더욱 열심히 하였고, 공부를 할 때마다 한글의 우수성에 감탄을 금할 수 없었다.

그는 국어 시간이면 우리 민족의 장래를 짊어질 후예들에게 우리의 글인 한글을 가르친다는 것이 자신의 꿈을 이루는 길이라 생각하고 열심히 가르쳐 왔다.

수요일 5교시를 마치고 잠시 업무를 보고 있을 때 직원 체육 시간을 알리는 마이크 소리가 들려왔다. 오늘 직원 체육 시간에도 평소처럼 배구를 했다. 직원 체육 시간은 전 교직원이 두 편으로 나뉘어 배구를 하면서 친목을 도모하고 그동안의 학교생활에서 쌓인 스트레스를 해소하는 시간이다.

전경문은 늘 중위센터 자리에 서서 수비를 전담했다. 대개 3전 2선 승으로 승부를 가렸지만, 흥이 나면 다시 시합을 더 하여 연장전을 하는 경우도 많았다. 첫판은 전 선생의 맹활약으로 자기편이 이겼다. 그러자 상대편에서 자기편의 실력이 기운다고 하여 팀을 다시 재편성하자고 했다. 그래서 배구를 잘하는 한 사람을 상대편에 넘겨주고 다시 시합하였는데 이번에는 전 선생 편이 졌다.

그리고 3회전에서는 전 선생 팀이 분발하여 근소한 스코어 차이로 이겼다. 오늘은 진 편이 다시 도전하지 않아서 서로 기분 좋게 직원 체육을 마쳤다. 잠시 후에 교직원들이 모두 교무실로 들어와서 학교 후문 옆 술집에서 차려놓은 음식을 먹으면서 환담을 나누었다. 남교사들은 주로 배구시합 이야기를 하면서 입씨름을 하였고, 여교사들은 자기들끼리 사생활에 관한 주제로 이야기꽃을 피웠다. 술 분위기가 익어가자 술이 얼큰하게 취한 전 선생이 자리에서 일어나 급사 아이를 불러서 심부름을 시켰다.

"끝판은 우리 편이 이겼으니 오늘은 우리가 이긴 깁니더이. 그래서 기분인디 제가 한턱 내겠십니더. 어이, 김 양, 요 앞 술집에 가서 술 좀 허고 사이다 몇 병 더 사 오이라."

그 말에 상대편이었던 진 선생이 말을 받았다.

"전 선생! 시방 뭐라 캤어요? 그쪽이 이겼다고? 다음 주에 한번 더 붙어 봅시더. 본때를 보여 줄 낀께로…. 그거는 그렇고 진정 전 부자 선생이 한턱 낸다 쿠는디 누가 말리겠나?"

그 말에 모두들 기분이 좋아서 한바탕 웃었다. 때는 시국이 한창 전쟁 중이라 교직원들은 낮은 보수로 인해 의식주 생활을 유지하기도 어려웠다. 어떤 때는 월급을 돈 대신 미국이 원조해 준 옥수숫가루나 저질 분유로 대신 지급해 주는 경우가 많아서 궁핍한 생활을 하고 있는 실정이었다.

그래서 대부분의 교사들은 부모의 도움으로 겨우 생활을 유지하는 경우가 많았다. 그런 중에도 직원 체육 후에는 십시일반으로 자비를 부담하여 회식 자리를 마련하는 경우도 있었다. 전 선생은 교사들의 이러한 실정을 잘 알고 있었기 때문에 부모의 유산이 많은 자기가 자진하여 한턱 쓴 것이다.

떠들썩하던 회식 자리가 파해지자 대부분의 교사들은 퇴근하고 대여섯 명의 남교사들이 남아서 숙직실에서 2차 후렴 잔치가 벌어졌다. 원래 술을 좋아하던 전 선생이 집으로 돌아가려 하자 남교사들이 같이 남아서 한잔 더 하자고 권했다. 그런데 전 선생은 그날은 어찌 된 셈인지 아침에 출근하기 전에 아내가 한 말이 자꾸만 마음에 걸렸다.

"보이소, 시방 쌀이 다 떨어졌는디예. 나중에 퇴근허고 나서 나락 가마이를 방앗간에 갖고 가서 방아 좀 찧어 오이소."

전 선생은 남교사들이 붙잡는 것을 뿌리치면서 우선 집에 가서 쌀 방아부터 찧고 나중에 다시 오겠다고 하고는 퇴근했다.

전 선생이 집에 와 보니 이미 머슴들이 나락 가마니를 지고 방앗간으로 가서 방아를 찧고 있었다. 그는 방앗간으로 가서 나락을 다 찧고 머슴들과 같이 쌀과 등겨를 지고 집으로 돌아왔다.

그는 집에서 아내가 차려놓은 저녁을 몇 숟갈 뜨고는 곧장 학교 숙직실로 향했다. 그의 집은 학교 앞 들판 건너편 가까이에 있는 신촌인데 잠시만 걸으면 학교에 도착할 수 있었다. 교문을 들어서는데 오늘따라 뭔가 이상한 예감이 들어서 소-산을 한번 쳐다보았다. 소-산 꼭대기 위의 하늘에는 구름이 끼어서 희미한 달빛이 스산하게 운동장을 비추고 있었다.

그는 자기도 모르게 고개를 가로로 저어보고는 다시 운동장을 가로질러 학교 건물을 돌아 숙직실이 있는 쪽으로 걸어갔다. 그가 학교 본관건물 모퉁이를 돌아 막 뒤뜰로 접어들려고 하는데, 숙직실 앞에서 갑자기 사람 고함소리와 함께 몇 발의 총성이 울려 퍼졌다.

"손들어! 탕탕탕, 이 선생 놈의 반동분자 새끼들아."

"으으윽! 사람 살려! 제발 좀 살려 주이소."

방안에서는 총에 맞은 사람이 있는지 숨이 끊어지며 내는 외마디 신음소리와 함께 목숨을 구걸하는 목소리가 들려왔다.

"너뜰 갖고 있는 돈이고, 시계고 다 내놔!"

숙직실에서는 선생들이 자기 호주머니를 뒤지는지 부스럭거리는 소리가 들려왔다. 전 선생이 건물 모퉁이로 조심해서 고개를 내밀어 살펴보니 숙직실 앞에 네댓 명의 빨치산이 따발총을 숙직실 안으로 겨누고 있었고, 방 문턱에도 빨치산 한 명이 총을 방 안으로 겨누고 서 있었다. 전 선생은 그 모습을 보고 깜짝 놀라 뒤로 몸을 숨겼다.

"이 새끼들이 뭘 꾸물대. 총알맛을 덜 봤어? 탕탕탕!"

선생들이 꾸물대는지 빨치산은 또 총을 쏘며 위협했다.

"으악! 제발 살려 주이소, 있는 거는 싹 다 내놓겠십니더."

전 선생은 또다시 들려온 총소리와 단말마의 끔찍한 비명소리에 너무 놀라 건물 모퉁이에 몸을 숨기며 주저앉아 버렸다. 그리고는 순간적으로 하늘이 캄캄해 오는 것을 느꼈다.

그는 몇 달 전에 전남, 곡성군에서 후방요원으로 근무했을 때 있었던 그 끔찍한 악몽이 다시 뇌리를 스치자 머리가 지끈거리며 아파 왔다. 그는 점차 머릿속이 몽롱해지며 정신을 잃고 말았다.

전 선생은 진정국민학교에 근무하다가 6·25전쟁 발발 후에 공산군이 하동 가까이 쳐들어오자 부산으로 피난했다. 그는 부산에서 피난 생활을 하던 중에 전지 상황을 알기 위해 경남도청에 갔다가 게시판에 붙어 있는 임시수도정부에서 전쟁 수복지역의 행정, 치안업무를 수행할 후방 필수요원을 모집한다는 공고를 보았다.

혈기왕성했던 그는 무언가 나라를 위해 일해 보고 싶은 심정에서 후방 필수요원 모집에 자원하였다. 그는 하동에서 온 강진영과 같이 후방 필수요원 양성교육을 마치고 고향에서 멀리 떨어진 전남의 곡성군에 파견되어 후방요원 임무를 수행하게 되었다.

전경문은 후방요원은 먼저 곡성군경찰서로 가서 소집 가능한 경찰관들을 긴급 소집하여 우선적으로 군민 치안업무를 수행하도록 지시했다. 그런 뒤에 곡성군청에 가서 군청직원들의 근무실태 파악과 수복

후의 상황을 점검하고 그동안 생존하여 그 지역에 살고 있는 군청직원을 소집하도록 했다.

전경문 후방요원은 곡성군에서 긴급한 업무를 우선적으로 처리하여 정상적인 행정업무수행이 가능하도록 제반 사항을 점검하고 준비했다. 그리고 전남도청이 있는 광주로 출장하여 도지사로부터 곡성군수와 경찰서장 및 각 면 면장을 비롯한 기관장들의 사령장을 받아왔다.

그런 후에 그는 각 기관장을 사전에 군청회의실로 소집하여 전남도청으로부터의 지시사항을 전달하고 각 기관장 취임식을 개최하기 위한 사전회의를 소집했다.

전 후방요원은 곡성군청 회의실에서 관내 기관장회의를 마치고 그날 저녁에 곡성군에 행정력이 복원된 것을 기념하기 위해 각 기관장들과 회식 자리를 마련하였다. 그는 사전에 군청 직원에게 지시하여 곡성에서 회식을 할 만한 곳을 미리 정해 두도록 하였다. 전 후방요원과 군내 각 기관장들은 군청직원의 안내를 받아 곡성에서는 제법 규모가 크고 음식이 깔끔하다는 춘풍관으로 들어갔다.

전 후방요원이 춘풍관에 들어서니 제법 규모가 큰 고색창연한 기와집에 모란이나 매화 등의 정원수가 잘 가꾸어진 정원이 있었다. 예전의 전형적인 전통양식의 한옥 기와집을 귀빈을 접대하는 고급 요정으로 개조한 집이었다.

전 후방요원과 각 기관장들이 점원의 안내를 받아 커다란 장판방에 세련된 자개 가구로 깔끔하게 장식한 손님방으로 들어갔다. 그곳에는 전라도 특유의 푸짐하고 정갈한 음식이 몇 개의 큰상 위에 미리 차려져 있었다. 일행은 음식상 주위에 놓여있는 꽃방석 위에 둘러앉았다. 뒤따라 예쁘게 단장한 요정 여종업원들이 각 기관장 옆에 앉아서 술잔에 고급 정종을 한 잔씩 따랐다.

전 후방요원의 사회로 먼저 곡성군수가 자리에서 일어나 인사말을 하였다. 우리나라가 아직도 북한 공산군과 전쟁을 치르는 중인데도 곡성군의 행정치안이 복원된 것을 기념한다는 말과 앞으로 군민을 위해 봉사하자고 하며 간단하게 인사말을 끝냈다.

곡성군수의 건배 제의에 따라 모두들 건배 구호를 외치고는 미리 채워져 있는 술잔의 술을 마셨다. 그런데 맨 먼저 술잔을 들이킨 토지 면장이 갑자기 그 자리에서 마신 술을 토하며 음식상 위로 푹 쓰러졌다. 이어서 옥과면장이 또 구토하며 쓰러졌다.

그 광경을 본 전 후방요원은 그들이 마신 술에 독약이 타져 있다는 것을 직감적으로 알아채고 앞뒤 가릴 겨를도 없이 즉시 권총을 빼 들었다. 그는 토지면장 옆에서 술잔을 따른 여종업원을 향해 총을 한 방 쏘았다. 그 여자는 그 자리에서 총에 맞아 즉사했다. 그는 잽싸게 자리에서 일어나며 다급한 목소리로 고함을 쳤다.

"여러분! 술잔에 독이 들었십니더. 술을 마시지 마이소."

그는 재빠르게 군수 옆에 앉아 있는 요정 마담의 목에 총구를 들이대고는 일갈했다.

"술잔에 독을 탄 년이 누구야? 네년이지? 바른대로 대지 않으면 네년도 이 총으로 쏴 직일 끼다."

그리고는 밖에서 경비를 서고 있는 경찰을 향해 소리쳤다.

"이봐! 보초! 여기가 공산당 아지트다. 철저히 경계태세를 갖차라."

경찰서장도 거의 동시에 권총을 빼 들고 요정 종업원들을 제압하고 나섰다.

"다들 꼼짝 마라. 움직이면 즉살하겠다."

전경문은 좌중을 향해 다시 침착하게 말했다.

"여러분! 술을 마시지 마이소. 다른 안주도 손대지 마이소. 음식에 독이 들었십니더."

경찰서장도 종업원들을 총으로 위협하며 요정 마루에 집결시켰다. 그는 다시 요정 마담에게 총부리를 겨누고 다그쳐 물었다.

"술에 독을 탄 사람이 누구야? 빨리 말하지 못해."

그러자 그녀는 아무 말이 없이 표정이 굳어지더니 입술 사이로 피가 새어 나오기 시작했다. 혀를 깨물어 자살 시도를 하고 있었던 것이다. 전 후방요원은 즉시 손으로 마담의 입에 손가락을 집어넣어 억지로 입을 벌리면서 주위에 도움을 청했다.

"여러분! 좀 도와 주이소. 이 년이 자살헐라꼬 헙니더. 내가 입을 벌릴 테니 수건으로 재갈을 좀 물려 주이소."

주위에 있던 기관장들이 그녀의 입에 억지로 수건을 밀어 넣어 재갈을 물리려고 하자 입안에서는 피가 범벅되어 입술 사이로 새어 나오고 있었다. 전경문은 억지로 재갈을 물린 뒤에 요정에서 밧줄을 구하여 마담을 꼼짝 못 하게 묶었다.

경찰서장도 종업원들을 다 제압하고 나서 사태를 살폈는데 다행히도 더는 공산당의 습격이 없었다. 전경문은 그제야 정신을 차리고 방안을 둘러보니 한 여자가 복부에 피를 흘리며 핏기가 없는 새하얀 얼굴빛을 하고 쓰러져 있었다. 그녀가 입고 있는 치마에는 시뻘건 피가 계속 배어들고 있었다. 그녀는 머리카락이 헝클어진 채로 피가 흥건히 고인 방바닥 위에 처참한 모습으로 죽어있었다.

전경문은 그 여자의 모습이 너무도 끔찍하여 온몸에 소름이 끼쳤다. 그리고 자신이 난생처음으로 사람을 죽였다는 죄책감에 온몸이 부르르 떨렸다. 그는 다시 정신을 가다듬고 경찰서장과 같이 춘풍관 마담과 종업원을 모두 연행하여 곡성경찰서에 구금하여 취조하도록 하였다.

'탕, 따따따따 따따따'

전 선생은 가까이서 들리는 총소리에 정신이 번쩍 들었다. 그는 아직도 학교 건물 모퉁이에 쭈그리고 앉아 있었다. 그는 크게 한숨을 들이쉬며 놀란 가슴을 진정시켰다. 학교건물 모퉁이에서 다시 조심스럽게 고개를 내밀고 숙직실 쪽을 살펴보았다. 숙직실 안에서는 사람들의 비명 소리가 들려오고 있었고, 문밖에는 빨치산들이 아직도 따발총을 들고 방 안에 있는 사람들을 위협하고 있었다.

"꼼짝 마, 손들고 베름빵으로[49] 붙어. 고개 수구리.[50]"

숙직실 안에 있는 사람들은 빨치산이 시키는 대로 하고 있는지 아무 소리도 들리지 않았다.

---

49) 벽으로
50) 숙여.

잠시 후에 빨치산 중의 한 사람이 방 안으로 들어가더니 부스럭거리는 소리만 들려왔다. 그는 방안에서 밖으로 나오며 방안을 향해 큰 소리로 말했다.

　"싸게 대가리 이불 속에 칵 처박아. 시방부터 세 시간 동안 꼼짝허덜 말어. 만약 신고허모 우리가 또 와서 따발총으로 다 갈겨 뿌릴 끼여. 살고 싶으면 꼼짝달싹허지 말랑께."

　그리고는 그들은 뚜벅뚜벅 후문 쪽으로 걸어 나왔다. 전 선생은 재빨리 후문 뒤 향나무 울타리 밑의 그늘에 몸을 숨겼다. 그들은 후문을 나와 희미한 달빛 속으로 사라졌다.

　전 선생은 빨치산이 사라지자 급히 숙직실로 달려갔다. 방 안으로 들어가 보니 피비린내가 진동하고 있었고, 방 한가운데에 정 선생과 진 선생이 쓰러져 이미 죽어있었다. 나머지 선생들은 더러는 피를 흘리며 이불을 뒤집어쓰고 있었고 방바닥과 벽에는 뻘건 핏자국이 어지럽게 묻어 있었다. 그는 먼저 죽은 정 선생과 진 선생을 흔들어 다시 살려보려고 애썼다.

　"아이고! 정 선생님, 정신 좀 차려 보이소, 진 선생님, 퍼뜩 일어나 보이소."

　그러나 두 사람은 아무 반응이 없었다. 그는 눈물을 흘리며 하는 수 없이 살아 있는 사람들에게 빨리 일어나라고 큰 소리로 말했다.

　"선생님들 빨리 일어나이소. 빨갱이들은 다 가고 읎십니더."

　전 선생은 이불을 끌어내면서 머리를 처박고 있던 선생들을 부축하여 일으켰다.

"제는 전 선생입니더. 인제 괜찮십니더. 정신 채리고 일어나이소."

그제야 정신이 든 교사들이 두려움에 입술이 새파랗게 질려서 휘둥
그레진 눈으로 전 선생을 바라보며 말했다.

"전 선생! 내가 살아 있는 기 맞나?"

"이 선생님, 살아 있는 기 맞십니더. 퍼떡 정신 채리고 다친 선생님
좀 살펴보이소."

전 선생이 살아 있는 네 명의 교사들의 몸을 자세히 살펴보니 김 선
생은 허벅지에 관통상을 입어서 피를 흘리고 있었고, 나머지 세 명은
비교적 가벼운 상처만 입은 상태였다.

전 선생은 교무실에 가서 응급 약품을 가지고 와서 부상이 덜한 교
사들의 도움을 받아 다친 교사들을 응급 처치하였다.

그는 급히 마을로 나가서 동네 사람들을 불러 시신을 수습했다. 그
리고 남은 부상자를 동네 사람들에게 부탁하여 날이 밝는 대로 계항
으로 메고 가서 배를 타고 하동에 있는 병원으로 옮기도록 하였다.

한편 봉삼은 빨치산 대원들을 진정국민학교로 안내한 뒤에 혹시 아
는 선생과 마주칠까 봐 교문 앞에서 망을 보고 있었다. 빨치산 대원들
이 숙직실을 습격하고 나오자 봉삼은 그들을 안내하여 곧장 신작로를
따라 걸어 내려갔다.

그들은 혹시 군경이 노량 쪽에서 추격해 올지도 몰라 시간이 급하여
조금너리 문 순경의 집을 습격하는 것은 포기하고 배를 대놓은 계항
마을로 내려갔다. 마을에 이르자 거침없이 마을 안으로 들어가서 황소

한 마리와 돼지 두 마리를 도살하고 곡식도 탈취하여 배에 싣고 섬진강을 건너 진월면 사평 쪽으로 사라졌다.

전 선생은 이 일로 지금까지 살아오면서 두 번이나 살인 현장을 목격하게 된 뒤로 잠을 자다가 악몽으로 깜짝 놀라 잠을 깨는 일이 더욱 잦아졌다. 이 두 살인 사건의 추억은 그를 평생 동안 악몽으로 시달리게 했다.

그는 이후로 교직 생활을 하는 동안 양심적으로 학생을 가르쳐야 하는 자신이 살인을 했다는 사실 때문에 남모르는 고충을 안고 살아야만 했다. 그는 이런 사실을 좀처럼 내색하지는 않았지만 절친한 지인과 술을 마시다가 술에 취하면 자신의 심정을 토로하기도 하였다.

그가 고향에서 가장 가까이 지내는 친구는 하동중학교에서 국어 선생을 하는 이충재였다. 그 친구의 집은 진정국민학교 근처에 있었다. 그는 친구가 토요일에 고향 집에 오면 밤이 새도록 술을 마시면서 회포를 풀곤 하였다. 오늘도 전경문의 친구인 이 선생이 진정에 왔다. 그는 저녁을 먹고 나서 친구 집을 찾았다. 두 사람은 예전처럼 술을 들이켜며 환담을 나누었다.

전 선생이 술이 얼큰히 취하자 친구를 보고 말했다.

"이보게, 충재, 자네 술 취했나?"

그의 친구가 대답했다.

"볼씨로 무신 술이 취해? 이 사람아."

"그러모 내 눈을 한번 자세히 좀 보게."

"와, 눈에 머시 찟나?"

"살인헌 사람은 눈동자가 다르다 쿠던디 내 눈이 그리 안 비나?"

"이 사람, 또 그 소리가? 인제 잊어버릴 때도 안 됐나?"

"그기 맘대로 안 되니까 괴롭지. 그래, 알았네. 술이나 드세."

그는 교직에 있는 동안 실력 있는 교사로 제자들의 존경을 받았으며 평탄하게 교장으로 승진하여 근무했다. 그는 부하직원뿐만 아니라 학부모들로부터도 신망을 받으며 교직 생활을 했다. 하지만 본인은 자신이 살인을 했다는 기억 때문에 평생을 아무도 모르는 악몽에 시달리며 살아야 했다. 그가 평소에 아무런 이유 없이 혼자 술에 만취하여 괴로워하는 이유를 아는 사람은 드물었다.

진송은 치안대에서 고문을 받고 반신불수가 되어 집으로 돌아온 지 다섯 달이 지나서야 겨우 바깥출입을 할 수 있을 정도로 건강이 회복되었다. 그는 그동안 죽을 고비도 몇 번이나 넘겼다. 허벅지에 뼈가 드러나도록 상처가 난 곳을 잔내 문 약국이 인두로 지져 치료했을 때 그 화독이 온몸에 퍼졌다. 그로 인해 그는 고통을 참지 못하여 몇 번이나 정신을 잃었다가 깨어나기도 하였다.

그리고 엉덩이에 곪은 상처를 대침大鍼으로 고름을 짜내다가 실신한 적도 있었다. 그런데 그는 똥물을 장복한 것이 효험이 있었던지 갈비뼈와 허벅지 뼈에 금이 간 곳이 제대로 아물어서 겨우 걸음을 걸을 수 있게 되었다. 그런데 그의 상처를 호전시키는 데 있어서 결정적인 역할을 한 사람은 중땀에 사는 막냇동생 진철이었다.

진철은 매일 아침 출근하기 전에 일찍 일어나 큰집에 가서 큰형의 상처를 과산화수소로 소독한 후에 머큐로크롬을 바르고 새 붕대로 갈아 주었다. 그리고 퇴근 후에는 또 큰집으로 가서 큰형의 상처를 치료하고 페니실린 항생제 주사를 놓아주었다. 큰형의 깊은 상처가 많이 곪지 않고 그나마 잘 아물게 된 것은 항생제인 페니실린 주사약의 효과가 컸다.

새봄이 되어 논두렁의 잔디가 새싹이 파릇파릇 돋아날 무렵 진송은 지팡이를 짚고 당산까지 산책을 나왔다. 걸음을 걸을 때마다 뼈마디가 쑤셔서 고통을 참기가 여간 힘들지 않았다. 그는 통증이 올 때마다 내가 무슨 죄를 지었다고 이 고생을 하는지를 생각하면 분통이 목구멍까지 차올라서 참을 수가 없었다.

'방깨 종세놈, 그놈이 내헌티 신세 지고 내가 제헌티 술 사 준 기 얼마고? 그놈이 내허고 전생에 무신 원수가 졌다고 나를 반신불수로 맨딜아? 아부지는 원수를 덕으로 갚으라꼬 허지만 내가 받는 고통은 우찌허고 누헌티 분풀이를 헌단 말이고?'

사실 그동안 진송은 고통이 밀려올 때마다 그놈을 때려죽이고 싶은 마음이 하루에도 몇 번씩 들었다. 하지만 성치도 못한 몸으로 그렇게 할 힘도 없었다. 그는 하는 수 없이 참아야만 하는 자기 신세를 생각할 때마다 고통은 더 심하게 느껴졌다.

진송은 당산으로 와서 바위 위에 앉아 휴식을 취하고 있었다. 점심때가 되어 건너들 논에서 뚝새풀을 베어 지게에 지고 점심 먹으러 오던 범식이 진송이 앉아 있는 소나무 그늘 아래 바위로 올라왔다.

"아재, 논에 풀매고 오십니꺼?"

"그래, 조카는 좀 어떤가? 여기꺼지 나온 걸 보니께 좀 무던헌가 보내?"

"무던허기는요? 못 죽어 사는 기지요. 누워 있잉깨로 온몸이 더 쑤시고 아파서 억지로 바람 씨러 나와 본 깁니더."

"조카야, 조카가 고생허는 걸 보면 내가 아픈 네보다 더 맴이 쓰리네. 내가 종세 그놈을 말리지 못헌 기 죈기라. 조카헌티 면목이 읎네."

진송은 말없이 잠자코 앉아 있었다.

"종세 그놈이 조카헌티 헌 걸 생각허모 내가 들어서라도 발목때이를 뿔라 삐고 싶은 맴이 꿀떡 겉네. 허지만 월운 성님 명을 어길 수도 읎고…"

범식은 무슨 할 말이 있는 것처럼 몇 번을 망설이다가 기어이 말을 꺼냈다.

"조카, 그런디 요새 종세 그놈 소식 좀 들은 거 있나?"

"와 무신 일이 있었십니꺼? 제는 아무것도 모르고 있는디요."

"사람이 죄짓고는 못사는 기재이. 아 글쎄, 그놈이 누구헌티 맞았는지는 몰라도 야밤에 길을 가다가 정강이가 깨지고로 두들겨 맞았쿠네. 얼매나 맞았던지 정강이가 곪아 고름이 차서 문밖출입을 못헌다쿠네."

진송은 바위 위에 앉아서 먼 산을 바라보며 묵묵히 듣기만 했다.

"조카 맴을 내가 와 모르겠는가? 생각헐수록 분통이 터지네. 그래도 맴을 잘 다스리게. 그래야 다친 몸이 빨리 회복될 꺼 아인가? 월운 성님 말대로 다 용서허고 자네 몸이나 잘 추스르게."

"아재, 말씀만 들어도 고맙십니더. 내는 좀 쉤다가 올라갈 낀깨로 아재는 바쁠 낀디 고마 먼첨 올라 가이소."

"그래, 조카야, 그러모 내는 바빠서 집에 가 봐야겠다. 어떻든가 몸조리 잘 허고로 허게이."

범식이 지게를 지고 일어났다.

"아재, 먼첨 들어 가이소."

시간이 지나면서 진송의 피부 상처는 아물었지만 몇 달이 지나도 허리와 골반뼈에 무슨 이상이 있는지 쑤시고 아리는 고통은 줄어들지 않았다. 특히 비가 오려고 날씨가 흐리면 허리와 엉치뼈에서 오는 바늘이나 대침으로 찌르는 듯한 고통은 도저히 참을 수가 없었다.

유월 장마철이 되면서 뼛속까지 쑤셔대는 고통이 더 자주 찾아와 그를 괴롭혔다. 그는 도저히 고통을 참을 수가 없어서 부엌으로 가서 농주를 한 사발 들이켰다. 그런데 이상하게도 고통이 덜하다는 것을 느꼈다. 진송이 상처를 치료하는 동안 잔내 문 약국이 상처에 술은 금물이니 절대로 마시면 안 된다고 하여 술을 끊고 지냈다.

오늘도 또 비가 오려는지 허리와 골반뼈에서 참을 수 없는 고통이 엄습해 왔다. 그는 아내를 불러 술을 좀 가져오라고 했다. 그러나 아내는 아버님이 진송에게는 절대로 술을 주지 말라고 식구들에게 엄명을 내렸기 때문인지 술이 없다고 거짓말을 했다.

진송은 방에 누워서 끙끙거리며 고통을 참다가 도저히 견딜 수 없어서 아픈 몸을 일으켜 지팡이를 짚고 대문 밖으로 나왔다. 그는 고통을 참으며 중땀을 지나 분데이 끝에 있는 술집으로 겨우 걸어갔다. 술집에 이르자 술집 안주인이 그를 반겼다.

"아이고, 정동 양반이 아푸다꼬 들었는디. 우찌 여기꺼정 오싰내요?"

"아지매, 내가 뼈마디가 쑤시서 아파 죽을 지경이요. 그런깨로 독헌 소주 있이모 한 사발 주이소."

"예 예, 드리고 말고요. 그런디 아픈 몸으로 술을 자시도 데겠십니꺼?"

"하이튼 사람이 살고 봐야 헐 거 이인 기요? 잔소리 말고 퍼뜩 술이나 한 사발 주이소."

"예, 알겠십니더. 쪼깸만 기다리소이. 내가 퍼떡 가져올 낀깨로."

진송은 주모가 준 소주 한 사발을 단숨에 들이켰다. 독한 소주가 식도를 타고 내려가자 위에 짜릿짜릿한 자극을 주며 아래로 쭉 흘러내리는 느낌이 들었다.

시간이 조금 지나자 그는 술기운이 오르며 몸이 훈훈해지고 허리와 엉치뼈의 고통이 한결 가라앉는 것을 느꼈다. 이제는 좀 살 것 같았다. 그래서 그는 소주를 한 사발 더 달라고 해서 마시고는 술집 대청에 누워서 한숨 푹 잤다.

진송이 오랜만에 깊은 잠을 자고 깨어나니 이미 해는 서산에 기울고 있었다. 그는 대청에서 일어나 앉으니 술기운이 가시지는 않았지만, 한결 고통이 가라앉는 것 같았다. 그는 그제야 서서히 일어나 집으로 향했다. 집에 도착하니 아버지가 머슴들과 초벌 논을 매러 갔다가 벌써 집에 돌아와 있었다.

"몸도 성치 않은 놈이 어디를 그리 쏘다니냐?"

진송은 말없이 지팡이를 짚고 사랑방 옆의 모방으로 들어갔다. 아버지는 뒤에서 그를 계속 나무랐다.

"내가 아까 네가 분데이 술집으로 가는 걸 봤는디. 그리 맴에 중심이 약해서야 되겠냐? 뼈 다친디는 술이 금물이라꼬 내가 몇 본 말해야 알아들을 끼가? 야! 이놈아! 제발 헌다고 네 몸을 네가 좀 알아서 챙기거라."

진송은 소주가 뼈 상처의 고통해소에 효험이 있다는 것을 경험하고 나서부터는 허리와 골반뼈에 고통이 심해지면 으레 분데이 술집에 가서 소주를 마셨다. 그리하여 그는 점차 알코올 중독이 되어 갔으며 그로 인해 건강도 점점 더 나빠져 갔다.

몽환은 아들의 몸이 쇠약해지면서 얼굴빛이 검게 변해가는 것을 보고 뭔가 불안한 예감이 들기 시작했다. 그래서 그는 큰아들의 바깥출입과 술 단속을 더욱 엄하게 하였고, 그로 인해 가족들 간의 갈등도 심해져 갔다.

몽환은 아들의 건강이 점점 나빠지는 것을 그냥 두고 볼 수가 없어서 작심하고 며칠 동안 집에 있으면서 아들의 바깥출입을 감시하고 있었다. 그런데 비가 오려는지 진송은 또 뼈마디에서 생긴 심한 통증이 온몸으로 퍼져오기 시작했다. 진송은 아버지의 동태를 살피다가 동네로 도저히 나갈 수 없다는 것을 알았다.

그는 기지를 발휘하여 아버지가 앞마당으로 갔을 때 모방의 안채로 향한 문을 열고 어머니가 마루로 나오기를 기다렸다. 조금 있다가 어머니가 큰방 문을 열고 마루로 나오는 것을 보고 일부러 헛기침하였다. 그 소리에 어머니와 눈이 마주치자 진송이 가까이 오라고 손짓을 하였다.

어머니가 그의 앞으로 다가오자 귓속말로 말했다.

"어매, 내 좀 살려 주이소. 도저히 허리뼈가 아파 죽을 지경인께로 아부지 모르게 술 한 잔 갖다 주이소."

그의 어머니는 원래 성격이 온순하고 남편의 말에 순종적이었지만 한편으로 마음이 여린 여자였다. 그녀는 조용히 소리를 낮추어 말했다.

"너 아부지 알모 어쩔러꼬 그러내?"

"어매, 내가 시방 죽을 지경입니다. 제발 딱 한 잔만 갖다 주이소."

"너 아부지 알모 생벼락이 떨어질 낀디. 그래 알겄다."

그의 어머니는 아들에게 술을 갖다 주었다가 들키면 남편에게 호통을 맞을 것이 뻔했지만, 마음이 여려서 아들의 부탁을 거절하지 못했다. 그래서 그녀는 밤이 되기를 기다렸다가 남편 몰래 술을 갖다 주기도 했다. 그러다가 그녀는 결국 남편에게 발각되어 심한 질책을 받았다.

몽환은 온 식구들에게 불호령을 내려 다시는 그런 일이 없도록 다짐을 받고 더욱 엄히 아들의 술 단속을 하였다. 이로 인해 진송의 고통은 더욱 심해져 갔으며 자기로 인한 가족들 간의 알력이 허약해진 그의 마음을 더욱 괴롭혔다.

진송은 그래도 뼛속 깊이 파고드는 고통을 참지 못해 아버지 몰래 술을 마셨고, 그 술은 다시 그의 간 건강을 약화시키는 악순환이 되풀이되었다. 이러한 고통스런 생활을 한 지 일 년 하고도 반년이 지나갈 무렵에 그의 건강은 돌이킬 수 없을 정도로 악화되어 있었다. 그의 몸은 피골이 상접할 정도로 말랐고 얼굴빛은 흙빛으로 변해갔으며 거동도 점점 불편해져 갔다.

농촌에서 가장 바쁜 시기인 모내기 이종 철이 막바지에 접어들었을 무렵 몽환은 더위를 피해 공노에 앉아 담배를 피우고 있었다. 그는 자식의 건강상태가 점점 나빠져 가는 것을 보고는 자꾸만 험한 꼴을 당하고 말 것 같은 불안감이 엄습해 왔다.

몽환은 자기가 아들의 바깥출입을 엄히 지키고 있는데도 눈치를 보다가 자기 몰래 집을 빠져나가는 아들의 뒷모습을 보고는 혼자 한숨짓기도 했다. 그는 그런 아들을 대번에 불러 세워 호통을 치고 싶었지만, 고통이 오죽 심하면 저럴까 싶어서 목구멍까지 올라오는 고함을 참았다. 그는 자식 건강 때문에 속이 타는 심정을 혼자 마음속으로 삭여야만 했다.

몽환은 지난번에 고전면에서 공산당이 물러나고 작은아들이 후방 필수요원이 되어 왔을 때 공산당의 모든 만행을 용서하고 원수를 덕으로 갚으라고 했던 일이 과연 옳은 일인지 회의감이 들기 시작했다. 그때만 해도 자기 집안의 기둥인 큰아들이 이렇게 허무하게 건강이 악화될 것이라고는 꿈에도 상상하지 못했다.

'남들 다 용서허고 내 자슥 잃어 삐리모 그기 다 무신 소용이란 말이고? 방깨 이 무작시런 종세 놈아! 네놈이 어디 제명대로 사는지 두고 보자. 네놈 팔자도 다 네 업보니라. 네놈이라꼬 업보를 피헐 수 있일 끼라 보냐? 이 천하에 몹쓸 놈아!'

몽환은 마음이 너무 분해서 잔인하게 복수하는 험악한 생각을 하다가 할아버지의 유훈인 '적선여경'의 고사성어를 머릿속으로 떠올리고는 분을 삭혔다. 몽환의 마음이 사르르 누그러들었다.

'아서라, 그래, 원수를 갚는다고 내 자석을 구헐 수 있는 것도 아이재? 아이고, 이 일을 어찌 허모 좋단 말이고? 그런디 저놈은 이 애비 맴을 알고나 있는 기가? 제 한 몸 간수도 못허고 있다가 무신 탈이라도 나모 어디 그 일이 제 혼차 일이더냐? 제 밑에 어린 자식들이 줄줄이 딸려 있고 제 안사람 나이 인제 겨우 서른여덟 살인디… 청상과부로 살 제 처 생각이나 허고 있는 놈인지 모를 일이로다. 저놈이 기어코 애비 앞서는 호로자식이 되고 말 낀가? 아이고 내 팔자야!'

그는 한참을 넋을 잃고 앉아 있었다. 그러다가 그는 갑자기 자리를 털고 일어나며 혼잣말로 중얼거렸다.

'가만 있자. 내가 이러고 있일 때가 아이재. 큰아 보약이라도 지어 와야 허겠다. 내가 어떤 일이 있어도 그놈을 꼭 살려 놓고 말 끼다. 잔내 문 약국헌티서 최고로 좋은 탕약을 지서 믹이모 무신 차도가 안 있겠나? 지성이면 감천이라 쿠는 말도 있지 않은가?'

몽환은 곧바로 의관을 갖춰 입고 잔내 문 약국을 찾아갔다. 그는 문 약국에게서 지어 온 탕약을 정성껏 달여 아들에게 먹였다. 하지만 진송은 약을 마시지도 못하고 토하기만 했다. 그리고 진송의 건강은 점점 더 나빠져 갔다.

그는 하는 수 없어서 큰아들의 치료방법을 의논하기 위해 나머지 아들 셋을 집으로 불러 모았다. 세 아들은 아버지의 부름이 무엇을 의미하고 있는지를 잘 알고 있었다.

몽환은 세 아들이 집에 오자 그들을 사랑방에 모아 놓고 큰아들의 치료문제를 의논하였다. 먼저 진양군청에 근무하는 진석이 입을 열었다.

"아부지, 제가 보기에 성님 병은 치안대 놈들 고문 땜에 골병이 들어 온몸이 상했지만, 틀림없이 간이 나빠진 기 더 큰 병입니더. 낯빛이 저리 새까맣고로 변헌 거는 간이 나빠서 생기는 증상입니더. 성님 병 치료를 헐라모 한약으로는 안 되고 진주 큰 병원에 가야헙니더."

몽환은 고전면사무소에 다니는 셋째에게도 의견을 물었다.

"셋째야. 네는 어찌 생각허느냐?"

"아부지, 제 생각도 진주 성님 생각과 같십니더. 큰성님을 살릴라모 진주 큰 병원으로 가야헙니더."

"넷째야 네 생각도 말해 보거라."

고하국민학교에 근무하고 있는 넷째가 말했다.

"아부지, 큰성님이 치안대헌티 고문을 당해 옴짝달싹 못 할 지경이 된 걸 배드리 주재소서 메고 넘어 왔일 때 살점이 헤이고 뼈가 보일 정도로 상처가 깊었다 아입니꺼? 그때 물론 잔내 문 약국이 조약 치료헌 효험도 봤지만 제가 놔 준 항생제 주사가 아이모 아매도 그리 빨리 상처가 아물지는 않았일 깁니더. 아부지, 제발 성님들 허자는 대로 허시지요. 성님 병은 한약으로 나을 병이 아입니더."

몽환은 곰방대에 담배를 피워 물고 잠시 생각에 잠겼다가 천천히 말을 꺼냈다.

"너거들 말뜻은 잘 알겠다. 그런디 네 세이 상처가 아문 기 그 항생젠가 허는 주사 땜에 그리 된 긴지 아니모 된장허고 쑥 찧서 바른 거 땜인지 어디 표가 나더나? 아무리 요새 의술이 발전했다고 죽어가는 사람을 살릴 수야 있겠나? 내는 아직꺼정 그런 소리 들어 본 적이 읎다. 너 큰세이가 심주가 약해서 그런 기라. 가가 술을 끊고 탕약을 잘 지어 먹이모 차도가 안 있겠나?"

그러자 진석이 정색하고 정중히 말했다.

"아부지, 시방 성님 건강이 절대로 마음을 놓을 처지가 아닙니더. 아부지, 이러다가 실기허모 큰일 납니더. 소 잃고 외양간 고치모 머 헙니꺼? 제발 진주로 보내주이소. 그러모 제가 큰 병원에 모시고 가서 의사 말도 들어보고 치료해 보겠십니더. 아부지께서는 늘 '미리 예'자 주장허라 안 허싰십니꺼?"

그래도 몽환은 서양 의술을 믿을 수가 없었다. 그는 단호하게 자기 결심을 말했다.

"시방 네가 말허는 진주 병원이라 쿠는 디가 왜정시대에 왜놈들이 차렸다가 쫓기 감시로 내삐리고 간 디 아이가?"

"아부지, 그거는 그래도 시방 의사들은 다 조선 사람들이 허고 있십니더."

"그래도 그 사람들이 내나 일본 사람 밑에서 배운 의술 아이겠나? 내가 어찌 일본 놈들 의술을 믿을 수가 있겠내? 내가 잔내 문 약국헌티 한번만 더 부탁해서 병구완을 해 보고 안 되모 그때 너들이 허자는 대로 허마.”

세 아들은 더는 아버지의 고집을 꺾지 못하고 애타는 심정으로 돌아갈 수밖에 없었다.

몽환은 다시 잔내 문 약국을 찾아가 자기 아들들과 의논했던 일을 말해주고 나서 마지막 부탁이라고 하며 진지하게 물었다.

“약국 성님! 내가 언제 성님 말을 안 믿은 적이 있었십니꺼? 그런디 이번에는 우리 아들 목숨이 걸린 일이라 다시 한번 진심으로 물어 보겠십니더. 한마디로 뚝 분질러서 대답해 주이소. 성님 의술로 내 아들을 살릴 수 있겠십니꺼?”

“동숭, 이 사람아, 언제 내가 빈말허는 거 봤는가? 전번에는 귀헌 약재를 아껴 써서 효험을 못 본 길세. 이본에는 내가 최고로 좋은 약을 써서 틀림없이 자네 아들을 살려낼 낀깨로 내 말 믿고 먼첨 집에 가 기다리고 계시게. 내가 곧 탕약을 지어 갖고 뒤따라감세.”

몽환은 지푸라기라도 잡으려는 간절한 심정으로 문 약국의 처방이 효험이 있기를 기대하며 집으로 돌아왔다.

진송은 병석에 누워서 신음하다가 도저히 고통을 참기 어려워 중땀에 사는 막냇동생을 불러올렸다.

“동숭! 내 좀 살려주게. 내가 살 길은 병원에 가는 거뿐이네. 내가 죽더라도 꼭 병원에 한번 가 보고 나서 죽는 기 소원일세. 제발 부탁이네.”

"예, 성님, 제가 꼭 그리 허고로 허겄십니더. 쪼깨만 참으시소."

"동숭! 아부지 모르게 머심들을 시켜서 내를 대나무 들것에 메고 하동으로 좀 데려다주게. 요 앞에는 내가 미군도 메고 노량꺼지 갔다 왔다 아이가?"

"예, 성님, 알겄십니더. 꼭 그리 허도록 허겄십니더."

그러나 형님 방을 나온 진철은 형님의 부탁을 들어줄 엄두가 나지 않았다. 사랑방에 거처하는 아버지의 눈을 피해 형님을 머심들이 들것에 메고 사립문 밖으로 나오는 것은 불가능했기 때문이다.

진철은 아버지의 말씀대로 형님이 문 약국의 탕약을 먹고 나서 차도가 없으면 형님의 소원을 꼭 풀어 드려야겠다고 다짐했다. 그리고 그때까지 형님이 꼭 살아 계시기를 간절한 마음으로 빌었다.

몽환이 집에 도착한 뒤에 얼마 지나지 않아 잔내 문 약국이 직접 탕약을 지어서 몽환의 집으로 왔다. 그리고 약단지에 탕약을 넣어 달이기 시작했다.

문 약국은 밤이 깊어 탕약을 다 달이고 나서 약을 수건으로 짜서 약사발에 담았다. 몽환은 문 약국과 같이 약사발을 들고 아들의 방으로 들어갔다. 문 약국이 진맥한 뒤에 약을 먹였다.

진송은 탕약을 마시자마자 곧바로 약물을 다 토해 내버렸다.

"아부지, 제발 제를 좀 살려 주이소. 제 병은 제가 압니더. 제 병은 병원에 안 가모 못 고치는 병입니더."

"오냐, 알겄다. 이본에는 문 약국헌티서 최고로 좋은 탕약을 지어 왔니라. 시방은 못 참고로 괴롭더라도 좋은 탕약 마시고 한숨 자고나모 나을지 누가 알겠나? 낼 아침에 한 번 더 탕약을 마셔 보고 그래도 차도가 없으모 네 소원대로 해주마."

몽환은 아들을 안심시킨 뒤에 문 약국과 사랑방으로 와서 하룻밤을 자고 날이 밝기를 기다렸다.

다음 날 아침, 몽환은 다시 탕약을 들고 아들 방으로 들어가서 탕약을 마시게 했다.

"이번이 마지막이다. 한번만 더 마셔 보거라."

진송은 아픈 몸을 겨우 일으켜 벽에 기대어 앉아서 억지로 탕약을 마셨다. 그런데 이번에는 마신 약물만 토하는 것이 아니라 피까지 같이 토해냈다. 그리고 구토를 멈추지 않고 계속하다가 배 속에 있던 음식물과 피를 한 요강이 다 찰 정도로 다 토해내고 말았다. 그러고는 그만 방바닥에 쓰러지고 말았다.

그 모습을 보고 옆에 있던 진송의 어머니와 식구들이 울부짖었다.

"야아야! 야가 와 이러내? 야아야! 쓰러지모 안 되데이. 얼른 일어나거라. 큰아야! 제발 일어나거라이. 아이고, 아이고! 내 아들 진송아! 좀 일어나 앉아 보거라. 어쩔라꼬 네가 이러고 있내?"

몽환은 문 약국을 다그쳤다.

"약국 성님! 야가 와 이럽니꺼? 퍼뜩 손을 좀 써 보이소."

문 약국은 다급하게 진맥을 하고 나서 침으로 손톱 밑을 따고 양팔을 주무르기도 했지만 진송의 기력은 거의 다 멈추어 가고 있었다. 그러자 곁에 있던 그의 아내가 진송의 몸을 흔들며 울부짖었다.

"보이소, 만식이 애비요! 당신이 와 이럽니꺼? 퍼뜩 일어나이소. 만식이 아범이 이러모 내는 우찌 살라고 그럽니꺼? 야들아! 누 아부지 다리 좀 주물라 드려라. 이러다가 큰일 나겠다. 아이고, 아이고! 퍼뜩 일어나이소."

진송은 기력이 다해 가면서 마지막으로 가느다란 목소리로 말했다.

"병원, 병원, 병…."

"야야! 이러모 안 된다. 야야! 네가 와 이러내? 다 내 잘못이다. 야야! 부택이다. 제발 털털 털고 일어나거라. 으흐흐."

몽환은 자식의 기운이 다해 가는 모습을 보고는 슬픈 마음에 가슴이 찢어지는 고통을 더는 참지 못하고 절규하며 통곡하였다. 진송의 어머니와 아내는 진송의 가슴을 흔들며 울부짖었고 온 가족들의 가슴을 찢는 통곡 소리는 집안을 가득 메워 진동하다가 망자의 애절한 사연이 날개가 되어 울타리를 넘어 온 동네로 퍼져 나갔다.

붉은 지게 전 5권